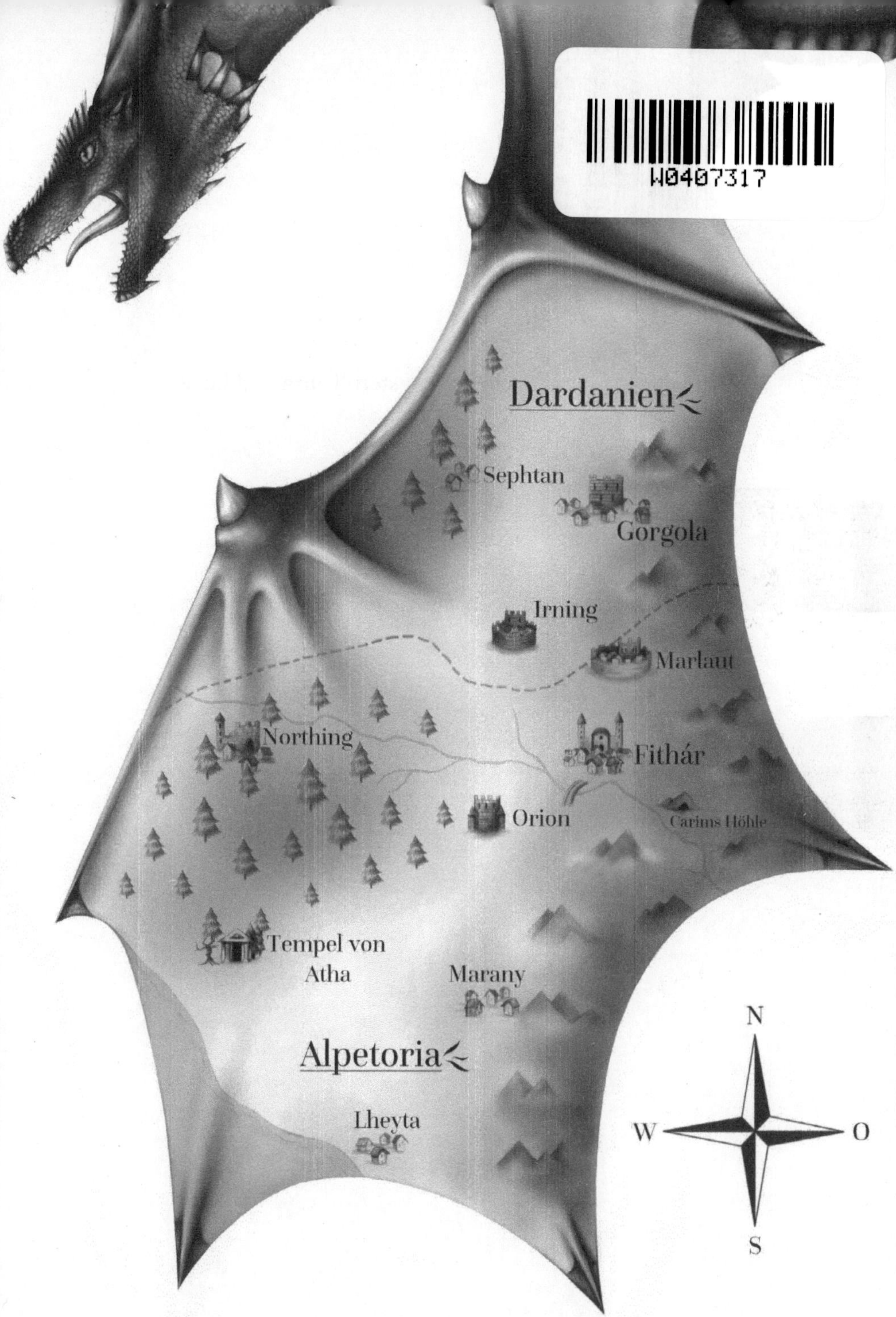
Dardanien
Sephtan
Gorgola
Irning
Marlaut
Northing
Fithár
Orion
Carims Höhle
Tempel von Atha
Marany
Alpetoria
Lheyta
N
W
O
S

Für meine kleinen Drachenschwestern Laura und Lucie.

Kapitel 1

Tod und Feuer

Die Sonne tanzte auf den Schuppen der nachtschwarzen Drachendame und warf mannigfaltige Schattenmuster auf den Boden. Den riesigen Kopf hatte sie auf die Vorderpfoten gelegt und die Augen geschlossen. Ihr Schwanz war um sie herumgeschlungen wie ein Schutzwall gegen alle Feinde von außen. Jeder Zentimeter ihres Körpers war tödlich, ihre riesigen Zähne und ihr von Stacheln besetzter Panzer. Wenn sie sich bedroht fühlte, konnte ihr Feuerstrahl alles und jeden verbrennen. Doch auch nur ein Schlag mit einer ihrer riesigen Pranken würde reichen, um den meisten Menschen ein Ende zu bereiten. Ein paar Meter neben ihrem Kopf lagen die Reste eines Hirschs, den sie wohl vor dem Schlaf gefangen und verspeist hatte. Blutflecken zierten den fast schneeweißen Boden.

Carims Blick strich über ihre riesigen Krallen, die Stacheln auf ihrem Schwanz und die winzigen roten Striche, die wie eine Maserung die Schuppen der Drachendame zierten. Sein Herz klopfte hart in seiner Brust und sein Atem ging schnell. Vorfreude ließ ihn zittern. Nur noch wenige Sekunden und er würde seine Schwerter in die Haut des Drachen schlagen können.

Er stand auf einem kleinen Felsvorsprung, von dem er gute Sicht auf das Plateau hatte, auf dem die Drachendame lag. Mit dem Rücken war sie einer steilen Felswand zugewandt, sodass dieser geschützt war und Carim von vorne würde angreifen müssen. Etwas weiter links von ihr fiel der Fels plötzlich ab.

Der Drachentöter hatte sich bereits einen Plan zurechtgelegt und dieser Plan würde nicht scheitern. Seine Pläne scheiterten nie.

Der Wind strich ihm über die kurzgeschorenen blonden Haare und seinen nackten Oberkörper. Der junge Mann schaute an sich hinab. Er war übersät von Narben verschiedener Größe und Brandwunden, die Carim feuerrot entgegenschrien. Nur zwei gekreuzte Lederbänder bedeckten ihn, die auf seinem Rücken als Halterung für seine beiden Schwerter Rhados und Lincir dienten. Er trug eine Lederhose und seine Füße steckten in schwarzen Stiefeln. Doch die beiden Schwerter waren bei Weitem nicht die einzigen Waffen, die er bei sich trug. Je ein Dolch steckte in jedem seiner Schuhe.

Waffen waren Carims Leidenschaft. Kaum etwas machte ihn glücklicher, als wenn er sich ein neues Schwert zulegte oder einen Messergriff aus dem Oberschenkelknochen eines Drachen schnitzte.

Carim griff nach hinten und zog Lincir hervor. Die Sonne schimmerte auf der silbernen Klinge, die fast den glänzenden Schuppen der Drachendame Konkurrenz machte. Ein grüner Faden war um den Griff gewickelt. Carim schaute hinab zur Drachendame. Wenn er den Vorsprung hinunterkletterte, wäre er sofort auf gleicher Höhe mit seinem Opfer. Dann musste er sich nur so leise wie möglich heranschleichen und zuschlagen. Das hatte er schon hunderte Male gemacht.

Der Drachentöter lächelte mit dem tödlichen Metall in der Hand. Nur auf eine Schlucht, die wenige Meter neben der Drachendame begann, würde er aufpassen müssen. Der Boden fiel an dieser Stelle viele Meter in die Tiefe hinab. Carim war nicht darauf erpicht, von seinem Opfer dort herunter geschleudert zu werden.

Mit einem letzten Blick auf die schwarzrot schimmernden Schuppen machte Carim sich auf den Weg nach unten. Seine Tritte und Griffe waren sicher, trotz des Schwertes in seiner Hand, und nur wenige Sekunden später war er schon am Boden angekommen. Vorsichtig setzte er die Füße auf den Boden und drehte sich zu seinem Opfer um. Die Drachendame schlief immer noch, etwa zweihundert Meter von ihm entfernt. Er musste vorsichtig sein, um sein Opfer im Schlaf überraschen zu können.

Carim konnte nicht anders, er musste noch breiter lächeln. Bald würde er Blut sehen, Blut würde die Klingen seiner Schwerter benetzen, Blut an seinen Armen hinablaufen. Er wollte dem Drachen in die sterbenden Augen blicken, das Leben aus ihm weichen sehen, das Leben, welches er ihm bald eigenhändig rauben würde.

Carim schluckte. Tief in seinem Innern gab es eine Erinnerung. Eine Erinnerung an die Person, die er gewesen war, bevor er zum Drachentöter geworden war. An einen Menschen, der nicht so vom Hass und Blutdurst zerfressen war wie er nun. Der Gedanke an ihn bereitete dem jungen Mann ein merkwürdiges Gefühl im Magen.

Doch diese Erinnerung war blass und kaum zu fassen. Carim unterdrückte sie, bevor sie gänzlich an die Oberfläche kommen konnte. Er war nicht in der Stimmung, sich von ihr die Lust am Töten nehmen zu lassen.

Vorsichtig setzte er einen Fuß vor den anderen. Seine schweren Stiefel behinderten ihn beim Schleichen, waren jedoch in der bergigen Landschaft, in der er wohnte, unerlässlich. Die Flanke seines Opfers hob und senkte sich langsam. Fast lautlos schlich er auf den Drachen zu. Als er nur noch wenige Meter entfernt war, rannte er los, schlug einen kleinen Bogen und sprang auf das linke Vorderbein des Drachen, das er zum Schlafen angewinkelt hatte.

Die Drachendame zuckte zusammen und richtete sich brüllend auf. Carim klammerte sich an ihrer Flanke fest, krallte die Finger zwischen die Schuppen und zog sich an ihrem Körper weiter nach oben, in Richtung des Rückens. Seine Finger schmerzten höllisch, aber es gab keinen anderen Weg. Noch bevor die Drachendame die riesigen Flügel ausbreiten konnte, war er oben angekommen und schwang sein Bein auf die andere Seite. Er drückte seine Knie gegen ihre Schuppen, um nicht herunterzufallen, fast als säße er auf einem Pferd. Das Tier brüllte und wandte den Kopf, um ihn auf seinem Rücken zu erwischen. Carim drehte sich ebenfalls mit dem Oberkörper etwas nach links und schlug mit Lincir nach dem Flügelgelenk der Drachendame. Denn dort, wo die gepanzerte Haut in die dünne Flügelmembran überging, war der Drache mitunter am verletzlichsten.

Sein Opfer brüllte schmerzerfüllt auf, als Lincir Haut zerschnitt und Blut wie ein roter Regenschauer hervorspritzte. Die Drachendame wand sich und warf sich hin und her, sodass Carim von ihrem Rücken geschleudert wurde. Er prallte auf ihren Flügel und rutschte an ihm in Richtung Boden. Schnell drehte er sich auf den Bauch, packte mit beiden Händen Lincirs Griff und rammte das Schwert in den Flügel, als er an der Seite seiner Gegnerin hinabfiel. Bei seinem Sturz nach unten schlitzte er die Haut auf wie ein nachtschwarzes Laken.

Als er hart auf dem Boden aufprallte, erzitterte sein ganzer Körper. Doch er rappelte sich sogleich wieder hoch und stand der wütend funkelnden Drachendame nun direkt gegenüber. Ihr linker Flügel hing schlaff herab. Aus ihrem Gesicht starrten ihn bernsteinfarbenen Augen voller Hass an. Sie bleckte die Zähne.

Carims Blick zuckte kurz zwischen ihren Beinen hindurch und sein Herz schien ihm in der Brust vor Schreck zerquetscht zu werden. Ein Nest aus Steinen und Ästen, in dem drei Dracheneier lagen, befand sich einen Meter hinter ihr am Rand der Schlucht. Von seinem Aussichtspunkt aus hatte er es wohl nicht gesehen. Nun verfluchte sich Carim für diese Nachlässigkeit. Um alles in der Welt würde die Drachenmutter ihre ungeborenen Kinder verteidigen. Das machte sie zu einem weitaus gefährlicheren Gegner, als es eine Drachendame ohne Eier war. Carim musste sich jetzt auf einen Kampf auf Leben und Tod gefasst machen.

Seine Gegnerin riss ihr Maul auf. Carim hastete zur Seite, ein Flammenstoß jagte ihm hinterher. Gerade noch konnte er sich hinter einem Stein in Sicherheit bringen. Rechts und links schoss das Feuer an ihm vorbei und es wurde entsetzlich heiß. Sein Herz hämmerte vor Aufregung in seiner Brust.

Als seine Gegnerin kurz in ihrem Angriff innehielt, zog er einen der Dolche aus seinem Stiefel und spähte hinter dem Felsen hervor. Sein Opfer lief vor seinem Nest hin und her, unschlüssig, ob es ihr Gelege alleinlassen und den Eindringling verfolgen sollte.

Carim sprang hinter dem Felsen hervor und lief wieder wenige Schritte auf sie zu. Seine Feindin fauchte und hob eine ihrer Pranken, bereit, ihn mit ihren tödlichen Krallen zu empfangen. Als er nahe genug herangekommen war, schleuderte er den Dolch nach ihrem Gesicht. Doch die Drachendame duckte sich früh genug weg und sprang einen Schritt auf ihn zu. Überrascht zuckte Carim zusammen und stolperte zurück. Erneut riss die Drachendame ihr Maul auf. Doch ehe sie ihn mit einem weiteren Flammenstoß in die Enge treiben konnte, rannte Carim zwischen ihre Beine. Seine Füße flogen über den Boden, als er weiter auf das Nest zu sprintete. Die Drachendame war zu groß und zu schwer, um sich schnell genug umzudrehen. Mit Anlauf sprang Carim zwischen die Eier. Das Nest musste im Durchmesser wohl an die drei Meter groß sein. Die drei Eier darin reichten ihm bis zu den Knien.

Fauchend drehte sich die Drachendame um und fixierte ihn drohend. Sie traute sich nun nicht mehr, ihn anzugreifen, aus Furcht, ihre Eier zu gefährden. Auch ein Feuerstoß auf den Angreifer, der ihren Eiern zwar nichts anhaben würde, war ihr zu riskant. Das Nest stand so nah an der Schlucht, dass ein Flammenstrahl es leicht über den Rand befördern könnte. Carim grinste und atmete erleichtert auf.

»Na, was machst du jetzt?«, schrie er seiner Gegnerin entgegen und lachte, als sie fauchend ihre Augen zu Schlitzen verengte. Doch er konnte nicht für immer in diesem Nest ausharren.

Er hockte sich hin und nestelte an seinem Stiefel herum. Ein schmales Lederband kam hervor. Nachdem er Lincir wieder auf dem Rücken befestigt hatte, suchte er den Boden des Nestes nach Steinen ab. Dabei stieß er mit der nackten Schulter gegen eines der Eier. Carim fluchte, es war glühend heiß. Endlich hatte er eine Handvoll Steine gefunden und richtete sich wieder auf. Die Drachendame starrte ihm entgegen. Ihr Hass schien fast greifbar in der staubigen Luft.

Vorsichtig legte Carim einen Stein in das Lederband, hob es über seinen Kopf, drehte es ein paar Mal in der Luft und ließ dann ein Ende los. Das Geschoss raste auf seine Gegnerin zu – leider ein Stück zu hoch.

Carim fluchte erneut und legte den zweiten Stein in das Band. Diesmal hatte er mehr Glück und traf sein Opfer mitten ins Auge. Gequält heulte es auf und riss die Vorderpranken in die Höhe. Dabei stieß sie aus Versehen gegen das Nest. Ein großer Ruck ging hindurch. Carim wurde von den Füßen gerissen und fiel nach vorne. Er stützte sich auf den Händen ab und schaute sich panisch um, das Nest neigte sich gefährlich zum Abgrund hin. Langsam begannen die Eier vor und neben Carim zu rollen. Das Nest würde mitsamt den Eiern hinabstürzen! Scharf sog der Drachentöter die Luft ein und rappelte sich hastig auf. Da rutschte das Nest auch schon unter ihm weg und er konnte nichts anderes tun, als zu springen.

Hart prallte er mit dem Oberkörper auf den Felsenrand, während seine Beine noch über dem Abgrund baumelten. Staub drang ihm in die Lunge. Er hustete, rappelte sich jedoch sogleich wieder auf. Sein Gesicht brannte. Er schmeckte Blut.

Die Drachendame brüllte vor Raserei, als sie ihr Gelege in den tödlichen Abgrund stürzen sah. Sie war blind vor Wut. Darin sah Carim seine Chance. Ohne ihn im aufgewirbelten Staub wirklich erkennen zu können, schnappte seine Feindin nach ihm und brachte ihren Kopf gerade so weit nach unten, dass es für ihn reichte. Carim holte tief Luft und sprang auf ihre Schnauze. Eine vertraute Ruhe hatte von ihm Besitz ergriffen und es schien, als sei die Welt um ihn herum verstummt. Er prallte mit dem Bauch auf ihre Schuppen, gönnte sich jedoch keinen Moment zum Durchatmen und zog sich sogleich auf die Beine. Die Drachendame hatte keine Zeit zu reagieren.

Ein Lächeln zuckte über Carims Gesicht, als er ein Schwert hervorzog, den Griff mit beiden Händen umfasste und es tief in das Auge des Drachen rammte.

Kapitel 2

Engelstränen

Trübe hing der Mond zwischen Wolkenfetzen am Himmel. Carim trug einen schweren Leinensack durch die leeren Gassen von Fithár. Um unerkannt zu bleiben, hatte er sich in einen schwarzen Umhang gehüllt, dessen Kapuze er tief ins Gesicht zog. Eine schwarze Katze huschte einige Meter vor ihm über den grob gepflasterten Weg. Carim würdigte sie keines Blickes, sondern bog mit zielstrebigen Schritten in eine Straße zu seiner Rechten ein. Es roch nach Abfall und verschimmeltem Essen, alle Fensterläden waren geschlossen, sofern man diese zersplitterten Holzbretter überhaupt als solche bezeichnen konnte.

An der vierten Tür hielt er an, stellte den Sack auf den Boden und schlug dreimal mit der Faust gegen das morsche Holz. Erst rührte sich einige Zeit nichts. Alles, was er hörte, war das entfernte Bellen eines Hundes. Aus einem Haus weiter die Straße hinauf hörte er gedämpftes Husten. Misstrauisch sah Carim sich um, runzelte die Stirn und glitt dann noch etwas weiter in den Schatten des Türsturzes über ihm. Er rührte sich nicht, starrte nur die Tür an, bis er – endlich – schlurfende Schritte dahinter vernahm. Knarrend öffnete sich eine Klappe auf seiner Augenhöhe.

»Wer da?«, fragte eine kratzige Stimme.

»Ich bin es.« Carim sprach leise und schaute noch einmal wachsam die Gasse hinauf und hinab. Er hatte keine Lust, heute Abend noch in Schwierigkeiten zu geraten. Sonst ließ er selten eine Gelegenheit für eine Provokation oder eine Rauferei außer Acht, heute jedoch trug er wertvolle Ware mit sich.

»Ah, der Drachentöter lässt sich wieder blicken! Ein gefährliches Spiel, mein Freund! Die Stadtwache hat dein Gesicht noch lange nicht vergessen. Sie werfen jeden Abend Messer auf dein Bild an der Wand.« Der Mann hinter der Tür lachte schmutzig.

»Ganz recht, Schmuggler. Ich bin zurück, wenn auch nur für eine Nacht ... vorerst. Aber mach dir um mich keine Sorgen, das Töten habe ich keinesfalls verlernt.«

»Das habe ich auch nicht erwartet. Aber in der Stadt gibt es keine Drachen, die du töten kannst.«

»Das stimmt, Menschenhaut ist um einiges dünner ...« Mit einem drohenden Lächeln spielte Carim an dem Griff eines seiner Dolche herum, zog ihn einen Daumenbreit heraus und stieß ihn dann mit einem metallischen Schaben zurück.

Schmuggler schluckte hart. »Warum bist du hier? Was führt dich zurück nach Fithár nach ... etlichen Monaten?«

»Geschäfte, Schmuggler. Was sonst?«

»Geschäfte kannst du auch in anderen Dörfern oder Städten abschließen, Drachentöter. Glaub ja nicht, dass ich dir abnehme, dass du sieben Monate lang keinen Drachen erlegt und verkauft hast.« Schmuggler schnaubte.

Carim seufzte und strich sich über das Gesicht. »Ich habe hier noch eine andere Sache zu erledigen.« Dann hob er den Sack so hoch, dass Schmuggler ihn durch den Schlitz erkennen konnte.

»Also, nun zum Geschäft. Schuppen und Fleisch, wie du es bevorzugst, von einem ausgewachsenen weiblichen Felsdrachen, schwarz gefärbt.«

»Sehr gut, sehr gut! Ausgezeichnet! Doch hast du auch ...?«

Carim lächelte hinterhältig. »Einhundert Silberstücke. Zusätzlich.«

Carim hörte das Klimpern von Geldmünzen.

»Ich gebe dir neunzig Silberstücke. Für alles!«

Carim schüttelte lächelnd den Kopf. »Mein alter Freund, hast du in den Monaten meiner Abwesenheit vergessen, dass du eher einen Stein mit bloßen Zähnen zerbeißen kannst, als mich zu Ramschpreisen zu überreden? Einhundertfünfzig Silberstücke. Fünfzig für die Schuppen und das Fleisch und hundert für dies!« Er schnürte den Sack auf, griff hinein und zog einen großen Beutel hervor. Das Leder war feucht und fühlte sich kühl in Carims Händen an.

Schmuggler schluckte. »Wie groß es ist.«

»Was du nicht sagst. Also, bekomme ich meine Silberstücke oder soll ich mich an einen anderen Schwarzhändler wenden? Glaub ja nicht, dass ich von dir abhängig bin.«

Drachenfleisch galt in allen Carim bekannten Städten als Delikatesse. Schuppen und Haut hingegen wurden für Rüstungen und Kleidung verwendet. Wonach sich Schmuggler aber am meisten verzehrte, war das Drachenherz, das für zahlreiche Medikamente verwendet wurde. Da der König jedoch Angst hatte, dass leichtsinnige junge Männer zur Drachenjagd aufbrechen könnten und dort ihren Tod fänden, hatte er den Handel mit Drachenfleisch und Haut, sowie die Jagd selbst, schon seit Jahrzehnten verboten.

Schmuggler seufzte. Dann hörte man hinter der Tür das Klimpern von Münzen. Schmugglers Hand erschien in der Klappe und umklammerte einen prall gefüllten Sack. Dieser Anblick ließ Carims Herz höher schlagen und er riss den Beutel sofort an sich. Doch sein Argwohn war geweckt. Er öffnete ihn, um die Silberstücke nachzuzählen.

»Habe ich dich jemals betrogen?« Schmugglers Frage klang gereizt. »Jetzt gib mir endlich die Ware und verschwinde!«

Carim nickte. Auch er wollte so schnell wie möglich fort von hier; denn die Nacht war schon weit fortgeschritten. Viel Zeit blieb ihm nicht mehr.

Vielleicht schlief sie schon? Als er sich ihr Gesicht vorstellte, schien sich eine kalte Hand um sein Herz zu legen. Wie lange hatte er sie nicht mehr gesehen?

Carim lehnte den Sack gegen die Holztür und den Beutel mit dem Herz daneben.

»Hier, und wehe dir, wenn die Summe nicht stimmt. Du weißt, was dir dann blüht!« Er nahm die Kapuze seines Mantels und zog sie sich tiefer ins Gesicht. »Bis zum nächsten Mal.« Mit diesen Worten lief er los.

* * *

Nachdem er einige Minuten durch verschiedene Gassen gestreift war, kam er an einem kleinen Haus an, einer Baracke mit undichtem

Dach und einer Tür, durch die es schrecklich ziehen musste. Dicke Gardinen verhingen die beiden kleinen Fenster und ließen keine neugierigen Blicke hinein.

Carim blieb dicht vor der Tür stehen, legte seine Stirn gegen das Holz und atmete tief durch. Sein Herz hämmerte in der Brust, diesmal aber nicht aufgrund von Blutdurst. Dieses Gefühl war so verdammt ungewohnt, dass er sogar zu zittern begann. Doch er musste es hinter sich bringen. Er hatte es doch schon so viele Male getan. Er musste nur klopfen, den Beutel vor der Tür ablegen und verschwinden. Also trat er einen Schritt zurück und klopfte dann energisch gegen die Tür. Er wollte den Beutel gerade ablegen, als die Tür einen Spalt breit geöffnet wurde. Zwei große, blaue Augen lugten von unten neugierig durch den Türspalt hindurch.

»Ja?« Die Stimme war leise, kaum mehr als ein Flüstern.

»Nia ...« Carim konnte nicht anders, er fiel auf die Knie, um auf Augenhöhe mit dem Mädchen zu sein und nahm seine kleinen Hände in seine. Die Finger des Mädchens waren kühl wie eine Frühlingsbrise. Er wusste, dass er lieber weglaufen sollte. Doch er brachte es nicht über sich. Dieses winzige Gesicht, das ihm so vertraut war! Diese hellblonden Haare, genauso hell wie die auf seinem eigenen Kopf. Carim zitterte und er bekam schwer Luft.

Das Mädchen sah ihn mit klugen Augen an. Ihr Blick wanderte hinab zu ihren Händen, die er immer noch umschlungen hielt. Sie zog sie nicht zurück. Sie erinnerte ihn an einen kleinen Engel, wie sie da in ihrem weißen Nachthemd vor ihm stand. Ihr Körper jedoch wirkte schwach und kränklich. Carim wünschte sich nichts mehr, als sie in den Arm zu nehmen, um sie zu beschützen, ihr alles Böse auf der Welt vom Hals zu schaffen. Seine Kehle war trocken. Er brachte kein Wort hervor.

»Nia?«, rief eine Stimme aus dem hinteren Teil des Hauses. Der panische Unterton war nicht zu überhören. »Hast du wieder einfach die Tür aufgemacht? Wer ist da?«

Nia sah ihn noch einen Moment forschend an und runzelte ihre blasse Stirn.

»Ich weiß es nicht«, antwortete sie unschlüssig, mehr zu sich selbst, als zu der Person, die sie gerufen hatte.

Die Worte brachen Carim fast das Herz. Er presste die Lippen aufeinander, um nicht vor Schmerz aufzuschreien. Doch woher sollte sie ihn auch kennen? In ihren Augen war er ein Fremder, ein Fremder, der merkwürdigerweise dieselben Augen und dasselbe Haar besaß wie sie.

Er schluckte noch einmal. Dann ließ er die kleinen Hände los und drückte dem Mädchen den Geldbeutel, den Schmuggler ihm gegeben hatte, in die Hand. Er richtete sich auf und strich ihr durch das dünne Haar. Sie reichte ihm kaum bis zur Hüfte.

In Momenten wie diesen bereute er, zu wem er geworden war. Zu welcher grausamen, skrupellosen Kreatur.

»Pass auf dich auf, Kleine«, flüsterte er mit erstickter Stimme, drehte sich dann um und rannte davon, bevor ihre Mutter an die Tür kommen und ihn erkennen konnte.

Kapitel 3

Das Drachenei

Als Carim in den frühen Morgenstunden zum Leichnam der Drachendame zurückkehrte, hatten sich bereits einige Krähen auf deren Überresten niedergelassen und rissen gierig Fleischbrocken aus dem Kadaver. Carim zog ein Wurfmesser hervor und schleuderte es auf die Krähen. Sie stoben kreischend davon.

Der Drachentöter seufzte und schaute zur bereits wieder aufgehenden Sonne. Nun lag die eigentliche Arbeit vor ihm. Am Tag zuvor hatte er nur etwas Fleisch, einen Teil der Haut und das Herz entfernt, da dieses schnell verkauft werden musste. Das übrige Drachenfleisch verweste langsamer. Heute hoffte er, den Rest des Tieres verarbeiten zu können.

Er stöhnte. Drachen auszunehmen war eine anstrengende und zeitaufwendige Arbeit. Dabei liebte er doch das Töten viel mehr! Dieses befriedigende Gefühl, wenn sich seine Schwerter oder Dolche in das warme, pulsierende Fleisch der Drachen bohrten. Wenn ihr Blut seine Kleidung durchnässte. Wenn er die letzten, hoffnungslosen Schreie der Tiere vernahm und sie sich im Todeskampf auf dem Boden quälten.

Nicht immer war er so gewesen, so blutdurstig und voller Boshaftigkeit. Doch die Erinnerung an den alten Carim war inzwischen so verblasst, dass er nicht mal wusste, ob sie überhaupt noch der Wahrheit entsprach.

Jeden Drachen, den Carim hatte töten wollen, hatte er auch zur Strecke gebracht. Er hatte noch nie einen Kampf verloren. Doch nur vom Töten konnte er schließlich nicht leben.

Er begann seine Ausrüstung abzulegen und sorgfältig auf dem Boden auszubreiten. Sie war voller Blut. Die Lederriemen legte er daneben.

Am Ende trug er nur noch seine Hose. Auch seine ledernen

Schuhe hatte er abgelegt. Aus seinem breiten Gürtel, der auf dem Boden lag, zog er die zwei Messer, die er zum Schlachten benutzte, und überprüfte sie auf ihre Schärfe. Dann ging er auf die leblose Drachendame zu. Von dieser Seite sah sie aus, als würde sie nur in einem tiefen, bedrohlichen Schlaf liegen.

Doch als Carim sie umrundet hatte, offenbarte sich ein anderes Bild: Ihre zerfetzten, blutigen Flügel und ihre im Todeskampf erstarrten Augen zerstörten den friedlichen Anblick. Das halb getrocknete Blut klebte unter seinen Stiefeln und ließ ein schmatzendes Geräusch erklingen, jedes Mal, wenn er seine Füße anhob. Carim kniete sich neben dem Bauch des Leichnams auf den Boden und begann, die Haut der Drachendame vom Fleisch zu trennen. Da Carim schon dutzende Male Drachen ausgenommen hatte, verspürte er dabei keinen Ekel mehr. Am Anfang war das anders gewesen. Doch nun kniete er im Blut des Drachen, stieß die Waffe immer wieder in das Fleisch wie ein wildes Raubtier seine Zähne in sein Opfer.

Was für schöne Schuppen sie doch hat, dachte er, als er das Messer wieder und wieder in ihren Körper rammte. *Genauso prachtvoll wie ihre Dracheneier. Welch ein Jammer, dass sie in den Abgrund gestürzt sind.*

Mit einem Mal hielt er inne. Was, wenn es einen Vorsprung gegeben hatte, eines der Eier daran zerschellt war und dort nun noch Stücke der kostbaren Schale lagen? Carim sprang auf und zog seine beiden Messer mit einem Ruck aus dem Fleisch des Drachen. Er rannte wieder um den Kadaver herum und steuerte auf das Ende des Felsplateaus zu, auf dem am gestrigen Tage ein Teil des tödlichen Kampfes stattgefunden hatte. Wo war noch gleich genau das Nest heruntergefallen? Er sah Rußspuren und Kratzer auf dem Boden, verursacht durch die Drachenkrallen und das Feuer.

Sofort fand er die Stelle wieder. Reste des Nestes steckten noch immer zwischen den Steinen. Er trat vorsichtig an den Rand heran. Wäre er nur wenige Zentimeter weitergegangen, hätte er sich auf einen Sturzflug in den Tod begeben. Vor seinen Füßen fiel die Schlucht mehrere hundert Meter steil in die Tiefe ab, nur durchbrochen von einigen Vorsprüngen und knorrigen Bäumen, die sich mit ihren Wurzeln in die Steinwand krallten.

Als Carim sah, was mit einem der drei Dracheneier passiert war, hielt er die Luft an und musste im nächsten Moment breit grinsen. Von den anderen beiden fehlte zwar jede Spur, doch das dritte Ei hatte sich zusammen mit den Resten des Nestes etwa fünf Meter unter ihm zwischen einem Baum und einem Felsvorsprung verkeilt. Es schien vollkommen unversehrt zu sein. Das Ei hatte eine wunderschöne Farbe, es glänzte in einem metallischen Violett und die Muster, die es überzogen, hatte Carim noch nie zuvor gesehen. Er konnte sein Glück kaum fassen. Die Schmuggler würden sich darum reißen. Doch sein Grinsen erstarb, als er zu überlegen begann, wie er das Drachenei bergen könne. Er lief zurück zu seiner Ausrüstung, nahm zwei mitgebrachte Seile und knotete sie zu einem zusammen.

»Das muss reichen«, murmelte er und ging zurück zum Vorsprung. In Ermangelung eines anderen Gegengewichtes band er das eine Ende des Seiles um den riesigen Fuß der Drachendame. Ihr Gewicht würde Carim und das Ei auf jeden Fall halten. Das andere Ende knotete er sich um den nackten Bauch. Wenn er nun hinunter zu seinem Schatz klettern würde, musste er darauf achten, dass der Knoten sich nicht löste und das Ei für immer in den Tiefen der Berge verloren ging. Auf keinen Fall durfte er den Baum, an dem sich das Ei verkeilt hatte, zum Wackeln bringen ... Carim schwang sich behände über den Vorsprung und ließ sich Stück für Stück hinab. Er war schon oft an Felswänden hinabgeklettert, deshalb stellte diese hier keine große Herausforderung für ihn dar. Als er einen Meter über dem Drachenei hing, stieß er sich ab und landete auf dem Felsvorsprung. Das Ei glänzte im Licht der aufgehenden Sonne und Carim konnte den Blick nicht davon abwenden. Vorsichtig überprüfte er das Seil um seinen Bauch und suchte sich dann einen festen Stand. Er packte das Drachenei und klemmte es sich unter den Arm. Dracheneier hatten ganz verschiedene Größen, je nach Art. Dieses reichte ihm bis zu den Knien und war bemerkenswert schmal, sodass er es ohne Probleme mit einem Arm tragen konnte. Es war schwer, jedoch keine Herausforderung für den Drachentöter. Er begann jetzt, an dem Seil wieder hinaufzuklettern. Die Muskeln in seinem linken Arm brannten, doch er gab nicht nach. Sein Atem ging schwer, doch endlich hievte er sich über den Rand des Abgrunds. Einige Sekunden blieb er so auf dem Felsen liegen und beruhigte seinen Atem. Dann erhob er sich. Das Ei klemmte er zwischen einigen Steinen fest, damit es nicht davonrollen konnte. Kurz zögerte er. Dann strich er über die schwarz-violette Schale. Das Ei schien zu pulsieren, für einen Moment wurde es ganz warm. Dann kühlte es sofort wieder ab. Carim konnte seinen Blick nicht abwenden. Doch er musste weiterarbeiten, wenn er heute Abend noch nach Hause kommen wollte.

Also riss er sich schweren Herzens los und wandte sich wieder dem leblosen Drachen zu.

Den ganzen Morgen verbrachte er damit, Fleisch in handliche Streifen zu schneiden, je eine Elle lang, und zu Bündeln zusammenzuknoten. Doch trotzdem war er nicht einmal annähernd fertig, als es gegen Nachmittag Zeit wurde, seine Beute nach Hause zu bringen. Auch die schuppige Haut band er zusammen, genauso wie die Zähne und Knochen. Die Gedärme und einige sehr faserige Teile des Tieres sortierte er aus und warf sie den lauernden Krähen zum Fraß hin. Auch für die Flügel hatte er keine Verwendung und ließ sie einfach liegen.

Er schaute an sich hinab. Sein nackter Oberkörper und seine Arme glänzten rot vom Blut seines Opfers. Doch er wollte keine Zeit mit Waschen vergeuden, dazu hatte er auch später noch Zeit. Also reinigte er nur seine Messer und legte seine Ausrüstung wieder an.

Den Rest des Tages würde er damit verbringen müssen, seine Beute nach Hause zu schleppen. Seufzend schulterte er zwei Fleischbündel und ging los. Doch kaum war er drei Schritte gegangen, da drehte er sich um und schaute zu dem Drachenei zurück. Nein, das Ei musste er zuerst in Sicherheit bringen! Alles in ihm sträubte sich dagegen, es hier zurückzulassen. Also legte er eines der Bündel ab und hob stattdessen das Drachenei hoch. Es pulsierte nun nur noch halb so stark wie vorhin. Carim war sich ziemlich sicher, dass das Drachenjunge darin tot war, schließlich hatte ihm einen Tag lang die Brutwärme der Mutter gefehlt. Aber das war ihm nur recht. Ein Drachenei, bei dem die Gefahr bestand, dass ein Monster daraus schlüpfte, würde ihm niemand abkaufen.

Der Weg vom Felsplateau bis zu seinem Haus betrug nur eine Viertelstunde, wenn man den richtigen Weg kannte. Es war eigentlich kein richtiges Haus, sondern vielmehr eine Höhle, die irgendwelche Vorbesitzer in den kalten Felsen geschlagen haben mussten. Sie lag sehr versteckt zwischen Felsvorsprüngen und ein paar vertrockneten Büschen. Man sah sie erst, wenn man unmittelbar davor stand – ein Unkundiger konnte sie niemals finden, denn ein dicker Steinbrocken nahm jedem die Sicht auf die Öffnung.

Ein dunkelbrauner Vorhang aus dicker Wolle verdeckte den Eingang und hielt im Winter die Wärme in der Höhle. Carim schob ihn mit der Schulter zur Seite und trat ein.

Der Raum war nicht sehr groß. Carim hatte sich zwar öfters mehr Platz zum Lagern gewünscht; doch er kam damit aus. An der gegenüberliegenden Wand befand sich eine kleine Feuerstelle, fast schon ein Kamin. Ein Spalt in der Decke diente als Abzug. In der Mitte des Raumes stand ein wackliger Tisch, der über und über mit Messern, Drachenzähnen, Hautfetzen und Knochen bedeckt war. An der linken Wand befand sich ein Regal mit einer Handvoll Pergamentrollen und ein paar Krügen, rechts sah man eine Matratze, jedoch ohne Decke. Im ganzen Raum stapelten sich Drachenhautstücke verschiedener Größen, hingen Fleischstreifen zum Trocknen an der Decke oder standen Körbe mit Drachengebeinen herum. Hier fühlte sich Carim zu Hause. Es war eine Höhle des Todes.

Der junge Mann stellte das Bündel in der Mitte des Raumes ab und legte das Drachenei an den Fuß seines Bettes, weit genug vom Kamin entfernt. Er zündete ein kleines Feuer an, sodass er sich bei seiner Rückkehr am Abend etwas Fleisch braten können würde. Dann drehte er sich um und verließ die Höhle wieder, um weitere Haut- und Fleischstücke zu holen. Den ganzen Nachmittag transportierte er Jagdbeute von dem Hochplateau zu seiner Höhle. Dann endlich, kurz vor Sonnenuntergang, hatte er alles nach Hause gebracht, was er zurechtgeschnitten hatte, und schleppte den letzten Knochen über die Hausschwelle. Morgen würde er seine Arbeit fortsetzen und den Rest des Leichnams auseinandernehmen. Er hoffte, dass sich in dieser Nacht nicht zu viele Tiere an dem Drachenkadaver bedienen würden.

Doch als Carim die Höhle betrat, traute er seinen Augen nicht. All die Haut- und Fleischbündel, die er so sorgsam an der Wand gestapelt hatte, waren kreuz und quer im Raum verstreut. Der Tisch war umgestoßen worden und alles lag auf dem Boden. Das Feuer im Kamin jedoch loderte höher denn je. Es reichte fast bis zur Decke und war viel größer, als es bei den wenigen Holzscheiten überhaupt werden durfte. Blitzartig ließ Carim den Knochen fallen und zog eines der beiden Kurzschwerter. Irgendjemand war in sein Haus eingedrungen. Doch nirgendwo in der Höhle entdeckte er jemanden. Sie war menschenleer. Nur das Feuer knisterte weiterhin bedrohlich.

Carim packte seine Waffe fester, dann schaute er zum Kamin. Für den Bruchteil einer Sekunde erahnte er zwei glühend rote Augen, die ihn aus dem Feuer anstarrten. Im nächsten Augenblick sah er etwas Schwarzes auf sich zu springen und Schmerz explodierte in seinem Gesicht.

Kapitel 4

Neue Bande

Carim schrie auf und stolperte zurück. Sein Gesicht brannte, doch er merkte es kaum, denn sein Jagdinstinkt war nun geweckt. Er packte das Wesen, das ihm ins Gesicht gesprungen war und seine Hand schloss sich um die schuppige Haut, bis das Tier vor Schmerzen aufbrüllte. Dann riss er es von seinem Gesicht und schleuderte es auf den Boden. Carim schnaufte und gönnte sich ein paar Sekunden, um das eingedrungene Wesen genauer zu betrachten. Wie er es schon geahnt hatte, war es ein Drache, ein winziger Drache mit schwarzvioletten Schuppen, einem spitzen Gesicht und roten Augen. Dieses Tier hatte es irgendwie geschafft, aus dem Ei zu schlüpfen, während Carim seine Jagdbeute nach Hause geschleppt hatte.

Gehetzt blickte er sich um und sah vor dem Kamin zerborstene Eierschalen liegen. Wie war das Ei dorthin gekommen? Doch er hatte keine Zeit, sich darüber Gedanken zu machen, denn der kleine Drache fauchte und machte Anstalten, ihn ein zweites Mal anzugreifen. Aber diesmal war Carim vorbereitet. Wieder ergriff ihn diese Ruhe, wie jedes Mal, wenn er einen Drachen töten wollte. Sein Herz pochte schneller bei der Aussicht auf Blut. Seine Hände zitterten nicht, als er nun auch das andere Kurzschwert hervorzog. Der kleine Drache schlug wild mit den Flügeln und wollte ihm wohl erneut ins Gesicht springen.

Doch Carim holte nur abwehrend aus und schlug dem anspringenden Ungeheuer den Schwertgriff gegen den Kopf, sodass es seitlich weggeschleudert wurde und mit einem entsetzlichen Knirschen gegen die Wand krachte. An ihr rutschte der kleine Drache besinnungslos hinunter und blieb am Boden liegen. Es war nun totenstill in der Höhle.

Carim bewegte sich langsam auf den zusammengesunkenen Drachen zu und hockte sich vor ihn hin. Die violetten Schuppen waren nun mit rotem Blut überzogen, der linke Flügel stand in einem unnatürlichen Winkel ab, den anderen hatte der Drache an den Körper gezogen. Er war wirklich noch winzig klein. Hätte er sich aufgerichtet, so hätte er wohl kaum bis zu Carims Knie gereicht. Der junge Mann stellte fest, dass das Tier noch lebte. Schwach hob und senkte sich seine Brust. Als Carim ganz nah an ihn heranging, konnte er das kleine Herz wild trommeln hören. Nur noch einen kurzen Moment lauschte der Drachentöter, legte das Schwert aus seiner Rechten zur Seite und zog stattdessen einen Dolch hervor.

Wie sollte er das kleine Wesen töten? Er könnte ihm einfach die Kehle durchschneiden, doch dann wäre der Spaß viel zu schnell vorbei. Langsam fuhr er dem ohnmächtigen Drachen mit der Spitze des Dolches über den Rücken und erfreute sich an dem leisen Klicken, als die Waffe von einer Schuppe zur anderen rutschte.

Plötzlich fasste er einen Entschluss, hob den Dolch und bohrte ihn durch den linken Flügel in den Boden. Der Drache zuckte nicht einmal mehr.

Carim stieß die Luft aus und richtete sich auf. Endlich hatte er Zeit sich umzusehen. Er ging auf die Reste der Eierschalen vor dem Kamin zu und hob ein Stück auf. Die Schale glänzte schwarz-violett im Licht des Feuers. Ob sich der Drache im Ei zum Feuer hingerollt hatte, geleitet von der Wärme?

Carim warf die Schale auf den Boden und schaute sich frustriert um. Was hatte das Biest in seiner Höhle angerichtet? Alles lag kreuz und quer verstreut. Die Drachenhautbündel waren teilweise auseinandergerissen und von dem saftigen Stück Fleisch, das er sich vor das Feuer gelegt hatte, um es nach seiner Rückkunft zu braten, waren nur noch ein paar Fetzen übrig. Carim stockte und hielt die Luft an. Wenn der Drache das Fleisch gefressen hatte, dann hatte er soeben das Fleisch seiner eigenen Spezies verschlungen, vielleicht sogar das seiner eigenen Mutter.

Langsam drehte Carim sich um und sah zu dem kleinen Wesen. Es war aufgewacht, lag jedoch noch immer auf dem Boden. Sein Brustkorb hob und senkte sich langsam und die grellen, rubinroten Augen starrten Carim an. Carim starrte zurück. Aus dem Blick des

Drachen sprach pure Wut. Doch der junge Mann hatte das Gefühl, dass diese Wut nicht gegen ihn selbst gerichtet war.

Drachen waren viel intelligenter als andere Tiere, das hatte er schon oft gespürt. Sie waren fähig Wut zu spüren, sogar Ehrgeiz und Mitleid.

Vorsichtig ging er auf das Wesen zu. Es fauchte und fletschte die Zähne, was bei dem kleinen Tier ziemlich lächerlich aussah. Der Drachentöter lachte.

Plötzlich kam ihm eine Idee und er verstummte. In der Höhle war es nun totenstill. Sollte er? Würde er das schaffen? Er hockte sich vor den kleinen Drachen auf den Boden. Die violetten Schuppen glänzten immer noch vom Blut. Noch waren die Krallen nicht ausgewachsen, aber was sie für einen Schaden anrichten würden, wenn das Vieh erst einmal größer war …

Carim musste bei dem Gedanken daran grinsen. Wenn es so weit war, würde er, Carim, der Drachentöter, diese Krallen steuern. Er würde den Drachen zähmen, notfalls mit Gewalt, er würde ihn von sich abhängig machen, er würde seine Kraft nutzen. Das würde ihm unglaubliche Macht verleihen, Herrscher würden ihm zu Füßen liegen und um seine Gunst buhlen. Der Schlüssel dazu war hier, steckte in dem kleinen Wesen, das hier in der Höhle regungslos auf dem Boden lag.

Kapitel 5

Prinz Kastriot

Tausende Menschen drängten sich auf dem Marktplatz von Fithárs teuerstem Stadtviertel. Stände für Nahrungsmittel drängten sich dicht an Tische voller Kleidung. Kaufmänner priesen ihre Waren an, schrien die neusten Angebote hinaus. Adlige Frauen schickten ihre Dienerinnen vor, um sich die schönsten und kostbarsten Stoffe zu sichern, während sie selbst unter seidenen Sonnenschirmen ihre blassen Gesichter schützten. Der Marktplatz war weitläufig und kreisrund. Am Rand säumten ihn Banken und einzelne Geschäfte, in der Mitte befand sich ein riesiger Brunnen. Oben spritzte das Wasser in einer Fontäne heraus und lief dann über fünf Stufen hinab in ein großes Becken. Jede dieser Stufen war mit Bildern verziert: In die oberste waren ein König und eine Königin eingemeißelt, die erhaben ihre Zepter zum Himmel reckten. Die zweite und dritte Stufe stellten jeweils Priester und berittene Soldaten dar. Auf der Vierten tummelten sich Bauern, Handwerker und Kaufmänner. Auf der letzten Stufe waren die schemenhaften Umrisse von Bettlern zu sehen. Carim fand es sehr unpassend, dass ein Brunnen mit solch düsterer Botschaft auf einem Marktplatz stand, auf dem so viel Hektik und Trubel herrschte. Doch die Leute, die hier einkauften, schauten sowieso nur zu den obersten Stufen auf.

Carim schlenderte durch die Menge, die Hände tief in den Taschen vergraben und lachte innerlich über die angewiderten Blicke, die einige der Frauen ihm wegen seiner schmutzigen Kleidung zuwarfen. Wie sehr er all diese Menschen verabscheute. Diese hochwohlgeborenen Schönlinge und ihre naserümpfenden Weiber, die noch nie auch nur einen Finger für das Geld gerührt hatten, das ihnen ihre Eltern oder Großeltern vererbt hatten.

Wie nebenbei griff Carim nach einem saftigen Apfel auf einem Stand, an dem er vorbeiging, nahm ihn sich und biss hinein.

»Ich glaube, ich sehe nicht recht! Leg sofort den Apfel zurück, du Dieb!«

Carim drehte sich um und betrachtet abschätzig den dicken, rotwangigen Mann, der jetzt schnaufend hinter dem Obststand hervorkam. Er trug teure Kleidung und einen lächerlichen kleinen Hut auf den sorgfältig gescheitelten Haaren. Carim lachte nur und drehte sich um. Doch der Händler gab nicht auf.

»Hilfe! Ein Dieb! Ein Dieb! Haltet ihn!« Er sprang einen Schritt nach vorne und packte Carim grob am rechten Arm.

Ruckartig blieb der junge Mann stehen. Hatte es dieser Fettsack gerade wirklich gewagt, ihn anzufassen? Er ließ den Apfel fallen, der auf dem staubigen Boden aufschlug und einen halben Meter weiterrollte. Dann ballte Carim seine linke Faust, drehte sich um und schlug sie dem Händler so hart ins Gesicht, dass dieser rückwärts in seinen eigenen Stand fiel. Mit einem gewaltigen Krachen zerbarst der Holztisch unter seinem Gewicht und unzählige Äpfel, Orangen und Feigen ergossen sich über den Boden. Eine Frau ein paar Meter weiter schrie gellend auf und ließ vor Schreck ihren rosa Sonnenschirm fallen.

Carim lachte nur, spuckte dem nun regungslosen Händler vor die Füße, drehte sich um und wollte verschwinden. Doch kaum hatte er sich umgedreht, blieb er wie angewurzelt stehen. Keine fünf Meter vor ihm stand ein Mitglied der Stadtwache. Wie Carim an dem auffälligen Federbusch auf dem Helm erkennen konnte, musste es sich um einen hochgestellten Hauptmann handeln.

»Bleibt sofort stehen. Im Namen des Königs nehme ich Euch wegen Diebstahls fest. Ihr solltet Euch lieber nicht widersetzen«, befahl der Hauptmann. Unter seinem Helm konnte Carim ein junges, kantiges Gesicht mit einem kleinen, schwarzen Spitzbart entdecken. Eine lockige, schweißnasse Strähne klebte an der Stirn des Soldaten. Seine Augen schienen fast schwarz zu sein.

Carim hatte den Hauptmann noch nie gesehen, obwohl er schon oft mit der Stadtwache Bekanntschaft gemacht hatte. Er sah sich um und erkannte, dass sich langsam ein Kreis aus schaulustigen Marktbesuchern um sie bildete. Ein Entkommen würde für ihn kaum möglich sein. Doch Angst hatte er nicht. Jedes Mal, wenn er gegen einen Drachen kämpfte, blickte er dem Tod ins Auge. Die augenblickliche Situation war nichts dagegen. Seelenruhig bückte er sich und zog aus jedem seiner Stiefel einen Dolch. Sie waren so lang wie sein halber Unterarm und hatten einen einfachen geölten Griff aus Eichenholz.

»Das würde ich lieber lassen! Ich bin nicht irgendein Hauptmann, ich bin Prinz Kastriot von Fithár. Mein Vater ist der König. Wenn Ihr mit Waffen gegen mich vorgeht, ist das Hochverrat!«

Nun konnte Carim sich nicht mehr halten. »Denkst du, ich hätte Angst vor dir, Bengel? Wäre ich du, würde ich mich ganz schnell aus dem Staub machen. Sonst wird das hier noch hässlich für dich enden.« Carim ließ einen Dolch durch die Luft vor sich hin und her zischen und machte drohend einen Schritt auf den Prinzen zu. Er musste sich beeilen, sonst würde eine andere Wache noch auf den Tumult aufmerksam werden und zu Hilfe kommen.

Kastriot wich jedoch nicht zurück, sondern zog mit einer fließenden Bewegung sein eigenes Schwert aus der Scheide. Es war eine prachtvolle Waffe, der Griff mit Edelsteinen besetzt und vergoldet, die Schneide blank und ohne einen einzigen Kratzer. Mit dieser Waffe hatte Kastriot wohl noch nicht oft gekämpft. Als Carim wieder in die Augen des Prinzen blickte, erkannte er in ihnen Angst. Wieso war der Prinz überhaupt hier und dazu noch allein? Hatte sein Hochmut ihm verboten, einen weiteren Wachmann mitzunehmen?

Kastriots Gesicht war inzwischen blass geworden. Er blickte immer wieder hektisch zwischen Carim und der umstehenden Menge hin- und her. Offenbar hatte er Angst, sich vor den Menschen zu blamieren, über die er einmal herrschen wollte. Das erfüllte Carim mit einer gewissen Schadenfreude, denn er wusste genau, dass er diesen Kampf gewinnen würde. Drachen hatten vier gewaltige, krallenbesetzte Pranken und ein Maul voller tödlicher Zähne, während dieser Jüngling ihm nur ein einziges Schwert unbeholfen entgegenreckte.

Carims Muskeln zitterten vor Aufregung und Vorfreude auf den bevorstehenden Kampf. Er wusste, dass er den Königssohn nicht töten durfte, sonst würde man ihm die gesamte Wache des Königs auf den Hals hetzen. Doch er würde noch ein bisschen mit ihm spielen können ... Schließlich hatte Kastriot ihn ja geradezu dazu aufgefordert.

Der Prinz hatte sich nun wohl gefasst und kam unbeholfen in Angriffshaltung auf ihn zu gestolpert. Die schwere Rüstung und seine Nervosität schienen ihn merklich zu behindern. Er umklammerte das Schwert mit schweißnassen Händen, biss sich auf die Lippe, sprang dann einen Schritt nach vorne und schlug nach Carims rechter Schulter.

»Sehr gut, sehr gut«, spöttelte der Angegriffene, während er einfach einen Schritt zur Seite wich und den Prinzen ins Leere laufen ließ.

»Die Ausbildung, die der König seinen Kindern zuteilwerden lässt, scheint nicht die schlechteste zu sein«, feixte er.

Wieder schlug Kastriot nach Carim. Doch der tänzelte nur geschickt um ihn herum und ließ die Waffe des Angreifers nicht mal in seine Nähe kommen. Von den Umstehenden hörte man vereinzeltes Gelächter. Vor unterdrückter Wut lief Kastriot purpurrot an. Seine Schläge wurden schneller und brutaler, aber ungenauer und mehr als einmal verlor er fast das Gleichgewicht und strauchelte.

»Jetzt kämpfe gegen mich, du feiger kleiner Dieb!«, brüllte er Carim wütend an, als dieser wieder einem seiner Schläge auswich.

Doch Carim lachte nur. »Warum sollte ich das tun, kleiner Prinz? Dann wäre der Spaß doch schon nach ein paar Sekunden vorbei. Seht her, Einwohner von Fithár! Schaut euch euren Prinzen an, der nicht einmal mit einem Apfeldieb fertig wird! Ich wünsche euch viel Glück, wenn dieser Schwachkopf erst einmal euer König ist.« Weiteres Gelächter drang aus der Menge, während die adligen Frauen in der ersten Reihe eher bestürzt dreinblickten.

Da kam Carim eine Idee. Kastriot hatte kurz in seinen Angriffen innegehalten und schnaufte vor Wut, Anstrengung und Demütigung. Carim steckte seine beiden Dolche wieder ein. Schnell lief er zu einer der Frauen, einem Mädchen von vielleicht sechzehn Jahren mit langen, blonden Locken und einem Kleid aus himmelblauem Stoff.

»Verzeiht, Mylady«, entschuldigte sich Carim mit einem frechen Grinsen und einer Verbeugung und zog ihr den edlen Sonnenschirm aus der Hand. Die junge Frau schaute ihn entsetzt an, sagte jedoch nichts. Mit einem kräftigen Ruck riss er den aufgespannten Seidenstoff mit den dünnen Verstrebungen ab und hielt nur noch den etwa einen halben Meter langen hölzernen Schirmstock in der Hand.

»Was machst du da?«, presste Kastriot zwischen den Zähnen hervor. Doch in seinen Augen spiegelte sich bereits Verstehen.

»Ich habe beschlossen, dass ich mir meine Dolche nicht an dir schmutzig machen will«, antwortete Carim und wog den Stock in der Hand. Er war leicht und würde sehr schnell brechen. Doch der junge Mann hatte bereits eine Idee, was er damit anfangen könnte. Indessen hob Kastriot wieder sein Schwert und griff Carim an, doch seine Arme waren bereits schwer von den erfolglosen Schlägen zuvor. Seine Bewegungen wurden langsamer. Gerade, als Kastriot ihn wieder mit einem Schlag von rechts oben erwischen wollte, wich Carim nur einen kleinen Schritt zurück. Kastriots Schwert fuhr an ihm vorbei ins Leere. Der Prinz hatte keine Chance mehr, den Schlag zu stoppen. Als das Schwert auf der Höhe von Carims Hüfte war, sprang dieser einen Schritt nach vorne, packte Kastriots Handgelenk und hinderte ihn so daran, das Schwert wieder hochzuziehen. Kastriot riss die Augen auf, doch da stach Carim ihm schon mit dem Stock ins Gesicht. Das Holz splitterte. Kastriot heulte vor Schmerz auf, ließ das Schwert los und fiel auf die Knie. Er presste sich die Hände aufs Gesicht, Blut quoll zwischen seinen Fingern hervor und tropfte auf den staubigen Boden. Nun kam Bewegung in die Menge.

»Mörder! Mörder!«, schrien einige, als Kastriot vornüber auf den Boden fiel und sich eine riesige Blutlache unter seinem Kopf bildete. Carim schaute verärgert zu denen, die mit kreischender Stimme nach Hilfe riefen. Was für Schwachköpfe! Der Prinz war doch nicht tot.

Inzwischen war das blonde Mädchen, dem Carim den Schirm entrissen hatte, neben Kastriot auf seine Knie gesunken und schluchzte laut.

»Krieg dich wieder ein, du dummes Ding! Er wird es überleben«, fuhr Carim sie an, als er ihr die Reste ihres Schirms in die Hand drückte. Das Mädchen schaute einen Moment hoch. Aus seinen Augen sprach pure Verachtung.

Doch das kümmerte Carim nicht weiter. Er drehte sich um, zog sich die Kapuze seines Mantels über den Kopf und machte sich daran, zu verschwinden. Angstvoll wich die Menge um ihn herum zurück. Carim war fast traurig, dass sich ihm niemand in den Weg stellte. Gegen ein bisschen mehr Kampf und Blut hätte er jetzt nichts einzuwenden gehabt. Der Verkäufer und der Prinz waren billige Gegner gewesen.

Carim ließ die Schultern kreisen und schob sich rasch weiter durch die Menge. Langsam ließ er den Ort des Geschehens hinter sich. Etwas weiter vorne sah er drei weitere Mitglieder der Stadtwache herbeimarschieren, sie wollten wohl schauen, was dieser Tumult zu bedeuten hatte. Doch Carim drehte sich nur etwas weg und ging unauffällig weiter. Die Soldaten würdigten ihn in ihrer Hast keines Blickes.

Er seufzte. Er hatte sich auf dem Markt nach einer neuen Waffe umschauen wollen, einem Speer oder einer Lanze. Doch das konnte er jetzt vergessen. Eine Spezialwaffe mit einem Widerhaken wäre gut gewesen, damit könnte man Drachenflügel noch nachhaltiger zerstören. Die Flügel waren schließlich der Körperteil, den man am besten als Erstes außer Gefecht setzen sollte.

Carim dachte an den kleinen Drachen in seiner Höhle. Zwei Wochen lebte er nun schon in dem Käfig aus Drachenknochen, den Carim für ihn angefertigt hatte, und ernährte sich vom Fleisch seiner Artgenossen. Er war schon auf die doppelte Größe gewachsen und viel kräftiger geworden, seine Wunden waren auch soweit verheilt. Aus dem Schnitt in seinem Flügel war inzwischen Narbengewebe geworden, doch das würde ihn beim Fliegen nicht behindern.

Carim war sich noch nicht ganz sicher, was er mit dem Drachen anfangen sollte. Er musste ihn zähmen, musste ihm beibringen, dass er alles andere verletzen durfte, nur seinen Herrn nicht.

Es war ein Männchen, wie Carim am vergangenen Tag festgestellt hatte. Ob er ihm einen Namen geben sollte? Carim selbst war es egal, ob er das Ding »Drecksvieh« oder irgendwie anders nannte. Aber vielleicht würde ein Name mit einem besonderen Klang, den der Drache mehrmals täglich zu hören bekam, sein Zutrauen fördern. Doch wie sollte er ihn nennen? Sich Namen auszudenken hatte ihm noch nie gelegen. Als er ein kleiner Junge gewesen war, hatte er einmal einen Hund gehabt und ihn in Ermangelung eines richtigen Namens einfach »Köter« genannt.

Wieder begegneten ihm Wachen. Diesmal drehte er sich zu einem Stand um und begutachtete mit gespieltem Interesse die angebotenen Waren. Es waren bunte Steine, die in verschiedenste Formen geschliffen waren. Da gab es zahlreiche Tiere und auch menschliche Figuren. Carim nahm eine purpurrote Eule in die Hand und betrachtete sie eingehend, dann fiel sein Blick auf ein weiteres Stück von ungewöhnlichem Aussehen. Er nahm es in die Hand. Es war ein handtellergroßer schwarzer Drache.

»Interessiert Ihr Euch für die Sage von Vlynnar?«, fragte der Händler schmeichelnd, ein alter Mann mit langem weißen Bart und freundlichen Augen.

»Nicht direkt«, antwortete Carim gedankenverloren. »Meine Mutter hat mir die Sage einmal erzählt, als ich noch ein kleines Kind war. Doch bis gerade war sie mir entfallen.«

»Es ist eine meiner liebsten Geschichten«, erzählte der alte Mann. »Ein Drache, der aus Wut und Trauer über seinen getöteten Kameraden ein ganzes Volk ausrottet. Spannend, aber doch so real. Drachen sind zerstörerische Biester.«

»Ich weiß, alter Mann. Ich weiß. Besser, als du dir das vorstellen kannst«, murmelte Carim. Langsam erklomm ein Grinsen seine Lippen und breitete sich auf seinem ganzen Gesicht aus. »Vlynnar, der Zerstörer ...« Carim drehte die Drachenfigur in der Hand. Für einen kurzen Moment war es ihm, als würden ihre Augen rot aufglühen.

Kapitel 6

Mistvieh

In den sechs Wochen nach seiner Geburt war der kleine Drache rasend schnell gewachsen und reichte Carim nun bis zur Hüfte. Der junge Mann hatte schon einen zweiten Käfig anfertigen müssen, da der erste zu klein geworden war. Trotzdem wusste er, dass er Vlynnar – so nannte er den Jungdrachen – nach draußen bringen musste. Ein Drache, der nie seinen natürlichen Instinkten hatte folgen können und fliegen gelernt hatte, würde Carim nichts bringen. Doch er musste zugeben, dass er einen gewissen Respekt vor diesen Krallen und den spitzen Zähnen hatte und nicht sonderlich erpicht darauf war, sie in seiner Haut zu spüren. Außerdem sollte der Drache ihm auch nicht entkommen.

Aus diesem Grund bastelte er schon seit einer Woche an einem langen, dünnen Seil aus Drachensehnen herum. Erst hatte er Metall nehmen wollen, war sich jedoch nicht sicher, ob der kleine Drache damit aufgrund des Gewichtes richtig fliegen konnte. Leder war ihm nicht reißfest genug.

Deshalb hatte er sich für ein Seil aus Drachensehnen entschieden. Sie waren widerstandsfähig und dünn – zu dünn, als dass Vlynnar sie im Flug einfach durchbeißen konnte. Erst, wenn der junge Drache die Fähigkeit Feuer zu speien entdeckte, könnte es damit vielleicht Probleme geben. Dafür gab es bis jetzt jedoch noch keine Anzeichen. Normalerweise brauchten Drachen ein bis zwei Jahre, bis sie ausgewachsen waren. Das Feuerspucken stellte sich allerdings schon nach ein oder zwei Monaten ein.

Das Seil war jetzt ungefähr fünf Meter lang und bestand aus jeweils drei ineinander verflochtenen und verknoteten Sehnenstücken. Mit der Zeit wollte er es noch länger machen. Doch für erste Versuche genügte es vorerst. Carim stand auf und ging hinüber zu dem Käfig. Vlynnar hatte die Augen geschlossen, die Flügel an den Körper gezogen und schien zu schlafen. Doch sobald er Carims Schritte vernahm, klappte er die violett-schwarzen Lider auf. Er knurrte und erhob sich.

»Ganz ruhig ...«, besänftigte Carim ihn und nahm die Schlinge des Seils, die für Vlynnars Hals bestimmt war, in die linke Hand. Mit der rechten griff er nach der Schnur, die die provisorische Tür mit dem Käfig verband, und löste den Knoten. Vlynnar fauchte und starrte abwartend auf Carims Hand, machte jedoch noch keine Anstalten ihn anzugreifen. Er hatte inzwischen verstanden, dass Carim ihn fütterte und somit am Leben hielt. Deshalb war er nun weniger aggressiv und angriffslustig, wenn Carim sich ihm näherte.

Da es diesmal jedoch kein Futter gab, wusste Carim nicht, wie Vlynnar reagieren würde.

Er zog die Tür zum Käfig ganz auf. Die Knochen kratzten über den steinigen Boden. Carim atmete einmal tief ein und fuhr zur Beruhigung mit der Hand über das Messer an seiner Hüfte. Angst hatte er keine. Aber es war immer noch ein ungewohntes Gefühl, seinem Drang zu töten zu widerstehen, wenn er dieses kleine Wesen ansah.

Er hockte sich hin und rutschte vorsichtig ein paar Schritte auf Vlynnar zu, sodass er sich nun unmittelbar in der Tür befand. Vlynnar rührte sich nicht und starrte ihn unentwegt an. Dann tappte er zwei Schritte auf Carim zu, seine Krallen scharrten über den Boden. Carim verharrte noch einen Moment so. Plötzlich und für den kleinen Drachen unerwartet schnappte er mit der freien Hand nach dessen Hals, zog ihn zu sich und streifte ihm blitzschnell in einer fließenden Bewegung die Schlinge über den Kopf.

Der Drache schrie erschrocken und schlug wie von Sinnen mit seinen Krallen nach Carim. Ein kalter Schmerz schoss durch den Oberschenkel des jungen Mannes, als Vlynnar ihm die Pranke in die Haut schlug. Doch er zögerte nicht lange, sprang zurück und brachte sofort etwas Abstand zwischen sich und das Tier. Fest hielt er das Ende des Seils in der Hand. Vlynnar fauchte, kleine Rauchwolken stiegen aus seinen Nüstern empor. Unschlüssig verharrte er im Käfig. Ob diese kleinen Rauchwolken wohl erste Anzeichen dafür waren, dass er bald Feuer spucken würde? Dieser Gedanke erfüllte Carim mit Aufregung.

Der kleine Drache kam nun aus dem offenstehenden Käfig heraus und schaute sich um. Seit dem Tag, an dem er geschlüpft war, hatte er seinen Verschlag selten verlassen. Außerhalb der Höhle war er in seinem ganzen Leben noch nie gewesen.

Als Vlynnar auf Carim zukam, drehte dieser sich um und steuerte zügig auf den Ausgang der Höhle zu. Nun war die Zeit gekommen, draußen die ersten Flugversuche zu wagen. Wie sich Vlynnar wohl fühlen würde, wenn er zum ersten Mal in seinem Leben den Himmel sähe, die frische Bergluft spürte und einatmete? Es war zwar Nacht, aber nach Carims Meinung sah der Himmel bei Nacht noch viel schöner aus, vor allem hier oben.

Carim trat hinaus und sah auf zum sternenübersäten Firmament. Diesen Anblick liebte er, denn er versprach Freiheit. Und Freiheit war für Carim das bei Weitem höchste Gut. Er hatte seine Familie um der Freiheit Willen verlassen. Der Freiheit wegen hatte er das Leben eines Ausgestoßenen begonnen – auch wenn es besondere Umstände gewesen waren. Als Vlynnar die wenigen Meter zum Eingang der Höhle überwunden hatte, er den Vorhang davor mit dem Kopf zur Seite geschoben hatte und ihm das Licht des Mondes ins Gesicht schien, blieb er wie angewurzelt stehen. Seine blutroten Augen wurden groß und rund, als er zum Himmel hinaufschaute. Carim konnte Überwältigung in ihnen erkennen, Staunen, Bewunderung, aber auch Furcht. Ängstlich zog Vlynnar die kleinen Flügel näher an seinen Körper und wich zum Höhleneingang zurück.

»Komm schon!«, rief Carim ihm ungeduldig zu und zerrte an der Leine, sodass der kleine Drache nach vorne gerissen wurde. Unwillig fauchte Vlynnar und durchbohrte Carim mit wütenden Blicken. Dann wagte er sich doch ein paar Schritte weiter vor die Höhle. Unsicher hob er die Schnauze in die Luft und schnupperte.

Wie es wohl für den kleinen Drachen war, aus der geschlossenen Höhle hier herauszukommen, unter den endlosen Sternenhimmel?

Langsam schien sich Vlynnar an die neue Umgebung zu gewöhnen. Seine wachsende Neugierde gewann die Oberhand. Plötzlich raschelte es in einem Busch, nur wenige Meter neben Carim. Vlynnars Kopf zuckte in diese Richtung. Mit einem Mal rannte er los und sprang kopfüber in den vertrockneten Busch. Carim konnte ihn kaum halten.

»Mistvieh!«, schrie Carim, als ihm die dünne Schnur in die Hände schnitt und er Mühe hatte, sie festzuhalten. »Bleib stehen!«

Doch Vlynnar hörte nicht auf ihn – wieso sollte er auch? – und riss sich mit einem Ruck los. Carim schrie auf, als sich die Schnur noch weiter in seine Hand grub und verfluchte sich selbst. Es war eine dumme Idee gewesen, den Drachen so ans Fliegen heranführen zu wollen. Seine Hände brannten vor Schmerz.

Als Vlynnar merkte, dass er sich befreit hatte und ihn nun kein Strick mehr zurückhielt, blickte er sich noch einmal hastig um und stürmte davon.

»Vlynnar! Vlynnar, bleib stehen! Komm sofort zurück!«, brüllte Carim, wischte sich die blutigen Hände an der Hose ab, ignorierte den brennenden Schmerz und nahm sofort die Verfolgung auf. Der kleine Drache hatte zwar kurze Beine, war jedoch viel flinker und wendiger als seine ausgewachsenen Artgenossen. Dies nutzte er nun aus, um Carim zu entkommen.

Bisher hatte Carim bei seinen Jagden nie Probleme gehabt, einen Drachen am Boden einzuholen. Doch Vlynnar einzufangen erwies sich nun als viel schwieriger. Die felsige Berglandschaft war tückisch. Alle paar Meter stolperte Carim über Geröll. Er verfluchte die menschliche Nachtblindheit. Der kleine Drache hatte hingegen keine Probleme mit der Dunkelheit. Er rannte, so schnell ihn seine kurzen Beine trugen. Seine kleinen Pranken flogen durch die Luft. Die winzigen Flügel schlackerten jedoch nur nutzlos hinter ihm her.

Wie gut, dass er noch nicht gelernt hat zu fliegen, dachte Carim. *Sonst würde er noch schneller entkommen.*

Langsam geriet der kleine Drache in Bedrängnis. Carim holte immer weiter auf. Eine riesige Felswand rechts von Vlynnar zwang ihn dazu, einen Haken zu schlagen. Der kleine Drache warf einen panischen Blick auf seinen Verfolger.

Der Atem des jungen Mannes ging schnell. Er kannte sich sehr gut hier aus, deshalb wusste er auch, dass Vlynnar geradewegs auf eine Schlucht zu rannte. Käme er dort an, gäbe es keinen Ausweg mehr. Doch der kleine Drache war zu sehr damit beschäftigt, sich in der Umgebung umzuschauen, sodass er nicht bemerkte, auf was er da zusteuerte.

Er wird hinunterstürzen, dachte Carim plötzlich und bremste ruckartig ab.

»Vlynnar!«, schrie er, »Vlynnar pass auf!« Angst packte ihn und umschloss sein Herz. Er zuckte zusammen. Sie weckte Erinnerungen.

Carim schaute zu dem Drachen und schluckte. Ein neues, bisher unbekanntes Gefühl bemächtigte sich seiner. Dieses Gefühl sagte ihm, dass er nicht wollte, dass Vlynnar abstürzte. Doch wieso? Hatte er etwa Mitleid mit dem Drachen? Sich noch über seine Gefühle unklar biss er die Zähne zusammen und nahm die Verfolgung wieder auf.

Der kleine Drache hörte sein Rufen. Aber als er die Schlucht nur wenige Meter vor sich erkannte, war es bereits zu spät. Auch Carim würde ihm nicht mehr helfen können. Mit einem verzweifelten Schrei stemmte Vlynnar die Krallen in den Boden, doch alle Mühe half nichts. Er rutschte, rutschte weiter und weiter unaufhaltsam auf die Kante der Schlucht zu. Dort drehte er sich noch einmal zu Carim um und sah ihn mit großen, flehenden Augen an. Wenige Sekunden später war Carim am Rand des Felsens angekommen, doch genau in diesem Moment rutschte der kleine Drache über die Kante und stürzte in die Tiefe.

»Vlynnar!«, schrie der junge Mann auf, doch er konnte nur noch einen letzten Blick auf den fallenden obsidianfarbenen Körper erhaschen, bevor diesen die Dunkelheit des Abgrundes verschluckte.

* * *

Carim fiel auf die Knie und starrte fassungslos hinab. Sein Inneres füllte sich mit Leere. Er wusste nicht, was er denken sollte. Was war das, was er fühlte? Trauer?

»Bedauern!«, wies Carim sich selbst grob zurecht. »Ich bedauere nur die verschwendete Zeit.« Er biss sich auf die Lippe.

Ihm war von Anfang an klar gewesen, dass sein Plan, den kleinen Drachen zu zähmen, wahrscheinlich zum Scheitern verurteilt war. Und doch hatte er gehofft und ihn in seinem Kopf weitergesponnen.

Mit einem Drachen wäre er unbesiegbar gewesen. Unantastbar für jeden! Könige hätten sich darum gerissen, dass er in ihrer Armee kämpfte. Er hätte sich zurücklehnen und frei aus den Titeln und Ländereien wählen können, die ihm angeboten wurden. So ein unnötiger Verlust! Und das alles nur, weil er die Kraft des kleinen Biestes unterschätzt hatte. Carim ballte die Hände zu Fäusten.

Allmählich entspannte er sich wieder. Er würde in seine Höhle zurückkehren, morgen gleich in aller Früh aufbrechen und wieder auf Drachenjagd gehen.

Während er Vlynnar bei sich gehabt hatte, hatte er es nicht gewagt, ihn längere Zeit allein zu lassen. Doch nun war ihm diese Gelegenheit wie Wasser durch die Finger geronnen und er musste wieder zu seinem alten Leben zurückkehren. Wut pochte in ihm, die Wut über sein eigenes Unvermögen. Gerade wollte er sich umdrehen, da bemerkte er aus den Augenwinkeln eine Bewegung in der Schlucht. Er schaute genauer hin und wollte seinen Augen nicht trauen.

Erst meinte er einen Vogel zu erkennen, der sich langsam aus dem Abgrund nach oben kämpfte. Carim brauchte nur einen Moment, um sich zu vergewissern, dass es wirklich sein Drache war. Mit unsicheren, aber kräftigen Flügelschlägen arbeitete sich Vlynnar nach oben. Alle paar Meter musste er mit ausgebreiteten Flügeln sein Gleichgewicht wiedergewinnen. Er war es wirklich, Vlynnar!

»Komm her, du Mistvieh!«, schrie Carim, konnte jedoch kaum die Erleichterung in seiner Stimme unterdrücken. Für einen kurzen Moment war es ihm aber auch egal, dass man Zuneigung aus ihr heraushören konnte.

Vlynnar, der nun am Rande des Abgrunds angekommen war und schon einige Meter über der Schlucht flatterte, drehte sich zu Carim hin und schaute ihn lange an. Die roten Augen glühten. Seine kleinen Flügel schlugen hastig, um ihn in der Luft zu halten. Dann drehte er sich von Carim weg und flog in die entgegengesetzte Richtung davon.

Kapitel 7

Komplikationen

Carim brüllte vor Wut. Er hatte diesen Drachen gefüttert und aufgezogen und so dankte er es ihm?

Unverzüglich drehte er sich um und rannte in Richtung der Höhle zurück. Er wollte schnell seine Waffen holen und sich dann auf die Suche nach dem flüchtenden Tier begeben. Vlynnars Flügelmuskeln waren die Anstrengung noch nicht gewohnt, weit würde er in der Luft also nicht kommen. Am Boden hatte der Drache keine Orientierung, während sich Carim in den Bergen wie in seiner eigenen Höhle auskannte. Die zahlreichen Bergwolfrudel waren unbarmherzig, wenn es um Beute ging, und schreckten auch nicht vor einem Jungdrachen zurück. Auch andere Drachen konnten Vlynnar gefährlich werden, wenn sie ihn als Rivalen ansähen. Carim schüttelte den Kopf. Machte er sich gerade wirklich Sorgen um dieses undankbare Tier? Er würde sich auf die Suche nach ihm begeben und wenn er ihn finden würde, dann würde er ihn wieder einfangen. Und wenn irgendein Wildtier den Drachen zuerst finden würde – dann war es so und der Drache hatte seinen Tod selbst verschuldet.

Carim war an seiner Höhle angekommen und trat ein. Mit wenigen Schritten durchquerte er den Raum, löschte hastig das halb erloschene Feuer, nahm dann seine beiden frisch geschärften Kurzschwerter vom Tisch und steckte sie in die Rückenhalterung. Die Dolche in seinen Stiefeln blieben stecken. Noch einmal überprüfte er mit einem Blicken den Raum, wandte sich um und verließ eilig die Höhle.

Der Drache war in südöstliche Richtung davongeflogen. Zurück an der Felskante blieb Carim zögernd stehen. Um die Verfolgung wieder aufzunehmen, musste er auf die andere Seite der Schlucht gelangen. Er konnte entweder einen großen Bogen schlagen und die Schlucht komplett umgehen; oder aber er würde es über den schmalen Steingrat probieren, der ihn ebenfalls auf die andere Seite der Schlucht brachte. Carim überlegte nicht lange und schlug den kürzeren, aber gefährlicheren Weg ein.

Die Mondsichel stand groß und weiß am Himmel und beschien die Landschaft spärlich. Hin und wieder strich der Wind pfeifend durch irgendein Loch im Gestein oder es raschelte am Boden neben Carims Füßen. Doch bis auf diese Geräusche und seine gleichmäßige Schritte war es gespenstig ruhig. Wie weit Vlynnar in diesen wenigen Minuten wohl gekommen war? Carim war sich fast sicher, dass die Flügel des Drachen schon ihr Möglichstes erreicht hatten und er sich nun am Boden weiter fortbewegen musste. Unwillkürlich verfiel er in einen leichten Trab.

Wenn er es richtig in Erinnerung hatte, musste er in weniger als zwei Minuten an der Steinbrücke ankommen. Eine von Menschenhand geschaffene Brücke war es nicht, sondern eher ein winziger Grat, an der schmalsten Stelle kaum so breit wie Carims Fuß, auf dem man zur anderen Seite balancieren musste.

Wenige Sekunden später tauchte er vor ihm auf. Schwarz und bedrohlich versank die Schlucht vor Carims Füßen. Kaum drei Meter konnte man hinabsehen. Ein eisiger Windzug strich über seine nackten Schultern und ließ ihn frösteln. Sollte er es wirklich wagen, für diesen Drachen und für seinen riskanten Plan sein Leben aufs Spiel zu setzen, wenn er nun über diese Schlucht balancierte?

Er seufzte und schloss kurz die Augen. Bis auf die leichte Brise eben war es relativ windstill. Er war schon bei weitaus schlechterer Witterung durch weitaus gefährlichere Schluchten geklettert. Carim öffnete die Augen wieder, vergewisserte sich mit einem Handgriff, dass seine beiden Schwerter durch die Riemen fest an seinen Rücken gedrückt wurden und setzte dann den ersten Fuß auf den gefährlichen Steg.

Wieder strich ihm ein Windhauch durch die Haare, doch dadurch ließ sich der junge Mann nicht verunsichern und setzte vorsichtig tastend einen Fuß vor den anderen. Die Arme breitete er aus, um von der nächsten Böe nicht aus dem Gleichgewicht gebracht zu werden. Irgendwo in weiter Ferne hörte er einen Wolf heulen. Einige

Minuten später hatte er die Mitte der Schlucht erreicht, als er von einem viel heftigeren Windstoß gepackt wurde.

Panisch ruderte er mit den Armen, um sein Gleichgewicht wiederzufinden, doch sein linker Fuß rutschte ab. Als sein rechtes Bein einknickte, schrie Carim auf, warf sich nach vorne und klammerte sich mit beiden Armen fest an den Felsen. Der kalte Stein drückte in seine Arme, einige Sekunden lang wagte er es kaum zu atmen. Sein Herz hämmerte gegen seine Rippen.

Dann hob er langsam den Kopf, den er auch gegen den Felsen gepresst hatte, stützte sich auf die Hände und richtete sich vorsichtig auf. Seine Knie zitterten, als er sich wieder auf die Beine stellte. Der Abgrund unter ihm schien nun düsterer und bedrohlicher als zuvor, als wäre er über das Opfer entrüstet, das ihm entgangen war. Langsam setzte Carim nun wieder einen Fuß vor den anderen. Die Knie ließ er gebeugt, sodass er sich schneller abstützen könnte, sollte er zum zweiten Mal aus dem Gleichgewicht gebracht werden.

Als er endlich die andere Seite erreicht hatte, atmete er erleichtert ein und aus. Auf dem Rückweg würde er unter allen Umständen den anderen Weg wählen.

Wieder verfluchte er Vlynnar. Was hatte er sich nur dabei gedacht, einfach so abzuhauen, nachdem Carim ihn aufgezogen und versorgt hatte?

Der junge Mann sah sich um und überlegte, wohin der Drache wohl geflogen war. Er suchte den Boden nach Landespuren ab, konnte jedoch keine erkennen. Langsam ging er weiter und sah sich um.

Ob der Drache sich einfach ein Versteck gesucht hatte, weil er wusste, dass Carim nach ihm suchte? Sollte er sich in irgendeine enge Steinspalte gepresst haben, fände der junge Mann ihn niemals.

Plötzlich glänzte etwas auf dem Boden vor ihm: Blut!

Carim hockte sich auf den Boden und tunkte einen Finger hinein. Nein, das hier war kein Drachenblut, sondern das Blut irgendeines Kleintieres. Vielleicht hatte Vlynnar Hunger bekommen und einen Hasen erlegt und gefressen. Verständlich, da seine letzte Mahlzeit schon ein paar Stunden zurücklag. Dann konnte er jedenfalls nicht weit sein, denn so viel Vorsprung hatte Carim ihm ja nicht gelassen.

Gerade wollte er weitersuchen, als er ein lautes Kläffen und ein bestialisches Heulen hörte. Ohne nachzudenken wusste Carim, dass es von einem Drachen stammte. Von seinem Drachen!

»Vlynnar!«, brüllte Carim und stürmte los. Er musste nicht lange suchen. Nur wenige Meter weiter sah er den Ursprung des Gebrülls: Von einer Meute hungriger, knurrender Bergwölfe umringt stand der kleine Drache inmitten einer Lichtung. Seinen bluttriefenden Flügel hatte er an sich gezogen und blickte nun mit tapfer gebleckten Zähnen seinen Feinden entgegen. Carim sah mit einem Blick, dass der Drache in den nächsten Minuten zerrissen werden würde, wenn ihm niemand zu Hilfe käme.

Gegen ein ganzes Rudel riesiger Bergwölfe hatte jedoch auch Carim keine Chance. Er konnte gerade noch eins seiner Schwerter ziehen, bevor die kläffenden Bestien ihn entdeckten und sich auf ihn stürzten. Carim wich einen Schritt zurück, holte aus und rammte dem ersten Wolf die Waffe in die Kehle. Mit einem Ruck zog er sie wieder heraus und stieß sie sofort in den Körper des nächsten Tieres. Er würde das hier nicht lange durchhalten, so viel stand fest. Mit einem Mal erblickte er am Rande der Lichtung etwas, das ihm und Vlynnar vielleicht das Leben retten könnte.

»Haut ab!«, fuhr er die Tiere an, nahm alle seine Kraft zusammen und rammte einem Wolf sein Knie in den Leib, sodass dieser zurückgeschleudert wurde. Irritiert wichen die Tiere zurück. Carim sah seine Chance und nutzte sie augenblicklich.

Sofort rannte er durch die neu geschaffene Lücke und steuerte auf Vlynnar zu. Der Drache lag erschöpft in der Mitte der Lichtung und regte sich kaum noch. Der junge Mann packte ihn grob im Nacken und warf ihn sich im Laufschritt über die Schulter. Dann rannte er auf die winzige Öffnung im Fels zu, die er eben entdeckt hatte. Sie war gerade so groß, dass er sich mit Vlynnar hindurchquetschen konnte. Waren sie einmal drinnen, waren sie sicher, denn dann konnte sich immer nur ein weiterer Wolf durchzwängen. Und mit einem Wolf würde Carim im Schlaf fertig werden.

An der Öffnung angekommen packte Carim den Drachen wieder und presste ihn durch das Loch. Er hörte einen dumpfen Aufschlag und hoffte, dass der Drache keinen weiteren Schaden erlitten hatte.

Dann steckte er sein Schwert zurück in die Halterung am Rücken und begann sich selbst mit dem Kopf voran in die Höhle zu quetschen. Fast hatte er es geschafft, als er einen höllischen Schmerz in seinem rechten Knöchel verspürte. Eines der Biester musste sich darin verbissen haben.

Obwohl er glaubte, sein Fuß würde vor Schmerzen explodieren, schüttelte er ihn hin und her, doch der Wolf vergrub seine Zähne nur noch weiter in Carims Fleisch. Der junge Mann fletschte die Zähne und versuchte, weiter in die Höhle zu robben. Tränen schossen ihm in die Augen. Der Wolf zerrte unnachgiebig an Carims Fuß, doch Carim war stärker.

Mit einem letzten Aufschrei zerrte er den Wolf mit in die Höhle, griff nach seinem Schwert und rammte dem Vieh die Waffe in die Flanke. Das Tier winselte und sein Kiefer lockerte sich ein wenig. Carim riss das Schwert wieder heraus und stach ein zweites Mal zu, dann immer wieder und wieder. Die anderen Tiere umrundeten die Höhlenöffnung und jaulten furchteinflößend.

Irgendwann sackte der Wolf zusammen und rührte sich nicht mehr. Carims Fuß brannte vor Schmerz. Ein ersticktes Schluchzten entwich seiner Kehle, als er nun den blutverschmieren Kopf des Wolfes packte, den Kiefer auseinander- und den zerbissenen Fuß aus dem Wolfsrachen zog. Aus der blutenden Wunde starrte ihm weißer Knochen entgegen.

Kurz verschwamm die Umwelt vor Carims Augen, doch er durfte der Ohnmacht jetzt noch nicht nachgeben. Erst musste er sichergehen, dass Vlynnar und ihm keine Gefahr mehr drohte. Stöhnend packte er eines seiner Schwerter und drehte sich gebückt zur Öffnung um, denn zum Stehen reichte die Höhe der Höhle nicht aus. Das Loch war nun halb mit dem Kadaver des Wolfes verstopft. Die anderen Tiere schienen unsicher, ob sie sich noch in die Höhle vorwagen konnten. Anscheinend war ihnen klar, dass Carim sie einen nach dem anderen abschlachten würde, wenn sie sich durch die Öffnung zwängten.

Carim verkeilte sein Schwert so in der Felsöffnung, dass die Spitze den Wölfen entgegenragte. Dann robbte er mit schmerzverzerrtem Gesicht zurück ins Innere der Höhle. Sein Fuß schien in Flammen zu stehen. Carim musste sich beherrschen, nicht aufzuschreien. Von seiner Hose riss er einige Streifen ab und wickelte sie stramm um den zerfleischten Fuß. Hoffentlich würde er damit den Blutfluss stoppen können. Es dauerte keine Minute, da waren die Stoffstreifen völlig rot durchtränkt. Wieder drohte Carim ohnmächtig zu werden. Der Boden sah plötzlich so unglaublich weich und gemütlich aus. Alles verschwamm vor seinen Augen.

Der Drache!, fuhr es ihm in den Sinn und schlagartig war er wieder hellwach.

»Vlynnar!«, rief er krächzend, dann schwieg er und lauschte angestrengt ins Dunkle. Etwa einen Meter neben seinem Kopf konnte er flache Atemgeräusche hören und suchte im schwachen Zwielicht den Boden der Höhle ab. Ein Glück, dass das Licht des Mondes durch einige kleine Felsspalten fiel. Sonst wären Carim und Vlynnar der völligen Dunkelheit ausgeliefert gewesen.

Der Drache lag zu einem kleinen Knäul aus Flügeln und Schuppen zusammengerollt auf dem Boden. Er rührte sich kaum. Unter einiger Anstrengung robbte Carim zu Vlynnar und untersuchte ihn. Abgesehen von seinem verletzten Flügel schien der Drache unversehrt zu sein. Carim nahm das letzte Stück, das von seiner Hose übrig geblieben war, und band den Flügel an den Körper des Drachen, sodass er stabilisiert war.

Vlynnar öffnete kurz die Augen und fixierte seinen Retter mit blutrotem Blick. Erschöpft schloss er sie wieder.

Bald darauf verlor auch Carim das Bewusstsein.

Kapitel 8

Schwarzer Retter

Als Carim wieder aus seiner Ohnmacht erwachte, schien die Welt wie in grobe, graue Wolle gepackt. Er wollte sich bewegen und sich umsehen. Aber irgendwie konnte er es nicht, so als wäre zwar sein Geist erwacht, sein Körper jedoch noch nicht.

Langsam lichtete sich der Nebel in seinem Kopf, er konnte klarer denken und sich zitternd bewegen. Doch wieso schmerzte sein rechtes Bein so höllisch? Und wieso war sein gesamter Körper verspannt, sodass jede Bewegung eine Qual für ihn war?

Mit einem Schlag kehrten Carims Erinnerungen zurück. Die Wölfe, die Höhle, sein Knöchel ... und der verletzte Drache!

Stöhnend wuchtete sich der junge Mann auf seine Unterarme, stützte sich hoch und schaute sich nach dem Drachen um. Er lag nicht mehr dort, wo Carim ihn zuletzt gesehen hatte.

Er fluchte. Dieses Drecksvieh! Hatte es ihn wirklich hier zurückgelassen, obwohl er doch gestern sein Leben riskiert hatte, um es zu retten?

Stöhnend und immer weiter fluchend setzte er sich auf und lugte zum Höhleneingang. Es musste bereits helllichter Tag sein.

Sein Schwert, das er zur Verteidigung im Fels verkeilt hatte, lag neben der Wand im Dreck. Der Drache musste es bei seiner Flucht zur Seite gefegt haben. Das andere Schwert lag unweit von Carim am Ende der Höhle. Nun glitt sein Blick auf seinen Fuß.

Er musste die Zähne mit aller Kraft zusammenbeißen, um nicht vor Verzweiflung und Ohnmacht aufzuschreien. Der Verband war rot durchtränkt. Ihn beiseite zu schieben traute er sich nicht. Er wusste nicht, ob er auf diesem Fuß jemals wieder würde laufen können. Verzweifelt wandte er den Blick ab und spähte wieder aus der Höhle hinaus.

Die Wölfe schienen verschwunden zu sein, was kein Wunder war, da Carim sicher bereits einige Stunden, wenn nicht noch länger, in der Höhle lag. Trotzdem war er vorsichtig und lauschte, ob das Rudel vielleicht noch irgendwo in der Nähe lauerte.

Unter unsäglichen Schmerzen und mit aller Kraft, die ihm verblieb, hob er seine Beine an und drückte sich durch die Höhlenöffnung nach draußen. Davor packte er den toten Wolf, der im Eingang lag, im Nackenfell und wälzte ihn zur Seite.

Ihm war klar, dass er hier nicht bleiben konnte, er würde verhungern, verdursten oder von Raubtieren gefressen werden. Das Schlimmste daran war, dass sein Fuß, wenn er die Wunde nicht auswusch und ordentlich behandelte, in wenigen Tagen nur noch ein Fall für das Amputationsmesser wäre. Was er dann tun würde, wollte Carim sich nicht einmal ausmalen.

Draußen drehte er sich noch einmal unter riesigen Schmerzen um und holte die Schwerter aus der Höhle. Mit einem Stöhnen steckte er sie in die Halterung auf seinem Rücken. Noch einmal atmete er tief durch, packte dann den Stein hinter sich, und begann sich unter Aufbietung all seiner Kräfte hochzuziehen. Sein unverletztes Bein war ihm dabei eine wertvolle Hilfe. Doch sobald er das Rechte belastete, war ihm, als müsse er ein weiteres Mal vor Schmerzen ohnmächtig werden. Es war unmöglich für ihn, auch nur einen Schritt zu gehen.

Verzweifelt ließ sich Carim wieder auf den Boden sinken. Die Wunde an seinem Fuß begann erneut zu bluten und tränkte den staubigen Boden mit dem roten Nass. Wäre er nicht Carim, der Drachentöter, hätte er wohl angefangen zu weinen. Gestern noch hatte er einen Drachen in seinem Besitz gehabt, dazu noch einen Plan, wie er endlich das bekäme, was ihm zustünde. Nun saß er hier mit einem zerfleischten Fuß, ohne Drachen und ohne irgendeine Aussicht, wieder wohlbehalten nach Hause in seine Höhle zu kommen.

Ein plötzliches Rascheln ließ ihn aufschauen. Waren die Wölfe zurückgekommen? Einen kurzen Moment spielte er mit dem Gedanken, sich ihnen einfach auszuliefern, doch dann biss er entschlossen die Zähne zusammen. Ein verzweifeltes, fast wahnsinniges

Grinsen stahl sich auf sein Gesicht. Nein! Niemals! Wenn er schon sterben musste, dann wollte er mindestens die Hälfte des Rudels mit sich in den Tod nehmen. Entschlossen rutschte er an die Wand, um die kleinstmögliche Angriffsfläche zu bieten und Rückendeckung zu haben. Er riss seine Schwerter hervor und wartete angespannt.

Ein weiteres Mal raschelte es in dem Gebüsch vor ihm. Er fragte sich schon, wo dieses Wolfsrudel das Anpirschen gelernt hatte, da brach eine schwarz-violette Gestalt daraus hervor und fixierte ihn mit stechend roten Augen.

»Dummes Mistvieh«, schimpfte Carim, ohne es wirklich ernst zu meinen. Stattdessen verwandelte sich das verzerrte Grinsen auf seinem Gesicht in ein erleichtertes. Vlynnar trug zwischen seinen Zähnen ein junges Reh, das er trotz des bestimmt enormen Gewichts mit Leichtigkeit in die Höhe hielt.

Stolz tapste der Drache über die Lichtung, legte seine Beute vor Carim ab, setzte sich auf die Hinterbeine und wickelte den glänzenden Schwanz zufrieden um seinen Körper. Carim musterte den Drachen von oben bis unten.

»Scheint mir fast, als seist du über Nacht um noch ein paar Zentimeter gewachsen«, knurrte er. Sein Magen machte sich laut bemerkbar, als er auf das Reh blickte. Vlynnar brummte zufrieden. Carim schaute wieder zu ihm hoch.

Zwar konnten sich Drachen mit Menschen nicht durch Sprache verständigen, doch im Volksmund hieß es, dass Drachen die Emotionen der Menschen lesen könnten. Carim hatte nie an dieses Ammenmärchen geglaubt, nun war er sich jedoch nicht mehr so sicher. Vlynnars blutrote Augen fixierten ihn unverwandt und der junge Mann musste ein Schaudern unterdrücken. Mit Genugtuung malte er sich aus, wie erst Vlynnars Feinde zurückschreckten, wenn sie kurz vor ihrem Tod in die blutroten Augen des Drachen blicken mussten.

Schon seit Carim Drachen tötete, fragte er sich, wie viel sie verstanden und ob sie eher Tiere waren oder an Menschen erinnerten. Verstand Vlynnar seine Worte oder las er tatsächlich aus seinen Gefühlen heraus, was er meinte?

Carim wusste, was der Drache ihm durch seinen Blick mitteilen wollte. Es war ihm, als könne er für einen kurzen Moment seine Gedanken lesen, denn in seinen Augen schienen Dankbarkeit, Zufriedenheit und Freude zu schimmern.

Carim schaffte es, das halbe Reh über einem mickrigen Feuer zu braten und zu essen, während Vlynnar neben ihm die andere Hälfte roh verspeiste.

Wieso konnte der Drache noch kein Feuer spucken? Das hätte die ganze Sache vereinfacht. Wenn sich Carim daran erinnerte, wie Vlynnars Mutter ihn mit ihrer Flamme fast geröstet hatte, konnte er den Gedanken, dass Vlynnar einer seltenen Drachenrasse ohne Feuerkräfte zugehörte, wieder verwerfen.

Nachdem er das köstlich schmeckende Fleisch verspeist hatte, fühlte er sich gestärkt und schon etwas kräftiger. Nun wurde es für ihn Zeit, darüber nachzudenken, wie er dieser misslichen Lage entkommen konnte.

Die einzige Chance, die sein Fuß noch hatte, war seine Höhle, in der er verschiedene Kräutersalben und Verbände lagerte und sich in Sicherheit ausruhen konnte.

Die Aussicht, dass Vlynnar nun wohl aus freien Stücken bei ihm blieb und vor allem die Frage, wie lange er das noch tun würde, schob Carim geflissentlich in den Hintergrund. Er wusste jedoch, dass sein Fuß den Weg nach Hause nicht schaffte. Carim schaute zu Vlynnar und musterte ihn wieder. Der junge Mann spürte, dass die Zeit knapp wurde. Mit jeder Sekunde schien er schwächer zu werden und sollte die Ohnmacht ihn wieder übermannen, wäre es vorbei mit ihm.

Scheinbar interessiert erwiderte Vlynnar seinen Blick. Carim war sich nicht sicher, ob der Drache wusste, in welcher lebensbedrohlichen Lage er steckte. Also deutete Carim auf seinen Fuß, stützte sich dann so ab, als wolle er sich aufrichten, und ließ sich wieder fallen. Ob der Drache ihn verstand?

Vlynnar schnaubte. Winzige Rauchwolken verließen dabei seine Nüstern. Dann trottete er auf Carim zu. Dieser zuckte zusammen und wich etwas zurück. Wenn der Drache nun beschlossen hatte, ihn doch zu töten, hatte er keine Kraft mehr sich zu wehren.

Der Blick des Drachen schien entschlossen und die roten Augen bohrten sich tief in Carims Seele. Das erste und einzige Mal seit Jahren verspürte er wirkliche Angst.

Er klammerte sich an den Felsen hinter sich, stützte sich auf sein gesundes Bein und wollte sich hochziehen, aber seine Hände rutschten immer wieder ab. Verzweifelt stemmte er sich halb hoch, sein Körper war jedoch noch nicht bereit für solch einen Kraftakt.

Augenblicklich wurde ihm schwarz vor Augen. Carim sackte in sich zusammen, während die Dunkelheit schmerzhaft in seinem Kopf pulsierte.

Das letzte, was er im Zwielicht über sich wahrnahm, waren Vlynnars rote Augen und sein Gesicht mit weit aufgerissenem Maul, das nach ihm schnappte.

Kapitel 9

Neue Narben

Als Carim allmählich wieder zu sich kam, fühlte er sich so schlecht wie noch nie zuvor in seinem Leben.

Er war schon oft auf dem schmalen Grat zwischen Leben und Tod gewandelt. Wie sollte es bei seiner Tätigkeit auch anders sein? Er war meterhohe Abhänge hinabgestürzt, hatte sich schon zahlreiche Knochen gebrochen, sich an Drachenstacheln die Haut aufgerissen oder die Flammen der Tiere auf seiner Haut spüren müssen. Carims ganzer Körper war deshalb von Brandwunden und Narben übersät. Niemand, der ihn sah, wäre jemals auf die Idee gekommen, dass man sich so viele Verletzungen in nur fünfundzwanzig Lebensjahren einfangen konnte – und sie überlebte.

Aber noch nie in seiner Zeit als Drachentöter, noch nie in seinem ganzen Leben hatte Carim solche Schmerzen erleben müssen wie jetzt beim Erwachen. Zögerlich öffnete er seine Augen. Sofort wurde ihm übel. Das Bild vor seinen Augen verschwamm, bevor er es zuordnen konnte.

Er atmete langsam ein und aus. Dann versuchte er ein zweites Mal, seine Umgebung zu betrachten. Er konnte eine steinige Decke erkennen, von der die verschiedensten Gegenstände herabhingen. Carim kniff die Augen zusammen. Als er Drachenknochen aller Formen und Größen erkannte, wusste er sofort, wo er sich befand: Er lag in seiner eigenen Höhle. Doch wie war er hierhergekommen?

Seine Erinnerungen waren recht spärlich. Er konnte sich daran erinnern, dass Vlynnar mit weit aufgerissenem Maul auf ihn zugekommen und er in Ohnmacht gefallen war.

Als Carim an seinem Körper hinabschaute, fügte sich alles für ihn zusammen. Sein Bauch und die Teile seines Rückens, die er sehen konnte, waren mit Kratzern, Furchen und kleineren Wunden übersät, braun von Dreck und getrocknetem Blut. Sein linker

Arm sah jedoch noch viel schlimmer aus. Eine tiefe, rot glänzende Fleischwunde klaffte auf ihm, in der Form von Zähnen, die in seine Haut geschlagen worden waren. Drachenzähnen. Carim stöhnte. Es sah ganz so aus, als ob der Drache ihn, seinen Arm im Maul haltend, bis zur Höhle geschleift hätte. Er hatte sich geirrt. Vlynnar hatte ihm nie etwas antun wollen.

In Carim stritten Erschrecken, weil er leicht hätte sterben können, und Dankbarkeit darüber, dass der Drache ihn in die rettende Höhle geschafft hatte. Denn hier waren seine Überlebenschancen weitaus größer als draußen. Er musste es nur bis zu seinen kostbaren Salben schaffen.

Carim hatte nach dem Verkauf von Drachenfleisch immer nur so viel des Erlöses zurückbehalten, dass er sich damit in den nächsten Monaten Nahrung kaufen konnte. Vom restlichen Geld hatte er sich nützliche Dinge gekauft oder es anderweitig verbraucht: Waffen und Ausrüstungsgegenstände, die er nicht selbst aus Drachenzähnen oder Drachenhaut herstellen konnte, Kleidung, aber auch Salben und Verbände. In Fithár gab es einige Heiler, die viel von ihrer Arbeit verstanden – Carim hatte genug Gelegenheit gehabt, ihre Fähigkeiten kennenzulernen. Zu einem Arzt hatte er nie gehen können, denn zu viele Leute in Fithár hassten ihn wegen seiner zwielichtigen Geschäfte, als dass er es riskieren konnte, erkannt zu werden. Also bewahrte er in seiner Höhle einige Salben, Kräuter und Binden für die verschiedensten Verletzungen auf.

Er wusste genau, welche Salbe er nun benutzen musste. Er hatte sie vor ein paar Wochen von einem ostländischen Händler gekauft. Sie war aus einem Kraut gemacht, das viele Tagesreisen entfernt wuchs. Er hatte für diese Salbe beinahe die Einkünfte eines ganzen Drachen bezahlen müssen. Aber dafür hatte sie ihm bereits einmal das Leben gerettet, als ein wildes Drachenweibchen ihm fast die Hand abgerissen hatte.

Nun mobilisierte er all seine verbliebenen Kräfte, stemmte die Ellbogen in den staubigen Boden und robbte auf den Kamin zu. Sein ganzer Körper schmerzte, doch er wusste nicht, was er anderes tun sollte. Meter für Meter schmolz der Abstand zwischen ihm und dem Ort, an dem er die Arzneimittel versteckt hatte, dahin. Unter höllischen Qualen erreichte er endlich die richtige Stelle, wischte hastig den Staub zur Seite und legte eine kleine, in den Boden eingelassene Falltür frei. Mit allerletzter Kraft zog er den Holzdeckel hoch. Unmengen bunter Flaschen und Döschen blitzten ihm aus einer kleinen Kuhle entgegen. Kurz war es ihm, als wolle die Ohnmacht ihn wieder übermannen.

Er fasste sich jedoch wieder und griff zielsicher nach einem Tiegel mit einer blassrosa Masse darin. Er rollte sich auf den Rücken, öffnete ihn und begann, die Salbe sparsam auf seinem Bauch zu verteilen. Eigentlich war sie zu kostbar, um damit einfache Kratzer zu verarzten. Doch sie schmerzten sehr und Carim beschloss, dass es Wichtigeres gab, um das er sich jetzt Gedanken machen musste.

Er wusste auch, dass er zuerst den verletzten Fuß verarzten sollte, aber er traute sich noch nicht an ihn heran.

Sofort begann die Heilpaste zu wirken, indem sie die Wunden kühlte und den Schmerz verringerte. Nun verstrich er sie auch auf der Bisswunde an seinem Arm, musste jedoch die Zähne zusammenbeißen, da sich der Druck anfühlte, als würden glühende Eisen in seine Haut gepresst.

Jetzt war der Fuß an der Reihe. Zunächst wickelte er den Verband ab. Vorsichtig näherte er sich mit den Fingern dem Gemisch aus Blut, Eiter und zerfetzter Haut. Als er es berührte, konnte er nicht anders, als laut aufzuschreien. Ein paar Mal atmete er tief ein und aus, dann verstrich er die Salbe zügig auf der Wunde. Es brannte kurz, aber gleich darauf trat eine wohltuende Kühle ein.

Erschöpft, aber erleichtert legte sich Carim zurück auf den dreckigen Boden. Er konnte und wollte sich nicht mehr bewegen. Ganz langsam ließ der Schmerz nach und er fiel in einen Dämmerschlaf.

Als er wieder aufwachte, wusste er nicht, wie lange er dort so gelegen hatte. Waren es Minuten oder Stunden? Die Zeit schien keine Bedeutung mehr zu haben. Carim wusste noch nicht einmal, ob er geschlafen hatte oder die ganze Zeit wach gewesen war. Von außen fiel noch spärliches Licht in die Höhle. Es musste bereits spät am Abend sein.

Vorsichtig bewegte er erst seine Arme, dann die Beine. Sie fühlten sich an wie nach einer langen, anstrengenden Arbeit, doch der schreckliche Schmerz von vorhin kehrte nicht zurück. Er versuchte, die Wunden zu begutachten, doch im Zwielicht waren sie nur dunkle Schatten.

Plötzlich hörte er aus einer Ecke des Raumes ein heftiges Schnauben und zuckte zusammen. Zwei rubinrote, leuchtende Augen starrten ihm entgegen. Er konnte nur die Umrisse des Drachen erkennen. Vlynnar war zurückgekehrt. Wo war er gewesen, als Carim hier bewegungslos gelegen hatte?

Er trottete nun einige Schritte nach vorne, legte den Kopf in den Nacken und schaute zum Kamin.

Carim wusste nicht, was der Drache vorhatte, als dieser plötzlich den Kopf nach vorne schnellen ließ und eine Stichflamme ausstieß. Der junge Mann zuckte erschrocken zurück, als er die Hitze auf seinem Gesicht spürte und der Raum augenblicklich von Wärme und Licht erfüllt wurde. Das Feuer im Kamin prasselte gemütlich, als sich Vlynnar zu Carim umdrehte. Der Drache musste sich das Feuerspucken selbst beigebracht haben. Irgendwie erinnerte der Ausdruck auf dem Gesicht des Drachen Carim an einen kleinen Jungen, der seinem Papa gezeigt hatte, was er im Unterricht alles gelernt hatte.

Erregung ergriff den jungen Mann. War es das, was Vlynnar nun in Carim sah, nachdem dieser ihn vor den Wölfen gerettet hatte? Einen Vater? Einen Meister?

Die Flamme war zwar noch winzig im Vergleich zu den Feuerbergen, die ausgewachsene Drachen erzeugen konnten, doch Carim fiel dennoch ein Stein vom Herzen. Er hatte schon befürchtet, dass der Drache gar nicht lernte Feuer zu spucken, da er keinen vertrauten Drachen hatte, der es ihm zeigen konnte. Seinem Plan hätte es einen gewaltigen Dämpfer versetzt, wenn der Drache diese Fähigkeit nicht entwickelt hätte. Nun, da er vielleicht nicht sterben würde und der Drache ihm eine Art bewundernden Respekt entgegenbrachte, schien der Plan wohl doch nicht in unerreichbare Ferne zu rücken. Vorher musste er den Drachen jedoch streng und gewissenhaft trainieren.

Carim schüttelte den Kopf. Bevor er so weit in die Zukunft planen konnte, musste er sich erst einmal um seine gegenwärtigen Probleme kümmern.

Also wandte er sich wieder um und schaute an seinem Körper hinab, auf dem nun die vom Feuer beschworenen Schatten tanzten. Die Kratzer an seinem Bauch waren inzwischen alle von Schorf bedeckt, doch einige glänzten verdächtig gelb, sodass Carim sich selbst dafür verfluchte, dass er sie vorher nicht ausgewaschen hatte. Alles in allem sollten ihm diese Wunden jedoch keine Scherereien mehr bereiten. Im schlimmsten Fall würde er einige Narben behalten – oder im besten Fall, denn Carim liebte die Narben, die seinen Körper zierten und von seinen vergangenen Kämpfen berichteten.

Nun wanderte sein Blick zu seinem Arm. Das Gerücht, dass Drachenspeichel heilenden Wirkung hatte, schien scheinbar einen wahren Kern zu haben: Die Wunde sah schon viel besser aus! Auch damit würde Carim keine Probleme mehr haben. Der Fuß hingegen war kaum geheilt. Eiter und Blut verklebten die Wunde. Kein Wunder, da der Wolfsspeichel nicht dieselben Fähigkeiten zu haben schien wie der von Drachen. Ein winziges Bisschen hatte die Salbe jedoch schon geholfen.

Carim griff mit der freien Hand nach einer Bindenrolle auf dem Tisch, riss ein Stück ab, bestrich es mit der rosa Salbe und wickelte es unter stechenden Schmerzen stramm um seinen Fuß. So musste er wenigstens den Anblick nicht mehr ertragen.

Sein Magen knurrte laut. Mühsam richtete er seinen Oberkörper auf. Mit einiger Anstrengung schaffte er es, sich am Tisch hochzuziehen, ohne den Fuß zu belasten, und sich auf einem Stuhl niedersinken zu lassen. Auf dem Tisch lag noch Pökelfleisch. Hastig nahm er es, biss eine Ecke ab und aß es mit Heißhunger auf. Dann fiel sein Blick auf Vlynnar.

»Willst'e auch was?«, schmatzte er mit vollem Mund und hielt dem Drachen das Stück Fleisch hin. Vlynnar machte keine Anstalten, das Pökelfleisch zu nehmen. Vielleicht hatte er sich draußen selbst etwas erlegt.

Carim wollte nach Vlynnars Flügel sehen, doch der Drache ließ es nicht zu. Immerhin war er nicht wieder einer wilden Wolfsmeute zum Opfer gefallen, als er draußen gewesen war.

»Wir haben noch verdammt viel vor«, knurrte Carim zwischen zwei Bissen und fixierte den Drachen mit seinen kristallblauen Augen. »Doch dann, wenn es soweit ist ... Dann können wir alles erreichen.«

Kapitel 10

Drachenschwingen

Die nächsten Wochen flogen nur so dahin und Vlynnar mit ihnen. Jeden Tag verschwand er für mehrere Stunden. Wenn er zurückkehrte, sah er immer noch stärker, furchteinflößender und erfahrener aus als zuvor. Die Wunde an seinem Flügel verheilte ohne Probleme, die Flammen, die er ausstieß, wurden mit jedem Mal größer und heißer. Inzwischen überragte er Carim beträchtlich. Seine schwarzen Schuppen verhärteten sich. Seine Klauen wurden groß, scharf und tödlich. Am meisten aber beeindruckte Carim sein kühles, überlegtes und grausames Wesen. Wenn Vlynnar ein Tier erlegen wollte, quälte er es vorher ein paar Minuten, manchmal eine Stunde lang. Er liebte es, seiner Beute Schmerzen zuzufügen. Darin war er Carim erschreckend ähnlich.

Der Drache war zu groß, um noch bei ihm in der Höhle zu schlafen, also rollte er sich immer vor dem Eingang zusammen. Carim hatte gelernt, Vlynnars Körpersprache zu deuten und seine Zeichen zu verstehen. So scharrte er zum Beispiel immer mit den Klauen, wenn er aufgeregt war oder neigte den Kopf, um sein Zutrauen auszudrücken. Außerdem schien Vlynnar auch Carims Worte zum Teil zu verstehen, den Rest las er wohl aus seinen Gefühlen.

Carims Heilung machte zu seinem Leidwesen jedoch kaum Fortschritte. Zwar bereiteten ihm sein Arm und die anderen kleineren Wunden keine Probleme mehr, doch die klaffende Wunde an seinem Fuß schloss sich nur langsam und bereitete ihm noch immer fürchterliche Schmerzen.

Nach einigen unerträglichen Ruhetagen versuchte er, wieder zu gehen. Er scheiterte schmerzvoll, deshalb fertigte er sich Gehhilfen aus Drachenknochen an. Mit diesen provisorischen Krücken konnte er sich schon besser fortbewegen. Doch wenn Vlynnar nicht gewesen wäre und jeden Tag frisches Wild angeschleppt hätte, wäre Carim kläglich verhungert.

Die Zeit in seiner Höhle, aus der er sich ansonsten selten entfernte, verbrachte er oft mit dem Training seiner Muskeln. Carim wollte sich stark und beweglich halten, damit er gleich nach seiner Genesung wieder für Übungen mit Vlynnar bereit wäre.

Außerdem unterhielt er sich oft mit dem Drachen. Er erklärte ihm seine Strategien beim Drachentöten und seine Vorstellungen davon, wie sie beide zusammen kämpfen sollten. Jedes Mal saß oder lag Vlynnar vor ihm und schaute ihn mit klugem Blick an. Manchmal, wenn er ihn geduldig anblickte, war Carim der Meinung, dass Vlynnar jedes seiner Worte verstand. In einem anderen Moment sprang der Drache jedoch mitten im Satz auf und ging einfach davon.

Wenn seine Muskeln müde vom Training waren und Vlynnar gerade jagte, probierte sich Carim an der Herstellung einiger Gegenstände, die ihm im Umgang mit dem Drachen nützlich sein könnten.

Das Erste, das er angefertigt hatte, war ein Sattel aus Drachenhaut und -knochen für Vlynnar. Als er begonnen hatte, war er dem Drachen viel zu groß gewesen. Inzwischen war Vlynnar jedoch noch weiter gewachsen, sodass er ihm nun erst einmal passen sollte.

Jetzt war die Zeit gekommen, dass er den Drachen an den Sattel und daran gewöhnen musste, ihn selbst als Reiter auf seinem Rücken zu tragen. Dazu hatte er sich bereits einen Plan überlegt: Zuerst würde er dem Drachen den Sattel auflegen und ihn einige Tage festgeschnallt lassen. Im Bestfall nähme Vlynnar ihn auf seine Jagdausflüge mit, bis er nichts Besonderes mehr für ihn wäre.

Dann käme der schwierige Teil. Eigentlich hatte Carim dem Drachen Sandsäcke oder Ähnliches auf den Rücken legen wollen, um ihn so an die Belastung zu gewöhnen. Später wäre er dann selbst hinaufgestiegen. Doch mit seinem verletzten Fuß konnte er weder Säcke schleppen, noch auf einen Drachen klettern. Deshalb musste er sich etwas anderes ausdenken.

Außer dem Sattel fertigte Carim in den Tagen der Genesung auch noch einen Speer an. Er war gut zwei Meter lang und trotzdem durch einige Gewichte so ausbalanciert, dass Carim ihn locker in einer Hand halten konnte. Die Spitze war mit einem gefährlichen Widerhaken besetzt und mindestens vier Handbreit lang. Vielfältige Schnitzereien verzierten den Griff. Diese Waffe würde Drachenflügel und Menschenhaut wie Pergament zerfetzen.

* * *

Einige Tage später sah Carim den Moment gekommen, um selbst die ersten Flugversuche zu unternehmen. Den Sattel hatte Vlynnar klaglos angenommen. Vielleicht verstand er ja doch, was der junge Mann ihm mitzuteilen versuchte.

Carim erhob sich von seinem Bett, auf dem er gesessen hatte, und griff nach seiner Krücke. Er klemmte sie sich unter den Arm. Wo Vlynnar nur steckte? Er war nun schon einige Stunden unterwegs. Mit wackligen Schritten verließ Carim seine Höhle. Mit Freude bemerkte er, dass ihm das Gehen schon ein ganzes Stück leichter fiel als noch am Tage zuvor. Seine Heilung begann nun wohl auch richtige Fortschritte zu machen.

Draußen suchte er den Himmel ab. Weit in der Ferne sah er einen größeren Umriss, konnte jedoch nicht einschätzen, ob es sich dabei um Vlynnar handelte.

Er hob die Finger zum Mund und pfiff einmal kräftig. Der Schatten am Himmel bewegte sich und steuerte nun auf ihn zu. Stark hoben sich Vlynnars dunkle Schuppen gegen die Sonne ab und glänzten metallisch-violett, sodass man ihn tagsüber schon von Weitem erkennen konnte. In der Nacht jedoch war der Jungdrache nahezu unsichtbar.

Die Flügel weit ausgebreitet und den Kopf hoch erhoben schwebte er in leichten Schlangenlinien auf ihn zu und setzte langsam zum Sinkflug an. Vlynnars feuerrote Augen stachen hervor und glänzten im Licht der Sonne. Noch nie hatte Carim einen Drachen mit einer solch besonderen, eindrucksvollen Augenfarbe gesehen. Seine Flügel waren so dünn, dass sie aussahen, als könnten sie leichter als ein Bogen Papier reißen. Dagegen waren seine Schuppen am ganzen Körper so hart, dass keine Waffe sie durchdringen konnte.

Carim musste lachen, als er an die alten Ammenmärchen dachte, dass jeder Drache an seinem Körper eine Stelle ohne Schuppen hatte, an der man ihn verwunden konnte. Dass es wirklich ein Märchen war und jeder Grundlage entbehrte, wusste Carim aus eigener Erfahrung. Die einzigen Chancen, einen Drachen zu bezwingen, war es, entweder seine Flügel zu zerschneiden, obwohl diese Wunden niemals tödlich waren, ihn durch seine Augen zu verwunden oder so nah an ihn heranzukommen, dass man ihn von hinten mit einem Speer oder einem Schwert zwischen zwei Schuppen tödlich verwunden konnte. Doch bei Vlynnar würde Carim das mit seinen Waffen zu verhindern wissen.

Beim Landeanflug drehte sich Vlynnar nun so in der Luft, dass seine Schuppen im Sonnenlicht schimmerten und ein interessantes Schattenspiel auf den Boden schickten. In diesem Licht erkannte man, dass Vlynnars Schuppen nicht alle dasselbe Muster hatten. Manche waren dunkler, manche heller als andere, sodass ein verworrenes Farbenspiel entstand.

Vlynnar war nun fast bei Carim angekommen und flog so tief, dass die Erde aufgewirbelt und umhergeschleudert wurde. Um seine Augen zu schützen hob der junge Mann einen Arm vor sein Gesicht und beobachtete, wie der Drache vor ihm landete. Das ganze Plateau vibrierte in dem Moment, da das mächtige Tier seine Pranken auf den steinigen Boden setzte. Als er seine riesigen Flügel anlegte, strich eine Böe durch Carims kurze Haare. Er fröstelte und schaute dann zu dem Drachen empor. Wenn Carim stand und Vlynnar saß, überragte der Drache ihn inzwischen schon um mehr als einen Kopf. Er würde gerne jetzt schon den Versuch machen, auf Vlynnar zu reiten. Aber er wusste, dass er es mit seinem verletzten Bein nicht schaffen würde, überhaupt auf den Rücken des Drachen zu klettern.

»Na, du kleines Mistvieh?«, grummelte Carim und schenkte Vlynnar ein halbes Grinsen. Er wusste, dass der Drache jede seiner Launen sofort spürte. Zum wiederholten Male fragte sich Carim, wieso Vlynnar überhaupt bei ihm blieb. Er war doch so viel größer und stärker geworden und dazu von seiner Art her nicht unbedingt ein Wesen, das sich einem anderen anvertraute. Doch seit den Vorkommnissen mit dem Wolfsrudel schien Vlynnar in ihm seinen Meister zu sehen. Nichts hätte Carim lieber sein können, denn der Tag, an dem er mit der Ausführung seines Planes beginnen wollte, rückte immer näher. Als er vor einigen Wochen das letzte Mal die Stadt besucht hatte, waren ihm Nachrichten zu Ohren gekommen, die ihn mit Freude erfüllt hatten: Das Land Alpetoria, dessen Hauptstadt Fithár war, schien im Kampf gegen das Nachbarreich Dardanien deutlich unterlegen zu sein. König Berens hatte sich sogar in seinen Palast zurückgezogen und schon seit Tagen nicht mehr zu seinem Volk gesprochen, weil er angeblich in seine Schlachtpläne vertieft war. Dazu kam, dass die beiden Söhne des Königs, Prinz Kastriot und Prinz Asdral, den Gerüchten nach an die Front gereist waren, um den Soldaten Mut zuzusprechen. Alpetoria befand sich in einer bedrohlichen Krise. Tausende gute Männer waren an der Front bereits gefallen und da Alpetoria eher dünn besiedelt war, trat langsam ein Mangel an kampffähigen Soldaten ein. Jeder erwachsene Mann musste in den Krieg ziehen, solange er keinem unverzichtbaren Gewerbe nachging. Auch Carim hätte eigentlich an der Front stehen müssen. Jahrelang war er dieser Pflicht entgangen. Aber nun wollte er genau das. Jedoch nicht aus Vaterlandsliebe, sondern aus anderen Gründen. Carim grinste verschlagen. Doch schnell wandte er seine Gedanken wieder dem Hier und Jetzt zu.

»So, mein Lieber! Heute will ich mit dir etwas Neues ausprobieren. Was hältst du davon?«, fragte Carim und zog einen ledernen Gurt hervor. Er erwartete jedoch keine Antwort von dem Drachen.

Vorsichtig ging er auf Vlynnar zu. Sollte der Drache aus einem Angstreflex heraus, aus Scheu oder aus irgendeinem anderen Grund einen Schritt zur Seite weichen, konnte das sehr übel für Carim enden. Als er an Vlynnars rechtem Vorderbein angekommen war, schlang er den Gurt erst darum dann auch um seinen eigenen Bauch. Die Krücke warf er auf den Boden und stieg nun mit beiden Beinen so auf Vlynnars Fuß, dass er wie auf einem Podest stand. Er zog den Gurt fest, sodass er nun eng mit Vlynnars Bein verbunden war. Es schmerzte, war jedoch auszuhalten.

Kurz zuckte der Drache zusammen, drehte dann jedoch den Kopf und beobachtete das Geschehen neugierig. Er musste wohl Carims Aufregung spüren. Als sich Carims und Vlynnars Blicke trafen, deutete der junge Mann in Richtung des Himmels.

Vlynnar schien ihn nicht zu verstehen und legte fragend den Kopf zur Seite. In solchen Momenten erinnerte der Drache ihn an einen kleinen, unschuldigen Hund. Einen kleinen, unschuldigen, tödlichen und erbarmungslosen Hund.

»Flieg! Los! In die Luft!«, befahl Carim und nickte dem Drachen auffordernd zu. Nun schien Vlynnar zu verstehen. Einen Moment lang zögerte er noch, dann breitete er seine Flügel mit einem Schwung aus. Carim presste sich an das Bein, als Vlynnar kräftig mit den Flügeln schlug. Ein Ruck ging durch das ganze Tier. Der Lederriemen schnitt Carim in den Rücken, doch der junge Mann umklammerte weiterhin tapfer das Bein. Er wollte mit dem Drachen in die Luft steigen.

Mit einem weiteren Flügelschlag stieß sich Vlynnar heftig vom Boden ab. Plötzlich gab Carims verletzter Fuß nach und sein Bein knickte ein. Nur mit Müh und Not konnte er sich festhalten. Sein Herz machte einen ungewohnten Hüpfer. Und dann flog er. Er flog wahrhaftig. Ob dies jemals einem Menschen vor ihm gelungen war? Er hatte jedenfalls noch von keinem gehört, der einen Drachen gezähmt oder den Versuch überhaupt überlebt hatte.

»Ich fliege!«, jauchzte er. »Ich fliege! Ich fliege wirklich!«

Vlynnar schnaubte, doch er schien sich von Carims Freude anstecken zu lassen. Ohne Vorwarnung streckte er den Kopf in die Luft und schraubte sich mit kräftigen Flügelschlägen weiter in den Himmel. Carim schrie auf, als er merkte, dass er den Halt verlor. Seine Füße rutschten ab und er wurde von Vlynnar fortgerissen. Panisch schlug ihm das Herz bis zum Hals. Alles, was ihn vor dem Sturz ins Bodenlose bewahrte, war der Ledergurt. Schmerzhaft schnitt er ihm in den Rücken.

»Vlynnar!«, brüllte er und vor Angst schien ihm das Herz stehen zu bleiben. »Vlynnar! Hör sofort auf! Du bringst mich um!« Doch der Drache hörte ihn nicht und seinen Instinkt für menschliche Gefühle schien er vor jugendlichem Eifer ausgeschaltet zu haben. Er öffnete sogar sein Maul und schickte eine riesige Flammenfontäne in die Lüfte. Der Gurt drückte sich weiter in Carims Rücken und der junge Mann erkannte, dass er ihn nicht mehr lange halten würde.

»Vlynnar! Du Mistvieh!«, schrie er ein weiteres Mal. Dann riss das Leder und er fiel ins Bodenlose.

Du verdammter Tor, da hast du dich wieder einmal überschätzt, dachte er nur, biss die Zähne zusammen, schloss die Augen und wartete auf den tödlichen Aufprall.

Der Aufschlag war heftig, jedoch nicht so brutal, wie Carim erwartet hatte. Irgendwie schien der Boden ein Stück mit ihm abzusinken und so die Wucht des Sturzes aufzufangen und zu dämpfen. Auch wunderte es ihn, dass er noch bei Bewusstsein war. Als er plötzlich zu rutschen begann, riss er die Augen auf und klammerte sich an seinem Untergrund fest. Was er sah, wollte er im ersten Moment nicht glauben: Unter ihm waren keine Felsen und kein von seinen zerschmetterten Eingeweiden bedeckter Stein, sondern ein lederner Sattel auf hunderten schwarzen Schuppen! Vlynnar drehte kurz den Kopf zu ihm um, um zu sehen, ob sein Herr auf seinem Rücken sicher gelandet war. Voller Freude und Stolz auf seine Leistung brüllte er euphorisch und schraubte sich wieder hoch in die Lüfte. Carim konnte nicht anders. Vor lauter Erleichterung über die unerwartete Rettung musste er laut lachen. Hier oben in luftigen Höhen ritt er nun auf dem Rücken eines Drachen mit blutroten Augen und flog, wie er es sich in seinen kühnsten Träumen immer ausgemalt hatte. Vorsichtig setzte er sich so, dass seine beiden Beine links und rechts an dem Drachen hinabbaumelten. Seine Hände umklammerten die Griffe des Sattels. Es fühlte sich fast an, wie auf einem Pferderücken zu sitzen, nur dass dieser Rücken weitaus breiter und vor allem weitaus unbequemer war.

Interessiert betrachtete Carim die Landschaft aus der neuen Perspektive. Er versuchte, sich das atemberaubende Bild in seiner Gänze einzuprägen. Obwohl er durch Vlynnars riesigen Hals und Kopf in seiner Sicht ein wenig behindert wurde, war der Ausblick grandios. Das riesige Gebirge sah winzig und ungefährlich aus, die Wälder erstreckten sich unter ihm wie grüne Teppiche. Selbst

Fithár wirkte wie ein zusammengewürfelter Haufen aus Häusern und einem Schloss.

Es wurde immer kälter und windiger, je höher Vlynnar stieg. Irgendwann lehnte sich Carim fröstelnd gegen den warmen Körper des Drachen. Wieso musste er auch immer mit freiem Oberkörper herumlaufen? Als er jünger war, es musste das Jahr gewesen sein, in dem er von zu Hause weggelaufen war, hatte er sich geschworen, dass die zwei gekreuzten Lederriemen über seiner nackten Brust sein Markenzeichen sein sollten, das Zeichen dafür, dass er auch ohne Rüstung unverwundbar war.

Irgendwann schien Vlynnar zu beschließen, dass ihr Ausflug zu Ende ging. In einem weiten Bogen und mit nur wenigen Flügelschlägen brachte er sie wieder zurück zur Höhle.

Als Carim unter jammervollem Stöhnen von Vlynnars Rücken rutschte, betrachtete der Drache ihn nur belustigt.

Erst wollte Carim ihn dafür schelten, doch dann lächelte er.

»Gut gemacht«, lobte er den Drachen.

Bald war es soweit. Bald waren sie bereit.

Kapitel 11

Sippenmörder

Carim war ziemlich aufgeregt. Seine Kräfte wuchsen mit jedem Tag und der Fuß bereitete ihm kaum noch Schmerzen. Bald hatte er seine alten Fähigkeiten wiedergewonnen, ja, sie sogar noch erheblich verbessert.

Die ganzen letzten Wochen hatten sie trainiert, waren stundenlang gemeinsam durch die Lüfte geflogen, hatten Wild gejagt und Vögel aus der Luft gefangen. Vlynnar hatte hervorragend gelernt und war noch tödlicher geworden, als Carim es sich je erträumt hatte. Der Drache hörte auf seine Befehle und schien die wichtigsten Wörter in Menschensprache zu verstehen. Selbst wenn er ein Wort nicht kannte, so las er seine grobe Bedeutung aus den Gefühlen, die Carim verspürte, wenn er es aussprach.

Carim hatte gelernt, auf dem Rücken des Drachen zu kämpfen, soweit es ihm mit dem verletzten Fuß möglich war. Doch den größten Teil der Zeit hatte das Tier seine Hilfe gar nicht nötig. Vlynnar war schnell. Er war tödlich. Erblickte ein Hirsch den schwarzen Drachen am Himmel, war es bereits zu spät für ihn.

Doch was Carim am meisten entzückte, war die Art, wie der Drache ihn behandelte. Erlegte Vlynnar ein Tier, dann war er erst zufrieden, wenn Carim ihm dafür ein Lob aussprach. Das beste Stück des Fleisches legte er immer seinem Herrn vor. Wenn er einmal einen Befehl missverstand oder ein Beutetier ihm entwischte, schämte er sich, war voller Reue und wirkte, als erwarte er Strafe von Carim. Besser hätte es sich der junge Mann kaum erträumen können. Natürlich war Vlynnar immer noch ein unberechenbares Tier. Doch er hörte auf ihn und gehorchte seinen Befehlen.

Nun waren sie der Ausführung seines Plans so nahe wie noch nie zuvor. Nur noch eine einzige Sache wollte Carim von Vlynnar, einen einzigen Beweis, wozu der Drache bereit war und wie sehr er ihm vertraute: Er musste einen anderen Drachen, einen Artgenossen, töten.

Carim hatten einen Berglöwendrachen zu seinem Opfer auserwählt. Die Schuppen dieser Art waren dunkelgelb. Den Kopf des Drachen umrandete ein stachliger Kranz, der an die Mähne eines Löwen erinnerte. Daher hatte diese Rasse auch ihren Namen. Es war ein älteres Männchen und deshalb erfahrener und ein ganzes Stück größer als Vlynnar. Carim hoffte, dass sein Drache dies durch seine Wendigkeit wettmachen konnte.

Carim hatte Vlynnar nicht auf diese Aufgabe vorbereitet. Er war sich nicht sicher, wie er reagieren würde, wenn er ein Mitglied seiner eigenen Rasse töten müsste. Andererseits widersprach dies nicht seiner Natur: Kämpfe zwischen männlichen Rivalen waren bei Drachen an der Tagesordnung. Normalerweise wurden sie aber nicht bis zum Tod ausgefochten.

Am Morgen zogen sie wie üblich ihre Kreise am Himmel, Carim bellte Kommandos, Vlynnar flog verschiedene Manöver.

Der junge Mann entdeckte den Berglöwendrachen, der schon seit einigen Tagen in diesen Gefilden herumstreifte, wie er auf einem Felsplateau gerade ein Reh verspeiste. Auch Vlynnar musste ihn entdeckt haben, denn er spähte immer wieder nach unten.

Carim lehnte sich auf Vlynnars Hals nach vorne, sodass er ganz nah an seinem Kopf war und nicht zu laut brüllen musste.

»Töte diesen Drachen. Jetzt!«

Vlynnar schien zu zögern und hielt in der Luft inne. Sein Blick suchte den Boden ab und blieb an dem fremden Drachen hängen. Carim fragte sich, wieso er zögerte. Hatte er Angst, sich mit einem Gegner zu messen, der ihm mehr entgegensetzten konnte als ein Hirsch? Oder wollte er ein Geschöpf seiner eigenen Rasse nicht angreifen?

»Zeig mir, wie stark du bist.«

Diese Worte, verbunden mit den Gefühlen, die er in Carims Geist las, spornten Vlynnar an. Er legte die Flügel nah an den Körper und stürzte pfeilschnell nach unten. Carim grinste, presste sich dann jedoch ganz fest an Vlynnar, um nicht heruntergerissen zu werden.

Der fremde Drache entdeckte sie zu früh. Er riss den Kopf nach oben und verengte die Augen, als er Vlynnar auf sich zurasen sah. Warnend fauchte er, dann breitete er die Flügel aus. Doch Vlynnar war schneller, als der Gegner erwartete hatte und raste mit den Krallen voran in ihn herein. Carim fühlte sich, als wäre er in einem Ball aus Krallen und Zähnen gefangen und presste seine Finger in die Spalten zwischen den Schuppen. Die Drachen bekämpften sich erbarmungslos, schlugen nacheinander und schnappten mit ihren riesigen Gebissen nach ihren Hälsen. Carim presste sich noch fester an Vlynnar und wagte nicht, in den Kampf einzugreifen. Der Berglöwendrache war um einiges größer und schwerer als Vlynnar. Obwohl Vlynnar ihm mit seinen schnellen Hieben und Bissen ein paar Kratzer zufügen konnte, traf der fremde Drache ihn mit einem gewaltigen Tritt in den Bauch und schleuderte ihn davon.

Carim wurde von Vlynnars Rücken geworfen. Ein Gurt an seinem Bein hielt ihn noch fest, aber er hing kopfüber nach unten. Glücklicherweise war der Gurt nicht an seinem verletzten Bein befestigt, denn diese Schmerzen hätte er wohl kaum ausgehalten. Vlynnar prallte auf den Boden, verletzte sich jedoch nicht. Fauchend kauerte er sich zusammen und fixierte den feindlichen Drachen vor ihm. Diese Zeit nutzte Carim, um sich nach oben zu ziehen, den Gurt zu lösen und unbemerkt von Vlynnar hinabzuklettern.

Die beiden Drachen standen sich fauchend gegenüber, der goldene und der schwarze. Der Kadaver des Rehs war achtlos zur Seite geschleudert worden. Carim kauerte sich hinter einem Stein zusammen, obwohl er nicht glaubte, dass der ältere Drache ihn entdeckte. Er war zu sehr auf seinen jüngeren Rivalen fixiert.

Aus der Nähe konnte Carim ihn eingehender betrachten. Aus seinem Kamm schienen einige Stücke herausgerissen worden zu sein und sein ganzer Körper war vernarbt. Sie hatten es hier wohl mit einem erfahrenen Kämpfer zu tun. Carim hatte Respekt vor dieser Art von Drache. Die beiden Male, in denen er vorher gegen einen solchen gekämpft hatte, hatten die Tiere ihm einen harten Kampf geliefert.

Vlynnar tänzelte vor dem Drachen hin und her. Er wagte es wohl nicht, ihn wieder frontal anzugreifen. Carim sah, dass er seine Hilfe brauchte. Er fluchte, als er bemerkte, dass er den Speer auf Vlynnars

Rücken gelassen hatte und zog eines seiner Schwerter vom Rücken. Zwar machte ihm sein verletztes Bein immer noch Mühe, doch für ein Ablenkungsmanöver würde es hoffentlich reichen. Er sprang hinter dem Stein hervor, wedelte mit den Armen und hüpfte hin und her.

Widerwillig löste der ältere Drache seinen Blick von Vlynnar und musterte Carim. Er schien ihn nicht als Bedrohung anzusehen. Das wollte Carim unverzüglich ändern. Nur einen Meter neben dem Drachen ragte eine steile Felswand empor. Carim rannte auf sie zu und begann, an ihr hochzuklettern. Der Drache wandte indessen seinen Blick wieder Vlynnar zu.

Als Carim zwei Meter hoch geklettert war – sein Fuß schmerzte so sehr, dass er es nicht viel weiter geschafft hätte – stieß er sich ab und sprang auf den herabhängenden Flügel des Drachen, den dieser nur halb angewinkelt hatte. Der Flügel federte sein Gewicht ab wie eine weiche Matte, doch der Drache zuckte zusammen und wirbelte herum. Carim wollte gerade sein Schwert in die dünne Haut bohren, aber sein Gegner schüttelte sich und Carim wurde wieder zu Boden geworfen. Hart landete er auf seinem Rücken, ein heller Schmerz durchzuckte ihn. Einen kurzen Moment blieb er einfach nur so liegen, dann richtete er sich auf den Ellbogen auf. Mit Freude sah er, dass seine Taktik wohl funktioniert hatte: Vlynnar hatte sich in der Zwischenzeit in der Schulter seines Gegners verbissen, der vor Wut und Schmerz brüllte und sich hin und her warf. Carim stemmte sich hoch und stellte sich aufrecht hin, sein Rücken schmerzte jedoch noch immer. Er sah sich um und entdeckte Rhados, sein Schwert, das einige Meter entfernt lag. Er hob es auf und wandte sich wieder Vlynnar und dem goldenen Drachen zu.

Vlynnar kämpfte weiter. Er schlug um sich, als hätte er schon tausende Male gegen Drachen gekämpft. Seine roten Augen glitzerten dabei gefährlich und dieser Anblick sorgte dafür, dass ein Grinsen Carims Gesicht überzog. Der junge Mann drehte das Heft seines Schwertes in der Hand und machte sich dann auf, in den Kampf einzugreifen.

Der Drache würde keine Chance haben.

Zusammen waren sie unbesiegbar.

Kapitel 12

Die Königssöhne

Nervös zupfte Carim an seiner Kleidung herum. Die heiße Mittagssonne brannte ihm im Gesicht. Um nicht aufzufallen, hatte er sich einfache Bauernkleidung übergeworfen und darüber seinen langen schwarzen Umhang, so wie immer, wenn er in die Stadt ging. In seinen Stiefeln steckte vor den Blicken anderer Menschen verborgen je ein Dolch, was ihm ein Gefühl der Sicherheit gab. Seine Schwerter hatte er in der Höhle zurücklassen müssen.

Die vor ihm liegende Aufgabe würde alles andere als einfach werden, das wusste er. Doch auf der anderen Seite konnte er es kaum mehr erwarten, seinen Plan in die Tat umzusetzen. Vor Aufregung ballte er die Fäuste zusammen, als er nun mit festen Schritten auf das Schloss zuhielt. Es war riesig und schimmerte in Meerblau und Blutrot – den Farben des Königshauses von Alpetoria. Carim sah ein paar Wachposten auf den Burgmauern patrouillieren. Bald tauchte das Tor groß, schwarz und abweisend vor ihm auf. Zwei Wachen standen davor und wiesen mit grimmigen Mienen jeden ab, der passieren wollte. Carim hoffte auf das Gelingen seiner List.

Mit selbstsicheren Schritten steuerte er auf die linke Wache zu. Er ignorierte den Schmerz in seinem immer noch nicht gänzlich verheilten Fuß und blieb einen Meter vor dem Tor stehen. Dann schlug er die Kapuze zurück und nickte der Wache freundlich zu. Selbstbewusst sprach er sie an.

»Seid gegrüßt, guter Mann, und seid so freundlich, mich durchzulassen. Der König erwartet mich.«

Durch den Sichtschlitz des Helmes auf dem Kopf des Wächters sah Carim, wie dieser die Augen zusammenkniff.

»Wie ist Euer Name?«, erkundigte sich der Wachsoldat mit durch den Helm gedämpfter Stimme.

»Man nennt mich Carim. Einen Nachnamen trage ich schon lange nicht mehr. Ich bin ein Söldner, der vor den Toren von Marlaut für euren König kämpfte, bis ich von meinem Hauptmann hierhergeschickt wurde, um unserem König Bericht zu erstatten. Es gibt einige Neuigkeiten, die Seine Majestät nicht erfreuen werden. Ich glaube nicht, dass Ihr derjenige sein wollt, der schuld ist, dass unser König diese wichtigen Informationen noch später erhält. Ich wurde ohnehin auf meiner Reise hierher zu oft aufgehalten.« Diese Lüge ging Carim leicht über die Lippen. Der Wachmann schaute erst unsicher zu seinem Kameraden, der uninteressiert mit den Schultern zuckte, dann wieder zu Carim.

»Habt Ihr irgendwelche Papiere? Irgendeinen Beweis?«

Carim lächelte gewinnend und zog einen Bogen Papier aus seinem Umhang.

»Aber natürlich. Hier ist mein Befehl von Hauptmann Dion.«

Der Wächter nahm das Blatt entgegen und studierte es wichtigtuerisch.

Ob der überhaupt lesen kann?, fragte sich Carim und unterdrückte ein Grinsen.

Dann wechselte der Soldat noch einen weiteren Blick mit dem anderen Wachmann und nickte Carim zu.

»Sehr wohl. Wartet einen Moment.« Der Wachmann verschwand kurz in seinem Wachraum und kehrte dann mit einem blonden Burschen zurück.

»Der Knappe hier wird Euch zum Thronsaal bringen.«

Erleichtert atmete Carim auf und schwor sich, dem Urkundenfälscher noch eine Extramünze als Trinkgeld zuzustecken.

Der Wachmann öffnete nun das Tor einen Spalt breit und Carim folgte dem Jungen hindurch. Sie betraten einen riesigen Hof, auf dem dutzende Menschen eifrig hin und her eilten. Man sah auf den ersten Blick, dass das Königreich sich im Krieg befand. Kisten voller Waffen wurden auf Pferdekarren geladen. Frisch rekrutierte Einheiten übten sich im Schwertkampf, konnten aber nicht darüber hinwegtäuschen, dass sie in den meisten Fällen doch nur einfache Bauern oder Handwerker waren. Carim hörte zwei Hauptmänner in scharlachroten Uniformen darüber diskutieren, dass sie am nächsten Morgen wieder an die Front reisen müssten. Carim fragte sich, wie es wohl dort in den Lagern aussah, wenn hier schon so ein geschäftiges Gedränge herrschte.

»Folgt mir«, wies der Knappe Carim an. Schnell wandte der junge Mann den Blick von dem Geschehen auf dem Hof ab und überquerte ihn zügig. Sie steuerten auf eines der großen, grauen Hauptgebäude zu. Innerhalb der Außenmauern sah das Schloss gar nicht mehr so eindrucksvoll und prächtig aus. Es war, als hätte Carim eine neue Welt betreten, als er das Tor passiert hatte. Der Junge führte ihn durch eine Seitentür in eines der Gebäude. Sie eilten durch verschiedene endlos erscheinende Gänge, stiegen einige Wendeltreppen hinauf und wieder hinunter. Immer wieder begegneten sie beschäftigt aussehenden Leuten. Jedes Mal fragte sich Carim, wann er auf jemanden treffen würde, der ihn erkennen würde. Dieser Prinz Kastriot zum Beispiel. Carim hoffte, dass der Bursche von ihrem letzten Kampf noch einige Narben behalten hatte.

Der Knappe schien wohl eher die Botengänge zu benutzen. Nach einigen Minuten stießen sie wieder auf einen großen und prächtigen Gang, der einer Königsresidenz eher angemessen war. Vor einer großen Eichenholztür hielten sie an. Carim vermutete, dass sich dahinter der königliche Thronsaal befand. Der Knappe wechselte einige Worte mit der davorstehenden Wache und wandte sich dann wieder zu Carim.

»Ihr werdet nun dem König angekündigt. Er befindet sich wohl mit seinen Söhnen in einer Besprechung, doch über wichtige Neuigkeiten will er normalerweise immer informiert werden. Wartet nur einen Moment!« Carim nickte ihm zu und die Wache verschwand hinter der Tür. Der junge Mann atmete einmal tief ein und aus, um sich zu konzentrieren. Mit höfischen Floskeln kannte er sich kaum aus und er wusste, dass der König dies sofort erkennen würde. Wenige Sekunden später öffnete die Wache die Tür und hieß Carim einzutreten. Ohne zu zögern kam der junge Mann dieser Aufforderung nach.

Der Saal war einfach atemberaubend groß. Riesige rot-blaue Banner schmückten die Decke. Mindestens zehn Säulen säumten ihn an den Seiten. das Dach bestand aus buntem Glas. Muster und Formen zogen sich darüber und Carim musste sich zwingen, nicht mit offenem Mund staunend nach oben zu starren. Er hatte schon oft von der beeindruckenden Architektur des königlichen Thronsaals gehört, aber sie selbst zu sehen war etwas ganz anderes.

Am Ende des Saales befand sich ein etwas erhöhtes Podest, auf dem vier Thronsessel standen. Die beiden mittleren waren mit rotem Samt überzogen und mit Gold geschmückt, die Äußeren wirkten dagegen etwas schlichter. Der König saß jedoch nicht auf seinem Thron, sondern stand mit einem jungen Mann in der Mitte des Saales an einem riesigen Tisch, auf dem eine Landkarte ausgebreitet war. Der König wirkte blasser und älter, als Carim ihn von der letzten Parade her in Erinnerung hatte. Sein Haar war fast gänzlich weiß, nur noch einzelne braune Strähnen durchzogen es. Seine Augen, die Carim nun erwartungsvoll entgegenblickten, wirkten müde und leer. Auf der anderen Seite des Tisches erkannte Carim Kastriot und er musste sich ein höhnisches Grinsen verkneifen. Diese hektischen, nervösen Augen waren unverkennbar. Der Kronprinz hatte kurze, schwarze Locken und ein schmales Gesicht mit einem Spitzbart. Carim hoffte, dass die Narbe über dem rechten Auge des Prinzen sein Werk war. In der Rüstung hatte Kastriot muskulöser gewirkt. Als er Carim nun erkannte, weiteten sich seine Augen vor Wut und Angst.

»Vater, diesen Mann kenne ich! Er ist ein Dieb, ich bin mir sicher, dass er keiner unserer Soldaten ist. Das ist der Mann, der mich damals auf dem Markt feige angegriffen hat, als ich ihn verhaften wollte!« Mit dem Finger deutete Kastriot anklagend auf Carims Brust. Der Blick des Königs huschte zu seinem Sohn, dann wieder zu Carim.

»Wer seid Ihr? Stimmt es, was mein Sohn sagt? Ihr bringt gar keine Nachricht aus Marlaut?«, fragte er drohend und hob eine Hand, um die Wache an der Tür herbeizuwinken.

»Nun ...«, erwiderte Carim zögerlich und entfernte sich sicherheitshalber noch ein paar Schritte von der Tür weiter in den Raum hinein. Er musste den König dazu bringen, ihm zuzuhören, anstatt ihn sofort durch seine Wachen in eine Zelle sperren zu lassen.

»Ich muss zugeben, dass die Sache mit dem Hauptmann nicht ganz der Wahrheit entspricht. Wenn ich ehrlich bin entspricht nichts davon der Wahrheit ... Oh, doch, mein Name ist wirklich Carim!« Carim grinste gewinnend. Als der König und Kastriot jedoch nicht darauf eingingen, erlosch es sofort wieder.

»Aber bevor Ihr mich von Euren Wachen davonschleppen lasst, bitte ich Euch, mir zuzuhören. Es liegt in Eurem Interesse. Ich kenne einen Weg, wie ich Euch Marlaut in wenigen Wochen zu Füßen legen kann.«

Carim sah auf den ersten Blick, dass der König ihm nicht glaubte. Der Monarch runzelte nur ungehalten die Stirn und nickte dann der Wache an der Tür zu, die daraufhin auf Carim zuschritt und ihn heftig am Arm packte.

»Glaubt mir, das haben mir schon viele Männer vor Euch versprochen. Doch ich habe keine Muße mehr für noch einen waghalsigen Plan oder noch einen dummen Zaubertrick. Denkt Euch das nächste Mal etwas Besseres aus!«

Carim stöhnte auf und entriss der Wache seinen Arm. Dieser Mann würde ihn sowieso alleine nicht überwältigt bekommen. Die Sekunden, bis Verstärkung eintraf, musste Carim für seinen Plan ausnutzen.

»Hört, mein König! Es ist kein Zaubertrick, den ich euch anbieten will, sondern eine wirkliche, leibhaftige Waffe. Ein Monster, von dem man niemals gedacht hätte, dass es sich von Menschenhand zähmen ließe, befindet sich in meinem Besitz. Ich habe gelernt, es zu beherrschen. Gemeinsam mit ihm werde ich Eure Feinde in einem einzigen Feuerstoß besiegen.«

Bei diesen letzten Worten horchte der König, der sich schon wieder zur Karte umgedreht hatte, auf. Eine leise Ahnung glitzerte in seinen matten Augen.

»Wovon sprecht Ihr?«, fragte er, doch Carim sah, dass er es bereits erahnte.

»Ich spreche von einem Drachen, mein König.«

Carim erkannte, wie sich in der Miene des Königs Zweifel, Ungläubigkeit, Bewunderung, Staunen und Ärger stritten. Er hoffte, dass die richtige Regung Überhand gewann.

»Es könnte jeder Taugenichts hier hereinmarschieren und mir etwas von einem Drachen erzählen. Wieso sollte ich Euch das glauben?«

Carim verneigte sich demütig vor dem König. Der Wachmann stand neben ihm und wusste wohl nicht so recht, wie er sich verhalten sollte.

»Geht mit mir in den Garten«, bat Carim feierlich. »Dort werde ich ihn Euch mit Freuden zeigen.«

»Sehr interessant«, erklang eine dunkle Stimme aus dem Schatten an der Seite des Raumes. Eine fremde Gestalt löste sich daraus und trat ins Licht. Carim erkannte sofort, dass es sich hier um den jüngeren Sohn des Königs, Prinz Asdral, handeln musste. Die Ähnlichkeit zu seinem Vater war unverkennbar. Asdral war ein gutes Stück kleiner als sein Bruder, jedoch um einiges muskulöser. Er hatte einen breiten Kiefer und dunkelbraune Augen. Sein braunes Haar lag flach an seinem Kopf an. Sein rechtes Auge schien ein winziges bisschen größer als das linke zu sein.

Carim erkannte auf den ersten Blick, dass er hier eine Persönlichkeit vor sich hatte, mit der es weder der König, noch der Kronprinz aufnehmen konnten. Asdral hatte den Blick eines Herrschers und er sprach wie ein Herrscher. Sein Oberkörper war aufgerichtet, fast so, als wolle er größer wirken, als er war. Das gelang ihm auch. Carim hatte vor diesem Prinzen mit einem Schlag mehr Respekt als vor seinem großen Bruder. Was für ein Jammer, dass eben diesem der Königsthron zufallen würde.

»Ihr kommt also einfach hier hereinmarschiert und gebt zu, dass Ihr gelogen habt, um überhaupt eingelassen zu werden. Dann werdet Ihr von meinem Bruder als gesuchter Verbrecher enttarnt. Und nun denkt Ihr, dass mein Vater darauf hereinfällt, Euch hinauszubegleiten? Was habt Ihr geplant? Einen Anschlag? Seid Ihr ein Spion, ein Dardanier? Ich sehe es nicht gern, wenn meine Familie belogen wird. Um Euer selbst Willen rate ich Euch, nicht mit meinem Schwert Bekanntschaft zu machen.«

Trotz allen Respektes, den Carim vor dem jüngsten Königssohn empfand, war er ihm doch ein wenig zu sehr von sich selbst überzeugt.

»Mich würdest du nicht besiegen, mein Junge.« Diesen Kommentar konnte sich Carim nicht verkneifen, bevor er sich wieder dem König zuwandte. Sein Instinkt sagte ihm, dass dieser weitaus einfacher zu überzeugen war als sein Sohn.

»Majestät, Euer Sohn hat Recht, wenn er Bedenken äußert. Ich gebe zu, dass alles, was er angebracht hat, wahr ist. Ja, ich bin ein Verbrecher. Ich habe mir nicht nur einen Diebstahl zu Schulden kommen lassen. Auch die Verletzung von Prinz Kastriot ist mein Verdienst. Außerdem habe ich in meinem Leben mehr Drachen getötet und verkauft, als Ihr Euch vorstellen könnt. Fragt doch einen Hauptmann Eurer Stadtwache, ich bin mir sicher, dass er mein Gesicht wiedererkennt. Gefühlte hunderte Male bin ich Euren Leuten nur knapp entkommen, wenn sie mich erwischt hatten, wie ich illegal mit Drachen handelte. Doch ich bin nicht nur ein Dieb und ein Jäger – ich bin auch ein exzellenter Kämpfer. Mein Drache und ich haben wochenlang trainiert. Ich wage zu behaupten, dass es in einem einfachen Heer nichts gibt, was uns aufhalten kann. Versteht Ihr nicht? Mit uns wärt Ihr unbesiegbar. Wir würden Marlaut erobern und danach die gesamten feindlichen Gebiete. Ihr hättet eine Waffe, mit der kein Gegner rechnet und die keiner je in einer Schlacht eingesetzt hat – ein riesiges, feuerspuckendes Ungetüm, das nur mir gehorcht.«

Carim erkannte am Blick des Königs, dass er diese Vorstellung in der Tat großartig fand. Kastriot hingegen stand daneben und schaute weiterhin empört und verständnislos zwischen seinem Vater, seinem Bruder und Carim hin und her. Carim vermutete, dass er sich wohl auf die Seite seines Bruders schlagen wollte, dass ihn jedoch irgendetwas daran hinderte. Wahrscheinlich herrschte zwischen ihm und seinem Bruder ein harter Konkurrenzkampf, in dem es sich Kastriot nicht erlauben wollte, dem anderen etwas zuzugestehen. Asdral hingegen zögerte nicht, Carim zum zweiten Mal zu widersprechen.

»Es tut mir leid. Aber deine Worte können uns nicht blenden, so verlockend sie auch klingen mögen. Wache! Hol sofort Verstärkung und schaff uns diesen Eindringling aus den Augen.«

Carim seufzte, setzte dann ein herausforderndes Lächeln auf und deutete nach oben.

»Dann tut es mir sehr leid, lieber Prinz, aber dieses eindrucksvolle Glasdach wirst du wohl von deinem Ersparten bezahlen müssen. Es ist wirklich eine Schande, solch ein Kunstwerk zerstören zu müssen.« In diesem Moment zog Carim eine kleine Pfeife aus Drachenknochen aus seinem Mantel hervor. Er führte sie zwischen die Lippen und blies einmal kräftig hinein. Ein entsetzlich hoher Ton erklang. Der König und seine Söhne pressten sich die Hände auf die Ohren, doch Carim lächelte nur. Die drei Adligen starrten ihn entsetzt und verunsichert an.

Einige Sekunden war es gespenstisch still in dem Saal.

Dann zerbarst das Glasdach und schickte einen Regen aus Splittern auf sie hinab. Mit lautem Gebrüll brach Vlynnar durch die Decke, landete inmitten der Halle vor dem König und seinen Söhnen und schüttelte sich erhaben die bunten Glassplitter von den Flügeln, die noch immer auf die Adligen niederprasselten. Carim wich einige Schritte zurück. Wieder stieß der Drache ein lautes Brüllen aus, verzichtete jedoch zu Carims Erleichterung auf einen Feuerstrahl. Seine Aussicht, vom König in seinen Dienst aufgenommen zu werden, würde wohl schrumpfen, wenn Carims Drache den gesamten Palast in Brand steckte. Vlynnar schüttelte noch einmal den Kopf und starrte dann drohend die Wachen an, die durch das Tor des Saales auf ihn zuliefen, jedoch nicht wirklich wussten, wie oder wo sie ihn angreifen sollten. Carim kannte Vlynnar gut genug, um zu wissen, dass er wegen der vielen Menschen verwirrt war, jedoch auch von der tiefen Erregung und Lust erfüllt, sie alle in Stücke zu reißen. Der junge Mann rechnete es dem Drachen hoch an, dass er sich zurückhielt.

»Halt!«, befahl der König den angreifenden Wachen und hob die Hand. Frische Farbe war in sein Gesicht zurückgekehrt. Er sah nicht mehr so blass und müde aus wie zuvor. Er richtete sich zu seiner ganzen Größe auf und schaute mutig zu Vlynnar hoch. Einen Moment lang erwiderte er den blutroten Blick des Drachens, dann drehte sich der König zu Carim um.

»Was wollt ihr für den Drachen haben?«, fragte er und presste die Lippen aufeinander. Immer wieder zuckte sein Blick nervös zu Vlynnar. Prinz Asdral legte kampfbereit die Hand an seinen Schwertgriff und gesellte sich zu seinem Vater, wobei er jedoch die ganze Zeit den Drachen im Blick behielt.

Carim lachte amüsiert. »Ich hatte nicht vor, ihn Euch zu verkaufen, Majestät.«

»Was fordert Ihr dann?«, fragte der König mit errötetem Gesicht.

»Wie ich schon sagte: Mein Drache und ich sind eins. Ich werde ihn Euch nicht verkaufen. Stattdessen mache ich Euch folgendes Angebot: Wir werden als Söldner für Euch kämpfen und Marlaut zurückerobern. Im Gegenzug verlangen wir nur ein paar kleine Gefälligkeiten von Euch ...«

Der König zog misstrauisch die Augenbrauen nach oben und ging einige Schritte auf Carim zu. »Und was wären das für Gefälligkeiten?«

Carim setzte wiederum sein unwiderstehlichstes Grinsen auf. »Nichts, was Euch zu großen Schaden zufügt. Zunächst werde ich von allen Verbrechen freigesprochen, die mir angelastet werden, vor allem, dass ich Euren geliebten Sohn so das Fürchten gelehrt und blamiert habe. Dann möchte ich pro Monat einen Sold von 50 Goldstücken – nicht mehr als Eure Offiziere bekommen, wette ich. Und dafür bekommt Ihr gleich zwei kampferprobte Krieger, meinen Drachen und mich.«

»Ist das alles?«, fragte der König. Man sah ihm an, dass ihn diese Forderungen nicht überraschten.

»Nicht ganz«, antwortete Carim leichthin. »Ich habe gehört, dass Lord Faith von Northing vor einigen Tagen das Zeitliche gesegnet hat, ohne einen Erben zu hinterlassen. Sobald Marlaut durch meine Hilfe eingenommen ist, werdet Ihr mich als Northings Nachfolger einsetzen. Ich werde sowohl seinen Titel als auch seine Ländereien bekommen.«

Bei diesen Forderungen weiteten sich die Augen des Königs vor Empörung und er lief knallrot an. Carim konnte sich genau vorstellen, wie er jetzt innerlich verflucht wurde. Doch der König wollte sich vor seinen Söhnen und den Wachleuten wohl nicht die

Blöße geben, ihn anzuschreien. Außerdem zuckte sein Blick immer noch alle paar Sekunden ängstlich zu Vlynnar hinüber.

Deshalb beherrschte er sich und knurrte: »Ihr seid nur ein einfacher Verbrecher. Ich werde Euch niemals Ländereien und ein so bedeutendes Erbe wie Northing zusprechen. Ihr seid kein Adliger. Solche Privilegien stehen Euch nicht zu.«

Carim lachte laut. »Ich biete Euch gerade die Möglichkeit, ein für alle Mal die Oberhand im Krieg zu gewinnen, Majestät. Und das schlagt ihr in den Wind, nur weil Ihr einen einfachen Bürger nicht in den Adelsstand erheben wollt?«

Nun schaltete sich Asdral ein und trat einen Schritt auf Carim zu. Sein Blick war hart wie Stein.

»Ihr habt doch gar keine Ahnung, wovon Ihr redet. Ein Drache ist ein beeindruckendes Wesen, das will ich nicht abstreiten, aber ich bezweifele, dass ein einzelner Drache auf unserer Seite uns gleich den Sieg bringen wird. Natürlich werden die Gegner in den ersten Gefechten überrumpelt sein. Doch auch ein Drache ist nicht unbesiegbar, wie Ihr selbst am besten wissen müsstet. Auf jeden Fall macht er keine Unterlegenheit von mehreren hundert Mann wett. An Eurer Stelle wäre ich etwas vorsichtiger mit dem, was Ihr da versprecht und fordert. Ihr habt selbst noch nie in einer Schlacht gekämpft, oder?«

Einen Moment lang hielt Carim inne und schaute dem jungen Mann in die Augen. Wie alt war der Prinz? Sechzehn, siebzehn Sommer? Sein Blick sagte jedoch etwas anderes. Sein Blick erzählte von Schlachten und Niederlagen, von verlorenen Kameraden und blutbefleckten Uniformen. Carim fragte sich, wie lange es her war, dass sein Vater ihn in den Krieg geschickt hatte. Doch Carim durfte sich nach diesen harten Worten keine Blöße geben. Also wand er sich rasch von Asdral ab und schaute wieder auffordernd den König an.

»Das stimmt, Majestät. Ich habe noch nie in einer Schlacht gekämpft. Doch ich habe jahrelang Drachen getötet, nur mit ein paar Dolchen und zwei Schwertern bewaffnet, ohne fremde Hilfe. Wenn Ihr mich erst einmal kämpfen gesehen habt, werdet Ihr staunen und Eure Meinung ändern. Das wette ich.«

Der König schwieg und sein Blick fixierte Vlynnar, strich über die schwarzen Schuppen, die blutroten Augen und die tödlichen Krallen. Auf dem Hof unten hörte man noch vereinzelte Rufe und Schreie, wahrscheinlich dachten viele, dass ein Angriff des verfeindeten Königreichs stattgefunden hätte. Vlynnar hingegen schien langsam unruhig zu werden. Er schnaubte nervös und stieß einen kleinen Feuerring aus. In letzter Zeit passierte es öfter, dass er das Feuer nicht mehr zurückhalten konnte. Ein Brandfleck schmückte nun das Parkett der Halle, der Gestank von angekohltem Holz machte sich breit.

Der König seufzte, strich sich einmal durch die ergrauten Haare und nickte dann langsam.

»Ich nehme Euer Angebot an, Drachentöter. Bringt mir Marlaut und ich mache Euch zum Lord!«

Kapitel 13

Feana

Das letzte Mal, dass Carim in einem richtigen Gebäude geschlafen hatte, lag schon Jahre zurück. Es musste in seiner Kindheit gewesen sein, als er noch zu Hause gewohnt hatte. Er und seine Schwester Marla hatten sich immer eine winzige Kammer teilen müssen, kaum groß genug für die beiden dünnen Matten, auf denen sie geschlafen hatten.

Als seine Schwester älter geworden war, hatte sie verlangt, dass Carim jedes Mal das Zimmer verließ, wenn sie sich umzog und diese Ausrede nutzte sie, wann immer sie ihre Ruhe haben wollte. Sie wusste die Eltern auf ihrer Seite. Carim war deswegen immer wütend auf sie gewesen, denn wenn er danach untätig in der kleinen Küche saß, war seiner Mutter immer irgendetwas eingefallen, was er für sie holen oder besorgen sollte: Wasser vom Brunnen, Käse vom Markt oder Holz vom Stapel vor der Tür.

Ob Marla ihn damals vermisst hatte, als er abgehauen war? Oder war sie einfach froh gewesen, das Zimmer nun endlich für sich allein zu haben?

Der Raum, den Carim nun zugewiesen bekam, war eine kleine Soldatenunterkunft – noch war er ja kein Adliger. Er war jedoch trotzdem mindestens dreimal so groß wie damals das Zimmer für seine Schwester und ihn.

Darin standen ein einfaches Bett, ein Schrank und ein kleiner Tisch. Carim hatte vor ihrem Aufbruch in die Stadt all seine Vorräte aus der Höhle entweder verkauft oder in einen Leinensack gesteckt und Vlynnar auf den Rücken gebunden. Diesen Sack nahm er nun mit ins Zimmer und breitete den Inhalt auf dem Tisch aus.

Als Erstes zog er seine beiden Schwerter hervor. Sie waren nicht vollkommen identisch. Sie unterschieden sich in den Schnüren, mit denen die Griffe umwickelt waren. Das linke Schwert, dem Carim den Namen Rhados gegeben hatte, war mit einem blauen Faden verziert. Das andere Schwert, Lincir, schmückte hingegen eine smaragdgrüne Schnur. Beide besaßen keine Parierstange, waren aus silbernem Stahl gefertigt und glänzten tödlich.

Neben die Schwerter legte Carim drei seiner Dolche, der vierte steckte in seinem Stiefel. Carim ging nirgendwo unbewaffnet hin. Die Messer waren allesamt aus dünnem, sorgfältig gearbeitetem Stahl und besaßen Griffe aus Drachenknochen. In jeden Griff hatte Carim in alten Schriftzeichen ein Wort geritzt: »Macht«, »Kraft«, »Blut«. In seinem Stiefel steckte »Unbarmherzigkeit«. Nun zog er auch noch seine Steinschleuder und ein paar andere Kleinigkeiten aus dem Sack hervor. Die letzte war eine silberne Kette, die schon ganz dunkel angelaufen war. Daran hing ein Amulett. Carim öffnete es nicht und legte es schnell zu den anderen Sachen.

Nur diese wenigen Dinge wolle er in sein neues Leben mitnehmen, abgesehen von seinem Speer und dem Sattel, die er in Vlynnars Obhut gelassen hatte sowie den Kleidern an seinem Leib. Der König hatte ihm mitgeteilt, dass er in drei Tagen bei Hauptmann Tharc an der Front vorstellig werden sollte, der ihn dann einweisen würde. Solange konnte er hier im Schloss von Fithár wohnen. Vlynnar hatten sie im Pferdestall untergebracht, die Pferde jedoch allesamt an einen anderen Ort geschafft. Ansonsten hätten sie wohl als Drachenfutter geendet.

Carim hatte den Stallknechten aufgetragen, für Vlynnar ein paar Pfund frisches Fleisch zu beschaffen. Um den Drachen machte er sich keine Sorgen. Wenn ihm jemand etwas Böses wollte, konnte er sich verteidigen und wenn die Stallknechte es nicht schafften, ihn ausreichend zu füttern, würde Vlynnar auch noch mitten in der Nacht zur Jagd aufbrechen. Carim beunruhigte höchstens, dass die Bogenschützen dann auf Vlynnar schießen würden. Auch bei ihrer waghalsigen Aktion im Thronsaal war das ein Problem gewesen. Vlynnar hatte die Wachen jedoch so überrumpelt, dass nur wenige Pfeile verschossen worden waren.

Carim hatte zwei der dünnen Geschosse aus Vlynnars Flügeln ziehen müssen. Ihre Spitzen machten dem Drachen kaum mehr zu schaffen, als der Stich einer Mücke einem Menschen.

Erschöpft von den Ereignissen des Tages ließ sich Carim auf das Bett fallen und starrte zur Decke. Der Gedanke an die Armee machte ihm keine Angst, im Gegenteil! Er freute sich auf die Schlachten, auf das Blutvergießen. Er wollte seinen neuen Speer ausprobieren und mit ihm Leben auslöschen, wollte ihn in die Herzen der Feinde rammen – nicht, weil er Hass oder Groll gegen sie empfand. Die Fehden des Königreichs waren ihm relativ gleichgültig. Nein, er wollte es, weil es ihm Spaß bereitete und weil er so seine Kräfte austesten konnte.

* * *

Leise Schritte rissen ihn aus dem Schlaf. Es musste inzwischen weit nach zwölf sein. Ab zehn Uhr herrschte in den Soldatenquartieren Nachtruhe. Wer verscherzte es sich da mit seinem Hauptmann und verletzte diese Regel? Lautlos stand Carim auf und schlich zur Tür. Sie war eigentlich nur ein dünnes Holzbrett ohne Schloss, das der junge Mann einfach zur Seite drücken konnte. Obwohl der Flur vor ihm nur spärlich beleuchtet war, konnte er den Unruhestifter sofort einige Meter weiter entdecken. Er war sehr klein, fast wie ein Kind oder ein Jugendlicher, und ganz in Schwarz gehüllt.

Ein Dieb!, schoss es Carim durch den Kopf. *Aber ein ziemlich kühner Dieb, wenn er sich für seine Raubzüge gerade einen Wohntrakt voller Soldaten aussucht.* Mit wenigen Schritten hatte er ihn eingeholt. Der Junge war nicht sehr achtsam. Geschickt ergriff Carim ihn, drehte ihn herum, drückte ihn gegen die kahle Steinwand und riss ihm mit einem kräftigen Ruck die Kapuze vom Kopf.

»Wer bist denn du?«, fluchte er überrascht, als kein schmieriger Langfinger zum Vorschein kam, sondern ein zierliches, blondes Mädchen. Es musste um die sechzehn Jahre alt sein, hatte große braune Rehaugen und leicht gerötete Wangen, soweit er es in dem spärlichen Licht erkennen konnte. Diese Augen waren erfüllt von Angst, als sie nun zu ihm hochschauten. Carim bemerkte, dass er das verstörte Mädchen immer noch grob gegen die Wand presste und ließ es los. Es stolperte einen Schritt nach vorne und wich dann vor dem jungen Mann zurück. Doch der dachte nicht daran, es entkommen zu lassen und packte es diesmal am Handgelenk, jedoch etwas sanfter als zuvor.

»Wer bist du?«, fragte er flüsternd.

Das Mädchen schwieg und biss sich fest auf die Lippe. Carim betrachtete es weiter. Die Haut des Mädchens war gepflegt und seine Haare zu einem akkuraten Zopf geflochten. Carim war sich sicher, dass er es hier mit keiner Banditin zu tun hatte. Das Mädchen atmete tief durch, öffnete dann den Mund und flüsterte: »Bitte lasst mich einfach gehen, Sir.«

Carim grinste herausfordernd. »Da muss ich Euch enttäuschen, holde Maid. Ich weiß nicht, vielleicht wolltet Ihr ja gerade jemanden bestehlen. Und bei Eurem nächsten Streifzug bin gar ich das Opfer? Oder was macht Ihr sonst hier in so einem Aufzug und dazu noch mitten in der Nacht?«

Das Mädchen seufzte und sah so aus, als ob es jetzt etwas tun müsste, was es eigentlich nicht wollte.

»Tretet beiseite«, befahl es und seine Stimme klang plötzlich so, als sei die junge Frau das Befehlen gewohnt. Sie hob ihre rechte Hand und hielt sie Carim vors Gesicht. An ihrem Mittelfinger steckte ein eindrucksvoller Siegelring. Carim erkannte das Zeichen darauf. Es war das Wappen des alpetorianischen Königshauses.

»Ich bin Prinzessin Feana. Tretet jetzt zur Seite und lasst mich durch, dann werde ich Euch vor Strafe verschonen.«

Carim runzelte die Stirn und suchte im Gesicht der jungen Frau nach Anzeichen für eine Lüge, fand jedoch keine. Wenn er sich recht erinnerte, war Prinzessin Feana die Zwillingsschwester von Prinz Asdral, dem er vor wenigen Stunden im Thronsaal begegnet war. Als er sie genauer anschaute und Ähnlichkeiten entdeckte, brach er in ein herzhaftes Lachen aus. Schnell verstummte er wieder und sah die Prinzessin belustigt an.

»Ihr wolltet Euch also herausschleichen und dachtet, dass der Soldatentrakt der sicherste Ausweg sei?«

»Bis jetzt hat es immer geklappt.« Der Hochmut auf Feanas Gesicht wich Trotz und sie ließ resignierend die Hand sinken.

»Was wolltet Ihr draußen?«, fragte Carim anzüglich grinsend. »Euren Geliebten besuchen?«

Feana verschränkte die Arme vor dem Körper. »Ich glaube nicht, dass Euch das etwas angeht.«

Carim zuckte mit den Achseln und ließ Feana los. »Dann verschwindet meinetwegen. Ich habe keine Lust, dass Ihr mir heute Nacht noch die Wachen auf den Hals hetzt.«

Er drehte sich um und ging auf sein Zimmer zu, doch das schien Feana auch nicht recht zu sein.

»Wartet, wer seid Ihr überhaupt?«, fragte sie und holte ihn mit wenigen Schritten ein. »Ihr seht nicht aus wie ein normaler Soldat.«

Carim schaute an sich hinab. Wie immer trug er eine braune Hose und über der nackten Brust zwei gekreuzte Lederriemen. Das Mädchen hatte recht. Er musste wirklich ein merkwürdiges Bild abgeben.

»Das wiederum geht Euch nichts an, meine Liebe«, antwortete Carim, der kein Interesse mehr an einer weiteren Unterhaltung hatte und nur wieder zurück in sein Bett und schlafen wollte.

Feana schnappte nach Luft »*Ihr* seid der Drachentöter, nicht wahr?«

Carim drehte sich um. Er wunderte sich, wieso sie nach so wenigen Stunden schon davon wusste, schalt sich dann aber einen Idioten. Wahrscheinlich wusste jeder in ganz Fithár, dass das Schloss einen Drachen beherbergte. Schließlich hatte Vlynnar einen beeindruckenden Auftritt hingelegt. Auch das zerstörte Dach im Thronsaal würde noch lange an ihn erinnern.

Feana schaute ihn eindringlich an und wartete auf eine Antwort.

»Wieso so aufgeregt, kleine Prinzessin?«

Feana lief bei diesem Spitznamen puterrot an und senkte den Kopf. Doch sie war zu neugierig und hob wieder den Blick. Ihre braunen Augen waren ein großer Kontrast zu ihrer hellen Haut und den blonden Haaren. Aber sie strahlten eine sehr angenehme Wärme aus.

»Ich habe gehört, wie mein Vater und mein Bruder über Euch redeten«, antwortete Feana und hob wieder herausfordernd ihr Kinn, als wollte sie Eindruck schinden. »Sie trauen Euch nicht.«

Carim musste gar nicht erst fragen, welchen Bruder sie meinte. Kastriot schien, obwohl er Thronerbe war, nicht dasselbe Vertrauen zu genießen wie sein kleiner Bruder.

»Das weiß ich ziemlich genau, kleine Prinzessin. Aber denkt Ihr nicht, dass Ihr solche Vertraulichkeiten nicht ausplaudern solltet, vor allem nicht einem Fremden gegenüber, den Ihr überhaupt nicht kennt?«

Wieder lief Feana puterrot an. Irgendwie empfand Carim Sympathie für sie. Sie erinnerte ihn an Nia. Also lächelte er sie kurz aufmunternd an.

»Einen schönen Abend noch, kleine Prinzessin. Die Sterne leuchten heute besonders klar.«

Er zwinkerte ihr noch einmal zu, drehte sich dann um und ging mit einem Lächeln auf den Lippen zurück in seine Kammer.

Kapitel 14

Marlaut

Als Carim aus weiter Ferne zum ersten Mal das Schlachtfeld erahnen konnte, lief ihm ein kalter Schauer den Rücken hinab. Er sah das Lager der Alpetorier vor sich und weiter hinten die Umrisse des dardanischen Lagers. Dazwischen befand sich ein Streifen Land, auf dem kein Grasbüschel mehr wuchs. Der Boden war dunkel von Blut. Die dunklen Schatten mussten Leichen sein, die aus Angst vor feindlichem Beschuss keiner wegzuschaffen wagte. Ein paar Kilometer hinter der feindlichen Linie konnte Carim die Umrisse von Marlaut erkennen, der Stadt, die noch bis vor wenigen Monaten den Alpetoriern gehört hatte.

Der König hatte für Vlynnar einen Stall im Lager errichten lassen, der für die Feinde nicht zu erkennen war. Denn Vlynnar sollte ihre Geheimwaffe sein und beim nächsten Angriff eingesetzt werden. So kam es ihnen sehr zugute, dass der Himmel mit schweren Wolken bedeckt war und diese den Feinden die Sicht nach oben verwehrten. Beim Landen würden sie besonders vorsichtig sein müssen, doch Carim war zuversichtlich. Menschen hatten die Eigenschaft, Dinge, die sie zwar sahen, aber nicht verstehen konnten, schnell einer optischen Täuschung zuzuschreiben.

Der Wind strich eisig über Carims Haar, das er wieder ganz kurz geschnitten hatte. Seine Oberschenkel drückten gegen Vlynnars Flanken. Hier oben war es um einiges kälter als am Boden, was ihm jedoch nichts ausmachte. Einige Schmiede und Handwerker am Hofe hatten ihm geholfen, den Sattel für Vlynnar zu optimieren und anzupassen. Er war nun durch eine Vielzahl von Schnallen und Gürteln auf dem Rücken des Tieres befestigt, die nicht zulassen würden, dass der Sattel herunterrutschte. Auch er selbst als Reiter war mit Gurten gesichert. Allerdings musste Carim sich unter allen Umständen noch eine Lösung dafür ausdenken, dass er dadurch nicht besonders flexibel war. Er brauchte eine halbe Ewigkeit, bis er alle Schnallen gelöst hatte. Zwar war es eigentlich nicht sein Ziel, Vlynnars Rücken oft zu verlassen, doch es würde sicherlich die eine oder andere Situation geben, in der das unausweichlich war.

An der rechten Seite des Sattels hing in einer Halterung Carims selbst angefertigter Speer, auf den er ziemlich stolz war. In den letzten Tagen hatte er das Holz mit allerlei Schnitzereien verziert und konnte es kaum erwarten, ihn endlich in einer Schlacht einzusetzen.

Das Lager lag nun unter ihnen und Carim konnte auch den Stall ausmachen, der für Vlynnar aufgestellt worden war. Daneben stand ein kleines, blaues Zelt, das wahrscheinlich für ihn selbst bestimmt war. Carim war erleichtert, dass er nicht mit den anderen Soldaten in den Massenunterkünften schlafen musste. Neben dem Zelt standen ein paar Personen, die erwartungsvoll zum Himmel hinaufschauten. Carim konnte sie jedoch noch nicht erkennen.

»Nach unten, Mistvieh, und pass auf, dass du nichts kaputt machst!«, rief Carim seinem Drachen zu und Vlynnar begab sich augenblicklich in einen Sturzflug. Carim presste sich flach gegen den Rücken des Tieres, damit ihm nicht der ganze Wind gegen den Körper schlug, und schloss die Augen. Kurz vor der Landung breitete Vlynnar die Flügel aus und bremste den Sturzflug ab. Als seine Füße auf dem Boden aufsetzten, vibrierte dieser unter seinem Gewicht.

»Der Drachentöter ist endlich angekommen«, drang eine schneidende Stimme zu Carim herüber, während er begann, die zahlreichen Schnallen und Gurte zu öffnen. Schon jetzt raubte diese Prozedur ihm seine Nerven. Er hob die Hand und rief: »Wartet einen Moment, ich bin gleich bei Euch!«

Es dauerte noch eine knappe Minuten, bis Carim endlich alle Schnallen gelöst hatte und von seinem Drachen absteigen konnte. Er schwang beide Beine auf eine Seite und hangelte sich dann an einem extra dafür angebrachten Seil hinab. Als er das letzte kleine Stück auf den Boden sprang, achtete er jedoch darauf, sein Bein nicht zu belasten. Trotz der Ärzte und Heiler, die es in Fithár behandelt hatten, bereitete es ihm von Zeit zu Zeit noch Probleme.

Carim drehte sich zu Vlynnar um und strich ihm beruhigend über die Schnauze. Angesichts der unbekannten Umgebung und der fremden Menschen wirkte der Drache ziemlich nervös. Als Carim sich sicher war, dass es ihm gut ging, drehte er sich um.

»Hier bin ich.« Er trat vor die Gruppe der Soldaten, die auf ihn gewartet hatte. Es waren drei Männer, Carim kannte keinen von ihnen. Er ging jedoch davon aus, dass der kleinere der Männer mit den zahlreichen Abzeichen an der Brust Hauptmann Tharc war, dem er zugeteilt worden war. Der Hauptmann hatte einen buschigen schwarzen, jedoch von silbernen Strähnen durchsetzten Schnauzbart, während sein Kopf fast vollkommen kahl war. Aus seinem faltigen Gesicht stachen zwei grimmige Augen hervor. Unter seiner engen Uniform wölbten sich die Muskeln. Carim sah auf den ersten Blick, dass mit diesem Mann nicht zu spaßen war.

»Das wurde aber auch Zeit, Soldat! Wir haben Eure Ankunft schon vor drei Tagen erwartet.«

»Ich weiß, Sir«, antwortete Carim, während er die anderen Männer musterte. »Die Ausrüstung meines Drachen hat ein paar Tage mehr in Anspruch genommen, als es der Plan vorgesehen hatte.«

»Die zusätzlichen Tage haben Euch aber augenscheinlich nicht geholfen, Euch angemessen zu kleiden, Soldat.« Missbilligend musterte Tharc Carim von oben bis unten. Zwar hatte der König Carim befohlen, sich mit einer normalen Soldatenuniform zu kleiden, doch Carim hatte sich geweigert. Ein Kettenhemd würde ihn in seinen Bewegungen erheblich behindern und das wollte er nicht. Er hatte nicht ohne Grund schon immer ohne Rüstung gekämpft. Diese Gewohnheit würde er in der Armee sicher nicht ablegen. Also ignorierte er Tharcs Aussage und deutete auf das Zelt neben Vlynnars Stall.

»Das ist mein Zelt?«

Tharc schnaubte wütend, weil Carim seinen Tadel ignoriert hatte. »Ganz recht! Aber bildet Euch ja nicht ein, dass Euch eine eigene Unterkunft zu etwas Besonderem macht. Sie dient nur dem Zweck, dass Ihr immer in der Nähe Eures Drachens seid und ihn im Zaum halten könnt, sollte es nötig sein. Die anderen Soldaten wollten nicht in der Nähe des Drachen schlafen, was ich ihnen nicht verübeln kann. Deshalb habt Ihr jetzt eine eigene Unterkunft. Aber vergesst nicht: Ihr mögt zwar zusammen mit Eurem Drachen auf dem Feld fast unbesiegbar sein, jedenfalls hoffe ich das, trotzdem unterscheidet Euch sonst nichts von einem einfachen Soldaten. Ihr habt die gleichen Regeln und Befehle zu befolgen. Solltet Ihr dies nicht tun, ist Euer Vertrag mit dem König nichtig.«

Carim schaute den Hauptmann forschend an. Ob er wusste, was der König ihm versprochen hatte? Oder wusste er nur, dass es irgendein Abkommen gab? Einwilligend nickte Carim.

»Das ist mir durchaus bewusst.«

»Gut!«, antwortete Tharc. »Dann freut es Euch sicher zu hören, dass Ihr diese Nacht ab Sonnenuntergang bis Sonnenaufgang zum Wachdienst eingeteilt seid. Passt genau auf und beobachtet diese Hunde genau! Mein Gefühl sagt mir, dass sie sich bald wieder zu einem Angriff sammeln werden.«

Carim fluchte innerlich. Er hatte die letzten Nächte kaum geschlafen. Jetzt hatte er nur noch wenige Stunden Zeit bis Sonnenuntergang, in denen er sicherlich auch keinen Schlaf mehr bekommen würde. Insgeheim hatte er das Gefühl, dass Tharc ihn nicht leiden konnte, und hoffte, dass der Hauptmann ihn dies nicht zu oft spüren ließe. Ergeben zuckte Carim mit den Schultern.

»Ich hoffe, dass Ihr bis dahin angemessen gekleidet seid. Die beiden jungen Männer in meiner Begleitung sind Ryan Dewlin und Josya Araton. Sie werden sich um Euren Drachen kümmern. Bitte teilt ihnen mit, wie viel Fleisch er benötigt und was das Tier sonst noch braucht! Wie war noch gleich der Name des Drachen?«

»Vlynnar«, antwortete Carim, während er die beiden anderen Männer noch einmal musterte. Sie waren hochgewachsen und hatten dunkle Haare. Die Augen des Linken waren grün und er hatte ein scharf geschnittenes Gesicht, während der Rechte etwas grobschlächtiger aussah und haselnussbraune Augen besaß.

»Gut, gibt es dann noch Fragen? Ihr seid meiner Truppe zugeteilt und untersteht meinem Kommando. Bis zu Eurer Wache sind es noch ein paar Stunden. Findet Euch bitte in wenigen Minuten in meinem Zelt ein. Dort besprechen wir, inwiefern wir den Drachen und Euch in unserer gegebenen Schlachtordnung einsetzen«, fuhr

Tharc fort und strich sich über den Schnauzbart. Er wirkte etwas aufgeregt bei der Vorstellung, einen wahrhaftigen Drachen in seinen Reihen zu wissen. Carim konnte es ihm nicht verdenken. Er selbst hatte so oft gegen Drachen gekämpft, dass er wusste, wie zerstörerisch sie sein konnten.

»Das war soweit alles, ich sehe Euch gleich in meinem Zelt«, äußerte sich Tharc abschließend, drehte sich um und ging davon. Ryan und Josya salutierten, doch Carim machte keine Anstalten, es ihnen gleichzutun. Knapp erklärte er ihnen, wann Vlynnar wie viel Essen zu sich nehmen musste und was sie sonst noch wissen mussten. In den Tagen bis zur ersten Schlacht war ihm nämlich verboten worden, jagen zu gehen, da die Feinde ihn nicht entdecken sollten. Als Carim fertig war, nickte er ihnen zu und drehte sich dann um. Schnell ging er zurück zu seinem Drachen und brachte ihn unter einiger Mühe dazu, ihm in den Stall zu folgen. Dort rollte der Drache sich gleich auf dem Boden zusammen und schlang den Schwanz um seinen Körper. An Vlynnars rechtem Bein hatte er den Sack mit seinen Habseligkeiten befestigt und band ihn jetzt los. Vlynnar hatte die Augen geschlossen, als schliefe er, doch Carim wusste genau, dass der Drache hellwach war und jeden seiner Schritte beobachtete. Den Leinensack unter dem Arm geklemmt verließ Carim den Stall. Er hoffte, dass Vlynnar die beiden Stallburschen verschonen würde, sollten sie sich einen Fehler im Umgang mit ihm erlauben. In Fithár hatte ein junger Mann mit Verbrennungen zur Krankenstation getragen werden müssen, weil er es gewagt hatte, aus Neugierde Vlynnars Schuppen zu berühren. Aber die beiden würden schon wissen, dass man mit einem Drachen vorsichtig umgehen musste.

Seine Unterkunft war riesig – wahrscheinlich war sie ursprünglich für mehrere Soldaten gedacht, doch wie Tharc gesagt hatte, wollte keiner in der Nähe des Drachen schlafen. Carim fragte sich, wie die Soldaten reagieren würden, wenn in der Schlacht der Erste aus ihren Reihen wegen Vlynnar starb. Das würde sicher nicht lange auf sich warten lassen. Carim wusste, was für eine entfesselte Naturgewalt Vlynnar werden konnte, hatte er erst einmal Blut geleckt. Wenn er mit seinen riesigen Krallen in die Reihen der Feinde fahren oder seine Feuerstürme die gegnerischen Reihen durchpflügen würden, war es nicht unwahrscheinlich, dass auch ein verbündeter Soldat ihnen zum Opfer fallen würde.

Von Innen sah das Zelt sogar noch größer aus als von außen, sodass die wenigen Möbelstücke darin einsam und verloren wirkten. Es gab eine Matratze und einen Tisch, auf den Carim nun seinen Sack ablegte.

Dann drehte er sich um und machte sich auf den Weg zu seinem ersten Kriegsrat.

Kapitel 15

Blut und Feuer

Dunkel und schwer lag die Nacht über dem Kriegslager, als schien sie alle Hoffnungen zunichtemachen zu wollen, dass die Sonne jemals wieder aufgehen würde. Carim saß am Rande des Lagers auf einem Hocker, zusammen mit zwei weiteren Soldaten, und beobachtete angespannt das feindliche Lager. Einige Feuer brannten dort, aber sonst konnte man nichts Ungewöhnliches entdecken. Die beiden anderen Wachen hatten bisher noch kein Wort mit ihm gesprochen, stattdessen warfen sie ihm verstohlene Blicke zu und flüsterten gelegentlich miteinander. Alle im Lager bedachten ihn nur mit misstrauischen Blicken.

Sie haben Angst, dachte Carim. *Sie haben Angst und lassen mich das spüren.*

Es störte Carim jedoch nicht. Er war schon immer ein Einzelgänger gewesen. In den fünf Jahren, in denen er alleine in den Bergen gelebt hatte, hatte er sich nie nach Gesellschaft gesehnt.

Schnell schüttelte er den Kopf, um diese Gedanken zu vertreiben, und beobachtete wieder das Lager. Die meisten ihrer und der feindlichen Soldaten schliefen inzwischen wohl in ihren Zelten. Nur der Kriegsrat, an dem Carim eben teilgenommen hatte, war sicherlich noch in vollem Gange. Als er die Offiziere und Anführer hatte verlassen müssen, um zu seiner Wache zu gehen, war noch nicht einmal ansatzweise ein Plan ausgearbeitet. So mächtig ein Drache sicherlich in einer Schlacht sein konnte, so unberechenbar war er.

Carim hielt seinen Speer in der Hand und malte damit Kreise in die Erde vor seinen Füßen. Langsam wurde es kalt, doch er fror nicht, obwohl er noch immer keine Uniform trug. Er würde sich Tharc nicht beugen. Da konnte der Hauptmann ihm so viele böse Blicke zuwerfen, wie er wollte.

Als Carim nach einigen Minuten wieder ins feindliche Lager blickte, erstarrte er. Das konnte doch nicht sein! Mit einem Mal war Bewegung in die Zeltreihen gekommen. Hunderte Soldaten hasteten hin und her. Fackeln wurden umhergereicht.

»Seht, dort! Unsere Feinde wollen angreifen! Sie bereiten einen Angriff vor!«, schrie Carim aufgeregt und sprang auf die Füße. Es gab keine andere Erklärung dafür. Seine beiden Kameraden, von denen einer eingenickt und der andere mehr mit dem Humpen Bier vor sich beschäftigt war, zuckten zusammen und folgten seinem Blick. Sie brauchten nur wenige Sekunden, um zu erkennen, dass Carim recht hatte.

»Informiert den Hauptmann! Lasst ihn Laufburschen zu den anderen Abteilungen schicken!«, rief ihm der eine, ein Junge mit blassblonden Haaren, zu und sprintete selbst in eine andere Richtung davon. Carim nickte hastig, umfasste seinen Speer mit der rechten Hand und rannte los. Bis zum Hauptzelt konnten es nicht mehr als zweihundert Meter sein.

»Ein Angriff!«, schrie er einige verdutzte Soldaten an, die noch draußen vor ihren Zelten saßen und ein Würfelspiel spielten. Sie reagierten blitzschnell, sprangen auf und alarmierten ihre Kameraden.

Carim rannte so schnell er konnte. Die Gedanken überschlugen sich in seinem Kopf. Eine Schlacht! Seine erste Schlacht stand unmittelbar bevor. Wie würde Vlynnar reagieren?

Da tauchte das Hauptzelt auch schon vor ihm auf. Hastig schob er die Plane zur Seite und stürzte hinein. Drinnen sah alles aus, wie er es vor wenigen Stunden zurückgelassen hatte: Tharc und die Hauptmänner der anderen Truppenteile standen um einen kreisrunden Tisch mit einer Landkarte, ähnlich dem, der auch in des Königs Thronsaal stand. Als er nun so hereinstürmte, drehten sie sich alle mit verwunderten und verärgerten Gesichtern zu ihm um. Carim bemerkte, wie Tharc den Mund zu einer scharfen Bemerkung öffnete. Doch der Drachentöter ließ ihm dazu keine Zeit.

»Ein Angriff!«, meldete er laut und deutlich. Dieser kleine Lauf hatte ihn nicht sonderlich außer Atem gebracht. Ihm war lediglich etwas schwindelig, da er den ganzen Tag über noch keine Mahlzeit zu sich genommen hatte.

Bei diesen Worten wich die Farbe aus den Gesichtern aller Hauptmänner. Eben hatten sie noch darüber diskutiert, dass der nächste Angriff der Feinde wohl erst in fünf bis sieben Tagen zu erwarten war. Doch sie hatten sich verschätzt.

Tharc gewann als erster seine Fassung wieder.

»Los, jeder zu seinen Truppen, schmeißt sie aus den Betten! Ich will, dass wir in zwanzig Minuten alle kampfbereit sind!« Er drehte sich zu Carim um. Der junge Mann merkte sofort, dass Tharc nicht wirklich daran glaubte, dass sie das so schnell schaffen würden.

»Sattelt Euren Drachen, Drachentöter!«, befahl er eindringlich und sah ihm fest in die Augen. »Wir brauchen dringend eine Wunderwaffe.«

* * *

Dass Vlynnar diesmal wirklich schlief, erkannte Carim an seinem gleichmäßigen Atem. Als der junge Mann jedoch hastig den Sattel vom Boden aufhob, erwachte er sofort.

»Wir müssen kämpfen«, flüsterte Carim eindringlich, ging ganz nah an den Drachen heran und schaute ihm eindringlich in die tellergroßen roten Augen. »Blut, mein Freund, es wird Blut geben.« Auf dieses Stichwort hin erhob sich Vlynnar, richtete sich auf und ließ ein ohrenbetäubendes Brüllen ertönen. Wenn es noch einen Soldaten im Lager gegeben hatte, der noch im Bett gelegen und geschlafen hatte – jetzt tat er es sicher nicht mehr.

Vlynnar schaute hinab und seine Augen waren so voller Aufregung und Blutdurst, dass Carim zusammenzuckte. Seine Schuppen glitzerten im schwachen Licht des Mondes. Die riesigen Krallen bohrte der Drache unruhig in den Boden. Die Stacheln und Hörner, die inzwischen auf seinem ganzen Körper wuchsen, trugen zu dieser eindrucksvollen Erscheinung bei. Carim bemerkte, dass er die Luft angehalten hatte. Drachen waren ohne Zweifel die majestätischsten Tiere, die die Welt je hervorgebracht hatte.

»Komm runter, Mistvieh«, befahl er, um seine Gefühle zu überspielen, und hob den Sattel auffordernd hoch. Plötzlich bemerkte er eine Bewegung in der Ecke und erkannte Ryan und Josya, die sich ängstlich gegen die Stallwand pressten und Vlynnar schreckerfüllt anstarrten.

»Ihr auch! Kommt her zu mir! Ich könnte Hilfe beim Sattel brauchen.«

Die beiden jungen Männer zögerten einen Moment, dann kamen sie wortlos herüber und halfen Carim. Dem jungen Mann entging nicht, wie sehr die beiden zitterten. Er konnte es ihnen kaum verdenken.

Den Sattel auf dem Rücken des Drachen zu befestigen war eine sehr zeitaufwendige Angelegenheit, sodass Carim schon befürchtete, sie würden den Beginn der Schlacht verpassen. Aus ihrem eigenen Lager hörte man inzwischen aufgeregtes Rufen, hastiges Fußgetrappel und gebrüllte Befehle.

Schließlich hatten sie den Drachen endlich vollständig gesattelt.

Carim rannte in sein Zelt und holte seine Waffen. Die beiden Schwerter befestigte er in der Halterung auf dem Rücken, in jeden Stiefel und an seinen Gürtel steckte er einen Dolch. Den vierten band er sich mit einer ledernen Scheide am linken Arm fest. Seine Steinschleuder kam ebenfalls in einen Stiefel, Carim war sich jedoch nicht sicher, ob sie in einer Schlacht etwas nützen würde. Den Speer hatte er bereits am Sattel befestigt. Jetzt war er bereit.

Schnell stopfte er sich ein bisschen Brot und Käse, was irgendjemand auf den Tisch gestellt haben musste, in den Mund und verließ hastig kauend das Zelt.

Er fühlte sich großartig. Seit ihrem Kampf gegen den Berglöwendrachen hatte er nicht mehr richtig gekämpft. Er sehnte sich so sehr danach, die kühlen Griffe seiner Schwerter in den Händen zu spüren. Er freute sich auf das Geräusch, wenn er Sehnen durchschnitt oder Knochen zum Brechen brachte.

Als er den Stall wieder betrat, sahen ihn Ryan und Josya verängstigt an, als erwarteten sie weitere Befehle. Carim lächelte nur böse und ging zu Vlynnar. Ermutigend klopfte er dem Drachen auf den Hals.

»Jetzt zeigen wir es ihnen allen, nicht wahr?«

Vlynnar schnaubte nur.

Schnell kletterte Carim auf den Rücken des Drachens. Seine Füße fanden wie von selbst ihren Weg und nach wenigen Sekunden saß er im Sattel. Mit Genugtuung bemerkte er, dass sein Bein ihm kaum noch Schmerzen bereitete. Das hier würde ein grandioser Kampf werden. Mit geschickten Handgriffen schloss er die Schnallen und zurrte rasch die Gurte um seine Hüfte fest. Wieder einmal dauerte es ihm viel zu lang.

Nur eine Minute später stürmte ein Soldat herbei und schaute hoch zu Carim. »Sir, Hauptmann Tharc hat mir aufgetragen, Euch seinen Befehl zu übermitteln! Ihr sollt mit Eurem Drachen aus der Luft angreifen und dem feindlichen Heer in die linke Flanke fallen. Sie befindet sich einige hundert Meter weiter südlich von hier. Mit dem Angriff sollt Ihr warten, bis der Trompeter dreimal kurz zum Angriff bläst.«

Carim hantierte weiter an seinen Gurten und nickte. »Sag deinem Hauptmann, dass er sich auf mich verlassen kann.«

Endlich war er fertig und klopfte dem Drachen auf den Hals. Das Tier zitterte aufgeregt und der junge Mann fühlte sich ihm dadurch in besonderer Weise verbunden.

»Dann lass uns mal in die Lüfte steigen.«

Vlynnar brüllte markerschütternd, stürmte mit seinem Reiter auf dem Rücken auf den Platz vor dem Stall und stieg dann steil mit wenigen Flügelschlägen hoch in den schwarzen Nachthimmel. In einer engen Spirale schossen sie nach oben und tauchten nach wenigen Sekunden in die dunkle Wolkendecke, die sie vor allen Blicken von der Erde aus versteckte.

Einige Minuten glitten sie am Himmel entlang. Vlynnar tauchte immer wieder wenige Meter unter die Wolkenschicht, sodass sie erkennen konnten, wie sich beide Heere zur Schlacht formierten. Das feindliche Heer war bereits zu großen Teilen aufgestellt. Carim hatte das Gefühl, dass sie jeden Augenblick zum Angriff blasen würden. Sein eigenes Heer hingegen stand nur an wenigen Stellen schon bereit, wie er an den Lichtern der Fackeln erkennen konnte. Die meisten Truppenteile schienen sehr im Verzug zu sein.

Um sich einen Überblick zu verschaffen, flogen sie langsam etwas weiter in Richtung des feindlichen Lagers, jedoch nicht so weit, dass sie in Schussweite wären, sollten sie doch erkannt werden. Die Feinde waren ihnen zahlenmäßig deutlich überlegen, das erkannte der junge Mann sofort. Stramm standen sie in Reih und Glied. Ihre smaragdgrünen Uniformen schimmerten im Licht der Flammen, während sie ihren Anführern lauschten, die auf nachtschwarzen Pferden vor ihnen hin und her trabten und ihnen Befehle und aufmunternde Worte zuriefen. Leider konnte Carim sie nicht verstehen.

Er fragte sich, wie lange die Schlacht wohl dauern würde. Es musste Mitternacht sein und bis zur Morgendämmerung waren es noch einige Stunden. Würde ihr Plan aufgehen? Würde die Schlacht vorüber sein, ehe die Sonne ihre ersten Strahlen auf die Erde schickte? Würden die Feinde fliehen, sobald sie ihn und Vlynnar erkannten?

Der Atem des jungen Mannes ging schneller. Die Luft fühlte sich feucht auf seiner Haut an und er befürchtete, dass es in Kürze zu regnen beginnen würde. Das Wasser würde das Schlachtfeld in einen riesigen See aus Schlamm und Blut verwandeln.

Plötzlich erklang von der feindlichen Seite ein kräftiger Hornstoß. Die Gegner hoben Schilder, Speere und Schwerter, brüllten kampfeslustig und rückten dann vor.

»Zurück!«, rief Carim seinem Drachen zu. Blitzschnell änderten sie die Richtung und steuerten auf ihr Lager zu. Zu Carims Erleichterung konnte man die alpetorianische Armee nun auch halbwegs als aufgestellte Kampftruppe bezeichnen, auch wenn es in der zweiten und dritten Linie erhebliche Lücken gab. Auch ihre Hauptmänner drängten die Soldaten nun dazu, vorzurücken.

Wann er und Vlynnar wohl in den Kampf eingreifen dürften? Noch bevor die Armeen aufeinandertrafen, oder erst danach? Carim hoffte, dass Tharc nicht zu lange zögern würde, sie loszuschicken. Er wusste, wie schwer es Vlynnar ohnehin schon fiel, Freund und Feind auseinander zu halten. Wie sollte er das also schaffen, wenn sie nach wenigen Minuten der Schlacht kaum noch zu unterscheiden sein würden?

Doch Carim vernahm keine drei Hornstöße, auch nicht, als die Armeen aufeinanderprallten und begannen, sich gegenseitig die Köpfe einzuschlagen.

Carim spürte, wie Vlynnar unter ihm unruhig wurde und legte ihm beruhigend eine Hand auf den schuppigen Hals.

»Noch nicht«, rief er dem Drachen zu. »Wir sind noch nicht an der Reihe.«

Doch auch Carim rutschte nervös im Sattel hin und her. Unter ihm hörte er Kampfesgebrüll und Schmerzensschreie. Zunächst schien sich keine der beiden Armeen durchsetzen zu können. Verwundete fielen zu Boden und brachten die Lebenden zum Straucheln. Es war ein heilloses Durcheinander aus Körpern, Waffen, Schildern und Blut. Und mitten in diesem Durcheinander sah man vereinzelt die Hauptmänner auf ihren Pferden sitzen, wie sie verzweifelt versuchten, ihre Truppen beieinander zu halten und zum Vorrücken zu bewegen.

Endlich erklangen die drei Hornstöße, die ihnen das Zeichen zum Einsatz gaben. Schneidend erhob sich ihr Klang über den Kampfeslärm. Erleichtert atmete Carim aus.

Vlynnar ließ sich nicht mehr halten. Er legte die Flügel an den Körper und schoss steil nach unten auf die feindlichen Reihen zu. Carim klammerte sich panisch an dem Drachenrücken fest.

Schmerzhaft schlug ihm der Flugwind in die Augen, sodass er sie zusammenpressen musste. Mit der linken Hand tastete er nach seinem Speer, zog ihn aus der Halterung nahe an seinen Körper heran. Wenn sie am Boden waren, wollte er sofort kampfbereit sein.

Der Drache bremste den Sturzflug ruckartig ab und Carim riss die Augen wieder auf. Er rutschte zur Seite und die Bänder schnitten ihm schmerzhaft in Bein und Hüfte.

Sie befanden sich nun nur noch zwanzig Meter über den Kämpfenden. Von Nahem sah das Getümmel noch viel furchterregender aus. Der Boden war bedeckt von Blut und stöhnenden oder unbeweglichen Soldaten.

Vlynnar öffnete das Maul und ließ ein ohrenbetäubendes Brüllen hören. Ein gewaltiger Feuerstrahl folgte ihm. Zwar erreichte er die Soldaten nicht, sorgte aber dafür, dass viele vor Schreck und

Panik ihre Waffen fallen ließen und die Flucht ergriffen – auf beiden Seiten. Carim grinste. Er wollte gerade nicht in der Haut der Kämpfenden stecken. Aus Angst vor Spionage waren selbst die meisten ihrer eigenen Soldaten nicht von der Geheimwaffe in Form einer fliegenden, feuerspeienden Echse informiert worden.

Vlynnar streckte seine Klauen nach vorne, legte die Flügel an und raste auf die Feinde zu. Der Aufprall war brutal. Die ersten Reihen der Soldaten wurden von ihren Füßen gerissen, die anderen stoben schreiend davon. Für einen kurzen Moment entstand ein großer Kreis um Vlynnar. Nur die Verletzten hatten keine Chance zu entkommen. Carim sah ihre angsterfüllten Gesichter und die blutverschmieren Hände, die sie zitternd zu einem Stoßgebet verschränkten.

An den Verletzten hatte Vlynnar jedoch kein Interesse. Er stürmte nach vorne auf die fliehenden Feinde zu und schickte sogleich die ersten mit einem Feuerstoß ins Jenseits. Carim roch verbranntes Fleisch. Entsetzlich verzerrte Schreie übertönten den normalen Kampfeslärm, als sich die brennenden Dardanier zu Boden warfen und verzweifelt versuchten, die Flammen an ihrem Körper zu löschen. Als ob der Himmel auf der alpetorianischen Seite stände, setzte noch kein löschender Regen ein, obwohl der ohnehin dunkle Himmel mit dicken Wolken verhangen war.

Ans Kämpfen war von Seiten der Dardanier nicht mehr zu denken. Ein Tod als verurteilter Deserteur erschien ihnen angenehmer als ein Tod in den Flammen des Drachen. Sie waren das Kämpfen von Mann zu Mann gewohnt, doch dies überstieg ihre Kräfte und ihren Willen.

Lediglich ein paar tapfere Bogenschützen schossen aus weiter Entfernung auf Vlynnar. Doch selbst wenn einer der Pfeile seinen Panzer aus schwarzen Schuppen überwand, kümmerte es den Drachen nicht. Er hatte Durst, Durst nach Blut und Dutzende fielen dieser Lust bereits in den ersten Minuten zum Opfer.

Allmählich erkannten auch die Alpetorier, dass Vlynnar auf ihrer Seite kämpfte. Mit lautem Siegesgebrüll stürmten sie vor und füllten die entstandenen Lücken. Metall traf auf Metall, Metall traf auf Fleisch und Blut spritzte auf den Boden.

Doch bei dem ganzen Angriff kam kein Feind auch nur annähernd in Carims Reichweite. Ein paar mutige Recken liefen auf Vlynnar zu und wollten ihn angreifen, doch der Drache fegte sie mit einem einzigen Schlag seiner Pranke zur Seite. Vlynnar war nicht zu halten. Sein Maul schnappte nach vorne, packte einen feindlichen Soldaten und zerquetschte ihn in seiner Rüstung wie eine Krabbe in ihrem Panzer. Carims Herz schlug vor Aufregung immer schneller. Er wollte auch kämpfen! Er wollte nicht weiter untätig in seinem Sattel sitzen und seinem Drachen bei der Arbeit zuschauen! Hastig steckte er den Speer zurück in die Halterung und begann, die Bänder an seinen Beinen zu lösen. Es dauerte lange, zu lange!

Irgendwann brüllte Carim frustriert auf, zog eines seiner Messer aus seinem Stiefel und zerschnitt hastig die Bänder. Seine Hände zitterten vor Aufregung, Furcht und Ungeduld, sodass er sich zweimal sogar ins Bein schnitt.

Dann war er endlich frei. Die abgeschnittenen Bänder segelten wie überflüssiger Ballast zu Boden. Carim steckte sein Messer zurück in den Stiefel und packte eines seiner Schwerter. Er klemmte es sich zwischen die Zähne.

Wie in alten Zeiten!, dachte er mit einem kurzen Anflug von Wehmut und erinnerte sich an seine zahlreichen Drachenkämpfe, in denen es immer nur ihn und sein Opfer gegeben hatte. *Nur dass ich jetzt nicht einem mächtigen, sondern vielen schwachen Feinden gegenüberstehe.*

Voller Vorfreude ergriff er das an Vlynnars Sattel befestigte Seil und rutschte an ihm in Richtung Boden.

Unten versank er sofort ein paar Zentimeter im sumpfigen Untergrund, der sich augenblicklich an seinen Stiefeln festsog.

Zu allem Übel begann es nun doch noch zu regnen und die Wassertropfen gesellten sich zu dem Blut auf dem Boden. Der junge Mann ahnte, dass auf diesen Boden in wenigen Minuten nur noch schwerlich eine Schlacht geführt werden konnte.

Kaum war Carim unten angekommen, da sprang Vlynnar einen weiteren Satz nach vorne und ließ ihn allein zurück. Schnell nahm er das Schwert aus dem Mund und zog sein anderes vom

Rücken. Die nach vorne stürmenden Alpetorier umringten ihn innerhalb von Sekunden und Carim ließ sich von ihnen mitreißen. Es war ein Drängen und Drücken und nicht selten rutschte einer der Soldaten aus und fiel der Länge nach auf den nassen Boden.

Carim drückte sich durch die Reihen der rotgewandeten Alpetorier. Von der rechten Seite drängten nun Dardanier auf sie zu. Vlynnar schien so weit weg zu sein, dass sie nun wieder Mut gefasst hatten.

Mit großem Gebrüll trafen die beiden Gruppen aufeinander. Körper und Waffen drängten gegen Carim, sodass er sich kaum bewegen konnte

Deine erste richtige Schlacht, dachte er. Dann holte er tief Luft, schob sich an ein paar Alpetoriern vorbei und stürzte sich mitten unter die Feinde.

Die Dardanier blickten ihn verwundert an, als er mit nacktem Oberkörper und Kampfgeschrei auf den Lippen schwerterschwingend auf sie zustürmte. Auf manchen Gesichtern sah er Hoffnung und Entschlossenheit aufkeimen. Sie dachten wohl, dass sie einen schutzlosen Gegner vor sich hätten. Doch Carim hielt in seinem Angriff nicht inne. Brüllend warf er sich in die Schlacht.

Seine beiden Schwerter trafen kreischend auf Eisen, das rechte auf einen Rundschild und das linke auf die Waffe des Mannes vor ihm. Sofort riss Carim die Klingen zurück, drehte Lincir in der rechten Hand nach innen und schlug dann kräftig nach außen. Dem Gegner wurde sein Kurzschwert aus der Hand gerissen, es segelte ein paar Meter durch die Luft und verschwand dann zwischen den Kämpfenden. Die entstandene Lücke nutzte Carim nun, um sein Schwert wieder zurückzuziehen und es dem Gegner in den Bauch zu rammen.

Sein Instinkt riet ihm, sich umzudrehen. Sofort ließ er das Schwert im Bauch seines Gegners stecken, der stöhnend zusammensackte, wirbelte herum und blockte den Schlag eines weiteren Angreifers. Mit einem kräftigen Schrei und einem Ruck hatte er seinen Gegner entwaffnet und hielt nun wieder zwei Schwerter in den Händen. Wie gut, dass die meisten Soldaten hier mit Kurzschwert und Rundschild kämpften – die konnte Carim am einfachsten überlisten.

Der entwaffnete Soldat kauerte sich nun hinter seinem Schild zusammen und fiel auf die Knie. Panisch glitten seine Hände über den matschigen Boden, auf der Suche nach einer anderen Waffe.

»Hättest dir lieber eine Ersatzwaffe mitgebracht, Stümper!«, knurrte Carim, als er den Schild mit einem Fußtritt zur Seite beförderte und den Soldaten erledigte. Er wusste jedoch, dass er ihn bei diesem Lärm sowieso nicht hörte.

Der nächste Gegner kam mit hoch erhobenem Schild auf ihn zu. Unter dem Halbhelm konnte Carim ungewaschenes braunes Haar, einen Bart und ein jugendliches Gesicht erkennen.

»Fahrt zur Hölle, ihr Dämonen mit euren Hexenkreaturen!«, schrie er Carim ins Gesicht und schlug nach seiner Schulter. Dieser parierte und wich einen Schritt zurück. Der Dardanier schien von Wut und Angst so getrieben zu sein, dass er nicht mehr einzuschätzen war. Wieder stach er nach Carims Oberkörper.

Diesmal war der Drachentöter zu langsam. Mit einem hässlichen Reißen schnitt der Gegner ihm die Haut auf der Brust auf. Carim stöhnte, stolperte zurück und presste seine Hände auf die stark blutende Wunde. Sie schmerzte höllisch. Doch er stellte fest, dass der Schnitt nicht so tief war, dass es lebensbedrohlich werden könnte. Der Dardanier vor ihm hob nun sein Schwert, um ihm mit einem Schlag den Gar aus zu machen.

Carim wich jedoch nicht zurück. Stattdessen schob er mit einem Schrei seine Waffe gegen die Waffe des Gegners, sodass sie mit einem Kreischen aufeinandertrafen. Er riss den Knauf nach oben und stach mit der Schwertspitze in das Gesicht des Feindes. Dieser schrie auf, sank auf den Boden und presste sich die Hände auf das blutige Gesicht.

Carim stöhnte und wischte sich die von Blut und Schweiß nassen Hände an seiner Hose ab. Seine Brust schmerzte und pulsierte. Blut färbte seinen Bauch und seinen Hosenbund glänzend rot. Kurz wurde ihm schwindelig, doch dann fasste er sich wieder. Benommen sah er sich auf dem Schlachtfeld um.

Überall lagen nur Leichen und Verletzte, die Kämpfe spielten sich inzwischen ein Stück weiter vor ihm ab.

Der Regen wurde dichter. Am Horizont meinte Carim einen roten Schimmer zu erkennen. Ging etwa schon die Sonne auf?

Knapp zweihundert Meter weiter sah er auch Vlynnar, der eine tödliche Spur hinterließ. Immer mehr alpetorianische Soldaten strömten nun vor, um eben diese Lücke auszunutzen und einen Keil in die gegnerische Armee zu schlagen.

Suchend sah sich Carim um. Sogleich entdeckte er die Leiche, in der noch sein Schwert steckte. Er lief hin und zog es wieder heraus.

Das Bluten an seiner Brust ließ nun etwas nach. Carim atmete einmal tief ein und aus. Dann rannte er los, seinem Drachen hinterher. Er war nicht bloß als Soldat hier und er durfte seine eigentliche Aufgabe nicht vergessen: Den Drachen gegen alle Angriffe zu schützen, die er übersah oder die auf seine Schwachstellen gerichtet waren. Carim hoffte, dass er Vlynnar durch seine Unachtsamkeit nicht in Gefahr gebracht hatte. Etwas zu seiner rechten Seite sah Carim ein paar dardanische Soldaten, die zwei Alpetorianer umzingelt hatten und nun von allen Seiten auf sie eindrangen. Kurz überlegte der junge Mann, ihnen zur Hilfe zu eilen, verwarf den Gedanken jedoch sofort wieder. Er musste sich um sich selbst und um Vlynnar kümmern. Wenige Sekunden später wurden die beiden Aleptorianer niedergestreckt.

Der Regen wurde urplötzlich stärker und verschleierte Carims Sicht. Er konnte kaum mehr als einen Meter weit sehen. Krampfhaft richtete er den Blick auf seine Füße, um nicht auf dem nassen Boden auszurutschen oder über einen reglosen Körper zu stolpern.

Kurz fühlte sich Carim, als wäre er ganz allein unter Leichen. Doch dann tauchten wieder einige Kämpfende im Nebel auf. Alles um ihn herum wirkte unwirklich, als würde er nur träumen, dass er hier blutend und schwitzend einem kämpfenden Drachen hinterherlief.

Dann fuhr ihm plötzlich etwas wie ein Blitz in die Seele. Ein Bild sprang ihm vor Augen, ein Bild, das er kannte, das ihn schon oft in seinen Träumen besucht hatte. Er stöhnte auf und fiel auf die Knie.

Verzweifelt presste er sich die Hände vors Gesicht, schüttelte den Kopf, keuchte und wollte dieses Bild vertreiben. Doch es gelang ihm einfach nicht.

»Nia!«, stieß er verzweifelt hervor. »Marla.« Das kleine, blonde Mädchen in seinem Kopf lächelte ihn unschuldig an. Mal hatte es braune Haare, dann wieder blonde. Das Bild wechselte ständig.

Was würde geschehen, wenn er hier nun starb? Wenn er hier auf dem Schlachtfeld umkam, aufgespießt vom Schwert irgendeines namenlosen Feindes oder von einem Pfeil, der aus dem Nichts kam? Wenn er hier seine letzten Worte aushauchte, die Entschuldigungen, die er sich zu Lebzeiten niemals getraut hatte, auszusprechen? Hier, wo niemand die Worte hören würde? Wo sie gemeinsam mit seiner Seele ausgehaucht werden würden und lautlos und ohne etwas zu verändern zum Himmel stiegen? Es hätte nichts daran geändert, was er sich die letzten 16 Jahre vorgeworfen hatte. Was er sich vorwarf, seit er sein Zuhause verlassen hatte und niemandem Lebewohl gewünscht hatte. Er wusste, dass seine Schwester es ihm nicht verzeihen könnte. Doch er wusste auch, dass er es sich nicht verzeihen würde, sollte er sterben, ohne ihr zu sagen, was er fühlte und was er gefühlt hatte, als er sie damals verraten und alleine zurückgelassen hatte.

Carim schüttelte energisch den Kopf und riss die Augen auf. Er lag zwischen Leichen im Dreck und zitterte am ganzen Leib.

Ein markerschütterndes Brüllen hatte ihn geweckt, ein Brüllen um Hilfe.

»Vlynnar!«, rief Carim noch etwas verwirrt und sprang auf. Der Moment seiner Schwäche war augenblicklich verflogen. Die Bilder wurden in die hinterste Ecke seines Kopfes gedrängt. Hastig sah er sich um, erkannte Vlynnars Silhouette einige hundert Meter vor sich und rannte los. Ein paar Mal rutschte er auf dem schlammigen Boden aus oder stolperte über einen Verletzten oder eine Leiche, über eine Waffe, die im Boden steckte oder einen fallengelassenen Schild. Vlynnars Umriss wurde schärfer und der Abstand zwischen ihnen immer kleiner. Seine Feuerstöße erhellten die dunkle Nacht und spiegelten sich auf den Rüstungen der Feinde, die ihn umringten.

Als Carim nähergekommen war, erkannte er, worin das Problem bestand: Vlynnar hatte sich ziemlich weit in die gegnerischen Linien vorgewagt, sodass er nun von Feinden umringt war. Er war eingeschlossen. Verzweifelt versuchten die Alpetorianer, zu ihm aufzuschließen, doch sie waren in ihrem Vorstoß zu langsam.

Carim schaute nach rechts. Doch die Soldaten der anderen Abteilungen erkannten wegen des Regens nicht, in welcher bedrohlichen Situation sich der Drache befand. Sie kämpfen weiter gegen die anstürmenden Dardanier, die nun mit aller Kraft die Lücke füllen wollten, die Vlynnar in ihre Linie gerissen hatte.

Im nächsten Moment erkannte Carim, wieso der Drache nicht einfach wegflog und sich in Sicherheit brachte: Ein feindlicher Soldat hatte ihm einen gewaltigen Speer durch den linken Flügel gestoßen, sodass Vlynnar am Boden festgenagelt war und es nicht wagte, hochzufliegen oder fortzulaufen und dabei seinen Flügel zu zerreißen. Mit seinen Zähnen konnte er den Speer auch nicht herausziehen, da er zu sehr mit seiner Verteidigung beschäftigt war. Er hielt die Feinde vor sich mit Feuer und seinem tödlichen Gebiss in Schach.

Carim zögerte keinen Moment. Brüllend und seine Schwerter schwingend rannte er nach vorn, zuerst durch die Reihen seiner eigenen Leute. Ohne Rücksicht stieß er sie einfach aus dem Weg.

Die ersten zwei feindlichen Soldaten konnte Carim einfach so beiseite schubsen, doch die nächsten stellten sich ihm schon mit erhobenen Waffen in den Weg.

Carim war erbarmungslos. Das Blut pochte laut in seinen Ohren. Dieselbe Ruhe wie bei der Drachenjagd ergriff von ihm Besitz. Er stieß die Gegner zur Seite, mal mit dem Knauf eines seiner Schwerter, mal mit der Klinge, mal mit dem Fuß. Er war so schnell, dass sie keine Möglichkeit hatten, ihn an seinem Vordringen zu hindern.

Endlich hatte er die feindliche Reihe durchbrochen und sah Vlynnars Schwanz direkt vor sich, der aufgeregt hin und her peitschte. Ohne nachzudenken packte Carim ihn im Flug und wurde augenblicklich hoch in die Luft gerissen. Als er sein Gleichgewicht wiedergefunden hatte, umschloss er den Schwanz mit beiden Armen und begann, sich hochzuziehen, bis er auf dem Rücken angekommen war. Keuchend blieb er einen Moment auf den Knien sitzen, dann schaute er auf.

Sofort sah er die drei feindlichen Kämpfer, die sich verzweifelt an Vlynnars Sattel festklammerten, um nicht heruntergeworfen zu werden. Scheinbar hatten sie noch keine Chance gehabt, den Drachen aus dem Hinterhalt anzugreifen.

Erleichtert atmete Carim auf und stellte sich hin. Im Gegensatz zu den Soldaten hatte er kein Problem damit, auf dem Rücken des sich windenden Drachen das Gleichgewicht zu halten. Bedrohlich ging er auf die Feinde zu, die angsterfüllt zu ihm aufblickten.

»Wer hat es gewagt, meinen Drachen anzugreifen?«, dröhnte er mit dunkler Stimme. Er wusste, dass die Männer ihn trotz der Kampfgeräusche um sie herum verstanden. Sie versuchten sich hochzuziehen und nach ihren Waffen zu greifen. Doch sie waren zu langsam. Genüsslich ging Carim auf den ersten zu und rammte ihm die Hacke seines Stiefels in die Hand. Der Soldat keuchte und ließ los.

»Bitte Sir, bitte nicht«, flehte er mit brüchiger Stimme. Einen Moment lang betrachtete Carim den Mann. Er hatte rote Locken und ein von Narben entstelltes Gesicht. Verzweifelt versuchte er, den Sattel wieder mit der zweiten Hand zu fassen zu bekommen.

Doch Carim ließ ihm keine Zeit dazu und trat mit aller Kraft auf die andere Hand. Die Knochen brachen mit einem entsetzlichen Knacken. Laut schreiend stürzte der Soldat hinab zwischen die kämpfende Masse.

Langsam drehte Carim sich zu den anderen beiden um. Der Rechte, ein junger Mann mit blondem Haar, der seinen Helm verloren hatte, riss panisch die Augen auf und versuchte, am Sattel des Drachen hinabzuklettern. In seiner Hast verfehlte er den Griff und stürzte ebenfalls mit einem Schrei hinab. Ein Grinsen überzog Carims Gesicht. Es fing an, ihm wirklich Spaß zu machen.

Der Dritte schien nicht so eingeschüchtert wie seine beiden Gefährten zu sein. Als Carim ihm ebenfalls mit einem Tritt seiner Stiefel die Hände brach, verzog er keine Miene und stürzte zurück. Er hatte sich jedoch mit seinem Fuß in einer Schleife an Vlynnars

Sattel verhakt, sodass er davon gehalten wurde und mit dem Rücken hart gegen den Bauch des Drachen klatschte.

Carim ließ ihm keine Zeit, sich freizubekommen. Mit ein paar sauberen Schwertschlägen durchtrennte er die Halteriemen des Sattels. Mit einem ohrenbetäubenden Krachen rutschte das Leder mitsamt des Soldaten hinab und begrub ihn auf dem Boden unter sich.

Carim kletterte nun weiter Vlynnars Hals hinauf, bis er ganz nahe bei seinem Kopf war. Der Drache erkannte Carim jedoch nicht sofort und schüttelte sich erschrocken.

»Ich bin's nur!«, brüllte Carim über den Kampfeslärm hinweg. Vlynnar zuckte zusammen, brummte jedoch und Carim meinte, Erleichterung darin erkennen zu können.

Carim hockte sich auf Vlynnars Kopf hin und sah sich von seiner hohen Position aus um, um die Situation richtig einschätzen zu können. Die alpetorianischen Soldaten waren immer noch nicht weit genug vorgedrungen, um ihnen helfen zu können. Doch anscheinend wollte Vlynnar ihm etwas mitteilen, denn der Drache zuckte immer wieder mit dem Kopf und deutete auf seinen Flügel.

Der junge Mann schallt sich einen Narren, als er erkannte, was das Tier meinte: Der Speer steckte immer noch in der Flügelmembran und fixierte ihn am Boden. Sobald Vlynnar sich auch nur ein winziges Stück bewegte, riss der Flügel weiter und bescherte ihn entsetzlichen Schmerzen.

Carim hangelte sich wieder am Hals hinab und rutschte hinüber bis zum Ansatz des Flügels. Die schnellste Möglichkeit, wieder auf den Boden und zur Wunde zu kommen, wäre nun, am Flügel hinab zu rutschten. Doch Carim war sich nicht sicher, ob die dünne Haut das aushalten würde. Die Dicke der Flügelmembran war von Drachenart zu Drachenart unterschiedlich. Doch es würde zu lange dauern, wenn er jetzt irgendwo anders hinabklettern musste. Er musste das Risiko eingehen. Also betete er, dass es klappen würde und schwang sich über Vlynnars Schulter auf seinen Flügel.

Rasend schnell rutschte er hinab und wurde unsanft auf den Boden geschleudert. Der Flügel riss nicht.

Erleichtert rappelte Carim sich auf. Kurz sah er sich um, ob ihn jemand angreifen könnte, die Soldaten um ihn herum waren jedoch alle in Kämpfe verwickelt und bemerkten ihn nicht. Also drehte er sich um und ging schnellen Schrittes auf den Speer zu.

Es war kein richtiger Speer, sondern bloß ein dicker, schlecht gearbeiteter, spitzer Balken. Carim fing sich einige Holzsplitter ein, als er ihn mit beiden Händen umgriff, um ihn aus dem Flügel zu ziehen. Er brauchte drei Versuche, dann riss er den Balken auf dem Flügel. Mit einem Stöhnen schleuderte der junge Mann ihn zur Seite. Zurück blieb ein faustgroßes Loch im Flügel und einige blutige Risse. Insgesamt erschien es jedoch nicht so schlimm, wie Carim zuerst befürchtet hatte.

Vlynnar bemerkte sofort, dass er befreit war, und zog den Flügel dicht an den Körper. Wütend brüllte er auf, warnte seine Feinde vor, dass er sie jetzt für seine Schmerzen bestrafen würde.

Ein riesiger Feuerstrahl verließ seinen Rachen und verwandelte die Soldaten in seiner unmittelbaren Nähe in lebendige Fackeln. Carim sah, wie Dutzende aus Furcht und Entsetzen ihre Waffen fallen ließen. Ihre vor Angst entstellten Gesichter wurden vom Feuer ihrer brennenden Brüder erhellt. Nacheinander drehten sie sich um und stürmten panisch davon. Die Männer stolperten übereinander und über ihre gefallenen Kameraden. Die bis eben tapfer kämpfenden Dardanier suchten nun in einem heillosen Rückzug die Flucht. Carim jubelte innerlich, als ein Trompetensignal an sein Ohr drang, wieder und wieder.

Ärger stieg in Carim auf. Wurden sie gerade wirklich zum Rückzug befohlen, obwohl sie zu siegen schienen? Doch als er das Jubeln hinter seinem Rücken hörte und die fliehenden Feinde sah, erkannte er, dass nicht die Alpetorianer zum Rückzug geblasen hatten.

»Sie fliehen!«, jubelte ein junger Soldat neben ihm und reckte freudig Schild und Schwert in die Luft. »Die Ratten verkriechen sich in Marlaut!«

Kapitel 16

Unberechenbar

Der Sieg war überwältigend. Trunken vor Freude begannen die Soldaten, die Feinde zu verfolgen, die so schnell sie konnten auf die schützenden Mauern von Marlaut zuliefen. Carim versuchte sie zurückzurufen. Es wurde jetzt jeder benötigt, um das Lager zu verlegen und einen Belagerungsring um Marlaut aufzubauen. Der Sieg musste genutzt und ihr Ziel so schnell wie möglich gesichert werden. Doch das war den Alpetorianern egal. Monatelang hatten sie keinen Sieg mehr erleben dürfen, nur Niederlagen und Verlust. Doch nun hatten sie gesiegt. Nun war das Lager der Feinde aufgelöst. Nun würden sie Marlaut belagern. Kein einziger der euphorischen Soldaten zweifelte daran, dass sie es auch erobern würden.

Carim drehte sich um und ging auf Vlynnar zu.

Der Drache war vollkommen verwirrt. Gehetzt zuckte sein Blick hin und her, als sei er sich nicht sicher, ob er weiterkämpfen oder aufhören sollte. Carim legte ihm beruhigend eine Hand auf den Hals.

»Es ist geschafft«, flüsterte Carim erleichtert und schaute an seinem Körper hinab. Seine aufgeschlitzte Brust blutete nicht mehr, war jedoch voller Schorf und Dreck, so wie sein ganzer Körper. Seine rechte Hand umklammerte immer noch krampfhaft Lincir.

Eine Schlacht war etwas vollkommen anderes, als Drachen zu jagen, das wurde ihm jetzt klar. Prinz Asdral hatte recht gehabt. Diese Schlacht war zermürbend gewesen. Es war nicht ein Gegner, dem Carim sich stellen musste, sondern Hunderte oder Tausende. Sobald er einen tödlichen Treffer gesetzt hatte, waren andere zur Stelle, um den getöteten Gegner zu ersetzen. Carim konnte es nicht erwarten, wieder in sein Zelt zurückzukehren, die Augen zu schließen, sich auszuruhen und die Welt für ein paar Stunden hinter sich zu lassen.

Langsam drehte er sich um und steuerte mit schleppenden Schritten auf das Lager zu. Eine bleierne Müdigkeit hatte von ihm Besitz ergriffen. Mit einem Mal hatte er das Gefühl, sich nicht mehr lange auf den Beinen halten zu können.

Die Sonne zeigte sich nun mit ihren ersten Strahlen am Horizont. Die Schlacht hatte sich länger angefühlt, als sie tatsächlich gewesen war.

Als der Boden mit einem Mal bebte, merkte er, dass Vlynnar ihm folgte. Doch Carim warf keinen Blick zurück. Der Regen war stärker geworden und prasselte unnachgiebig auf den Boden, so als wolle er die Freudenfeuer des Sieges auslöschen. Carim hoffte, wenigstens ein paar Minuten Ruhe zu bekommen, ehe sie die Zelte abbrechen und den Belagerungsring um Marlaut aufschlagen würden.

Bald kam das Lager in Sicht. Carim schaute sich um. Hunderte von Soldaten liefen geschäftig zwischen den Zelten hin und her. Anscheinend waren doch nicht alle vom Freudentaumel erfasst und jagten die Feinde bis vor die Tore von Marlaut.

Resigniert erkannte Carim, dass die meisten schon ihre Zelte abbauten.

Als die Soldaten Carim und Vlynnar entdeckten, hielt jeder in seiner Arbeit inne und drehte sich zu ihnen um. Ein langes Schweigen entstand. Carim hielt verunsichert an und schaute von einem Soldaten zum anderen.

Urplötzlich erwachten sie aus ihrer Starre und brachen in tosenden Jubel aus. Die Männer klatschten und brüllten, pfiffen und priesen Vlynnars Stärke und Carims Heldenmut.

»Ein Hoch auf den Drachenreiter von Fithár!«

»Lang lebe unser Drache mit den blutroten Augen!«

»Ihr seid die Helden dieser Schlacht!«

Einige Männer kamen sogar auf Carim zu, schüttelten ihm die Hand und klopften ihm anerkennend auf die Schulter. Carim schluckte und sah sich um. Vlynnar schien die Situation ebenfalls unangenehm zu sein, denn seine Augen zuckten nervös zwischen den vielen jubelnden Menschen hin und her. Mit der rechten Vorderkralle scharrte er im Sand. Sein Schwanz peitschte immer wilder.

»Seid still!«, brüllte Carim panisch. Sofort verstummten die Soldaten. Verwirrt schauten sie den Drachentöter an und warteten auf eine Erklärung. Doch Carim hatte nicht vor, ihnen eine zu geben. Vlynnar zitterte vor Aufregung am ganzen Körper und hatte den Kopf zurückgezogen, seine Augen schienen Funken zu sprühen. Bei diesem Anblick ließ Carim ein eiskalter Schauer den Rücken hinab.

»Ruhig!«, beschwichtigte er den Drachen und sich selbst. »Alles ist gut. Das sind nicht unsere Feinde. Alles ist gut.« Er wiederholte es so lange, bis Vlynnar ihn endlich wieder anblickte. Carim versuchte ihm aufmunternd zuzulächeln. Doch er wusste, dass der Drache seine Stimmung spürte. Trotzdem wurde er allmählich ruhiger. Es schien, als würde er das Lager doch nicht in ein zweites Schlachtfeld verwandeln.

»Ich wusste gar nicht, dass Ihr dem Ruhm so abgeneigt seid, Drachentöter.« Carim erkannte Tharcs Stimme und drehte sich um. Der Hauptmann stand vor ihm, flankiert von zwei Männern, die Carim gut kannte. Es waren die Prinzen. Kastriot wirkte verängstigt und erschöpft, doch seine Kleidung war unversehrt und rein. Wahrscheinlich hatte er in den letzten Reihen bei den Strategen gestanden und die Schlacht von Weitem beobachtet.

Im Gegensatz dazu sah sein Bruder Asdral schrecklich aus. Er strotzte vor Schmutz und Blut, sein Gesicht war von Schrammen übersäht und ein dicker Verband zierte seine Schulter. Trotzdem stand er aufrecht neben dem Befehlshaber. Sein harter Blick kreuzte den von Carim.

»Lasst Eure Späße, Tharc«, gab Carim bissig zurück und wollte seinen Weg in Richtung seines Zeltes fortsetzen. Doch Tharc ließ ihn nicht so einfach gehen.

»Wollt Ihr den Hoheiten nicht Eure Ehre erweisen, Drachentöter?«, fragte Tharc mit Hohn in seiner Stimme. Wut stieg in Carim hoch. Er und sein Drache hatten ihm gerade zu einem Sieg verholfen!

»Die Hoheiten können bestimmt auf meine Ehre verzichten.«

»Ihr habt gut gekämpft.« Die tiefe Stimme von Prinz Asdral verleitete Carim dazu, ihn wieder anzusehen. Sein Blick hatte nun die Härte verloren und der Königssohn neigte anerkennend den Kopf. »Es fällt mir nicht leicht. Doch ich muss Euch zugestehen, dass dieser Sieg Euer Verdienst ist. Eurer und der Eures Drachen natürlich. Mit ihm und Euch an unserer Seite haben wir wirklich die Chance, Marlaut zurückzuerobern und die Dardanier aus unserem Land zu vertreiben.«

Carim war sich nicht sicher, wie er darauf reagieren sollte und schaute unschlüssig zu Tharc und Kastriot. In Tharcs Miene konnte er nichts lesen, doch Kastriot war leicht rot angelaufen. Er entschied sich deshalb, gar nichts zu antworten, neigte ebenfalls leicht den Kopf und drehte sich dann um, um mit Vlynnar gemeinsam zum Stall und zu seinem Zelt zurückzukehren. Hinter sich hörte er, wie Tharc die umstehenden Soldaten anbellte.

Kapitel 17

Wendepunkt

»Maron! Maron, hier!«

Der kleine blonde Junge, der seinen Freund gerufen hatte, wedelte wild mit den Armen, in der Hoffnung, der andere würde ihm den kleinen grünen Ball zuwerfen. Maron holte weit aus, zielte und schleuderte den Ball mit aller Kraft auf den kleinen blonden Jungen zu. Dieser ging kurz in die Knie und sprang dann hoch in die Luft. Er streckte sich so weit nach oben, wie er konnte, doch es war nicht weit genug. In hohem Bogen flog der Ball über ihn hinweg, prallte auf und rollte um die nächste Ecke. Enttäuscht fluchte der Junge und lief dem Ball hinterher. Sein Freund folgte ihm.

»Wo ist er hin? Ich sehe ihn nicht mehr!«, rief der Junge, als sie in der Nachbarstraße angekommen waren. Es war eine enge Gasse, die von den hellen Strahlen der Sonne kaum erleuchtet wurde. Maron und sein Freund waren noch nie hier gewesen. Heute hatten sie etwas abseits des ihnen bekannten Gebietes gespielt.

»Tey, ist doch egal, ist doch nur ein doofer Ball«, murmelte Maron, als Tey die Gasse weiter entlangging. Doch der drehte sich nur um und grinste seinen Freund herausfordernd an. Er hatte kurze helle Haare, so hell, dass sie beinahe weiß erschienen, und sein Lächeln hatte etwas Verschlagenes.

»Komm schon Maron! Hast du etwa Angst?«

Maron kniff trotzig die Lippen zusammen, schüttelte den Kopf und folgte seinem Freund dann entschlossen in die Dunkelheit der Gasse. Die beiden waren befreundet, seit sie sich vor ein paar Jahren das erste Mal beim Spielen auf der Straße getroffen hatten. Doch Tey war immer der mutigere von beiden gewesen, der Anführer. Maron bewunderte seinen Freund und versuchte ihn bei jeder Gelegenheit zu beeindrucken. Doch manchmal gingen ihm die Abenteuer des anderen Jungen auch zu weit.

Tey beschleunigte seinen Schritt und hielt Ausschau nach dem verlorenen Ball. Im Zwielicht der Gasse konnte er jedoch nichts anderes als stinkende Müllhaufen und ein paar Katzen entdecken. Durch ihre Stimmen aufgeschreckt verschwand eine von ihnen laut maunzend in einer Ecke.

Nach etlichen Metern machte die Gasse einen Knick. Ohne zu zögern steuerte Tey darauf zu, doch Maron blieb ruckartig stehen.

»Ich glaube, wir sollten jetzt wirklich zurückgehen, das hier ist echt gruselig. Und gar nicht mehr lustig. Ich wette, hier in diesem Loch wohnt keine Menschenseele mehr.«

Tey drehte sich um und musterte seinen Freund von oben bis unten. Dann lachte er aufmunternd.

»Na, wenn hier keiner mehr wohnt, haben wir doch nichts zu befürchten, oder?« Als Tey merkte, dass sein Freund nicht auf den Spaß einging, wurde er schlagartig wieder ernst und musterte Maron von oben bis unten.

»Und ich dachte, ich hätte einen mutigen Kämpfer zum besten Freund und keinen Feigling.« Damit drehte er sich um und ging weiter. Doch die Worte erreichten genau ihr Ziel. Einerseits war Maron stolz wegen des Kompliments, andererseits verletzt wegen der Beleidigung als Feigling. Jedenfalls reichte es aus, um seinem Freund hinterherzulaufen und neben ihm seinen Schritt zu verlangsamen, als wäre nie etwas gewesen.

Was sie erblickten, als sie um die Ecke bogen, raubte ihnen den Atem. Zwar hatten sie in ihrem Leben schon viele kaputte Straßen und Gebäude gesehen, doch das hier war irgendwie anders.

Am Ende der Gasse stand ein kleines Haus, baufällig und alt, das aussah, als würde es sich vor den anderen großen Häusern zusammenkauern und nicht gesehen werden wollen. Ein riesiges Loch klaffte neben der morschen Eingangstür wie ein großer, zahnloser Mund und die Dunkelheit dahinter war bedrohlich und undurchdringbar. An den Seiten rankte sich Efeu empor, streckte seine gierigen Finger nach jedem freien Zentimeter der Hauswand aus. Den beiden Jungen lief es kalt den Rücken hinab. Irgendetwas ging von diesem Haus aus, eine dunkle Stimmung, die sie nicht deuten konnten.

Tey ergriff als erster wieder das Wort. »So ein Haus habe ich ja noch nie gesehen.« Er schluckte, dann schaute er zu seinem Freund. »Lass und reingehen.«

»Was?« Marons Stimme überschlug sich fast vor Panik. »Auf keinen Fall! Schau dir das Haus doch an! Wenn da keine Geister drinnen wohnen!«

Tey runzelte die Stirn und lachte dann, doch er schien auch seine eigene Angst überspielen zu wollen.

»Du hörst dich ja schon an wie Marla! Geister gibt es doch nicht, das haben uns unsere Eltern nur früher erzählt, damit wir nicht nachts heimlich nach draußen gehen. Und gerade ist helllichter Tag, da treffen wir erst recht auf keine Geister. Das Haus da ist sicherlich unbewohnt. Aber vielleicht finden wir ja etwas Spannendes darin, was der Vorbesitzer zurückgelassen hat!«

Doch Maron schüttelte nur energisch den Kopf und wich ein paar Schritte zurück. »Nein, vergiss es, Tey.« Mit diesen Worten drehte sich der Junge um und lief zurück.

Tey drehte sich wieder um. Wenn er ehrlich war, hatte auch er keine wirkliche Lust, das Haus zu erkunden. Er hatte vor seinem Freund nur mutig wirken wollen. Doch jetzt war es zu spät. Wenn er ebenfalls die Gasse zurücklaufen würde, wäre ihm der Spott Marons und der anderen Gleichaltrigen gewiss. Also biss Tey die Zähne zusammen, straffte die Schultern und ging auf das Haus zu. Er würde nur schnell hineinlaufen, etwas klauen, mit dem er angeben konnte und dann wieder verschwinden.

Je näher er dem Haus kam, desto größer wurde der Drang, es Maron nachzutun und einfach zu verschwinden. Das Loch neben der Haustür blickte ihm schwarz wie der Tod entgegen. Teys Hände waren schweißnass und er begann zu zittern.

»Sei mutig, sei mutig!«, flüsterte er sich immer wieder zu. Dann atmete er einmal tief ein und aus und beruhigte sich wieder ein bisschen.

Als er vor dem Haus angekommen war, blieb er stehen und schaute nach oben. Riesige, graue Wolken bedeckten inzwischen den Himmel und nahmen die Sonne gefangen. Tey wünschte sich, dass wenigstens sie ihm Mut gespendet hätte. Er schluckte noch einmal hart, dann legte er die Hände an den Rand des Loches und stieg hindurch.

Als er mit beiden Füßen auf dem Boden im Haus aufkam, drang ihm eine Staubwolke in die Nase und er unterdrückte ein Niesen. Irgendwie hatte er das Gefühl, er sollte leise sein, obwohl er sich eben noch so sicher gewesen war, dass das Haus unbewohnt war.

Tey biss die Zähne zusammen und schlich vorsichtig weiter. Schon nach wenigen Schritten wurde das Licht karger, die milchigen Scheiben der Fenster ließen nicht viel der ohnehin verdeckten Sonne herein.

Das Mobiliar im Raum bestand aus einem kleinen Tisch in der Mitte und einem Schrank an der Wand, der jedoch leer zu sein schien.

Tey schlich darauf zu und öffnete die Schranktür. Ein scheußliches Quietschen erklang und Tey zuckte zusammen. Ob das jemand gehört hatte?

Als sich nichts regte und er den Schrank leer vorfand, beschloss er weiterzusuchen. Er umrundete ihn und steuerte auf die offenstehende Tür zu, die ins Nebenzimmer führte. Als er sie durchschritten hatte, sah er, dass das Nebenzimmer viel heller erleuchtet war als die anderen Zimmer. Grund dafür war, dass die gesamte Hinterwand fehlte und den Blick frei gab auf einen winzigen, überwucherten Garten und die Rückwand des nächsten Hauses.

Teys Blick strich durch das Zimmer und blieb an der Matratze hängen, die mitten darin lag. Erst dachte er, ein Haufen alter Lumpen läge darauf, doch dann bewegte sich der Berg.

Tey presste sich die Hände vor den Mund, um nicht laut zu schreien und riss die Augen auf. Da lag jemand auf der Matratze und schlief. Tey konnte sogar, wenn er ganz genau hinhörte, ein leises Schnarchen vernehmen.

Ein obdachloser Landstreicher wahrscheinlich oder ein Verbrecher, dachte Tey panisch und begann, langsam rückwärts auf die Tür hinter ihm zuzusteuern. Fast hatte er es geschafft, da stolperte er über irgendetwas. Er ruderte mit den Armen, um das Gleichgewicht zu halten, doch es nützte nichts. Mit einem lauten Knall fiel Tey rückwärts auf den Boden und knallte mit dem Hinterkopf auf, sodass ihm kurz die Sicht verschwamm.

Steh auf! Du musst laufen!, schrie eine Stimme in seinem Kopf, doch er konnte sich einen Moment lang nicht bewegen. Kurz hatte er das Gefühl, dass er sich übergeben müsste, doch es verflog so schnell, wie es gekommen war. Langsam öffnete er die Augen wieder und starrte in das entsetzlichste Gesicht, das er jemals gesehen hatte: Ein Mann stand über ihm, mit breiten Schultern und muskulösen Armen, der gar nicht wie ein hungriger Landstreicher aussah. Und dieses Gesicht … Kurz hatte Tey wieder das Gefühl sich übergeben zu müssen. Die linke Gesichtshälfte des Mannes fehlte fast gänzlich und bestand nur noch aus schlecht verwachsenem Narbengewebe. Die restliche Haut war gelblich und voller Dreck. Aus dem zu einem bösen Lächeln verzogenen Mund strahlten Tey eine Reihe gelber Zahnstümpfe entgegen. Ein schmutziger Bart bedeckte das Kinn wie Stahlwolle, während der Mann auf dem Kopf beinahe keine Haare mehr besaß. Am Körper trug er zerfetzte, vor Schmutz starrende Kleidung, doch Tey konnte noch das Wappen auf seiner Brust erkennen: Blau und Rot. Das Wappen Fithárs. War der Mann etwa ein Soldat?

»Na, wen haben wir denn hier?«, nuschelte der Mann und Tey konnte ihn kaum verstehen. Die Stimme war brüchig und rau wie Sandpapier. Seine kleinen Augen zuckten wild umher.

»Ich … ich … ich habe mich nur verirrt, Sir, verzeiht«, stotterte Tey als Antwort und versuchte, auf dem Boden aus der Reichweite des Scheusals zu rutschen. Sein Kopf dröhnte immer noch etwas.

»Verirrt? Das glaube ich dir nicht. Ich glaube eher, hier habe ich einen frechen kleinen Dieb erwischt!« Die letzten Worte brüllte der Fremde so laut, dass Tey vor Angst aufschrie. Dann begann der Mann gackernd zu lachen.

Tey drehte sich auf die Knie und wollte aufstehen. Er hatte sich noch nicht richtig abgestützt, da ging der Mann mit schnellem Schritt auf ihn zu und trat ihm grob in die Seite. Tey schrie wieder auf und fiel zurück auf den Boden. Noch nie in seinem Leben hatte er solche Angst gehabt. Laut keuchte er, seine Hände waren schweißnass und zitterten. Seine Seite schmerzte. Tey war der festen Überzeugung, dass er nun sterben müsste.

»Bitte lasst mich gehen«, flehte er schluchzend und versuchte, die Tränen zurückzuhalten. Trotz allem wollte er nicht wie ein Schwächling klingen. Doch es gelang ihm nicht und sie bahnten sich ihren Weg, erstickten seine Stimme und liefen dann stumm seine von Staub verschmutzten Wangen hinab. Ein weiteres Mal versuchte sich Tey aufzurichten, doch der Mann zögerte nicht und trat ihm wieder hart in die Seite. Der Junge hatte mit seinen neun Jahren keine Chance gegen diesen großen, muskulösen Soldaten. Trotzdem wollte er nicht so einfach ohne Gegenwehr aufgeben. Sein Kampfesmut erwachte. Auf keinen Fall wollte er so ein Feigling wie Maron sein.

Hastig ließ er seinen Blick auf der Suche nach einer Waffe durch den Raum schweifen. Er blieb an dem Gegenstand haften, über den Tey eben gestolpert war: Eine etwas verbogene Eisenstange, nicht sehr lang, aber massiv. Damit hätte Tey wenigstens eine kleine Chance sich zu verteidigen.

Der Mann fixierte ihn indessen mit seinen winzigen, irre blickenden Augen.

»Kleine Diebe müssen bestraft werden, das weißt du doch? Damals im Krieg hat man diebischen Soldaten eine Hand abgehackt. Wusstest du das? Soll ich dir auch mal eine von deinen kleinen Händen abhacken?«

»Nein«, flehte Tey inständig. Diesmal versuchte er erst gar nicht, seine Tränen zurückzuhalten. Wie kleine Wasserfälle benetzten sie Gesicht und Kleidung. Wenn das hier sein Ende war, dann war es jetzt auch egal, dass er weinte. Er dachte an seine Familie. Würden sie ihn jemals finden und wissen, wie er gestorben war? Sicherlich, schließlich wusste Maron, wo er hingegangen war. Hoffentlich hielt sich dann jedoch der Soldat nicht mehr hier auf. Den Gedanken, dass seine Familie sich auf der Suche nach ihm in Gefahr begab, konnte er nicht ertragen.

Den Mann griff betont langsam unter seinen Mantel und holte ein langes Messer hervor. Der Griff war dunkelrot. Bedrohlich blitzte die messerscharfe Schneide.

Da Teys Vater Schmied war, kannte der Junge sich ein wenig mit Waffen aus und wusste, dass alle Soldaten der königlichen Armee Messer mit solch einem roten Griff besaßen.

»Ihr seid doch ein Soldat, nicht wahr? Aber wieso seid Ihr dann nicht in einem Feldlager?«, schleuderte Tey dem Fremden entgegen, in der Hoffnung, ihn damit etwas abzulenken. Währenddessen versuchte er, unauffällig auf die Eisenstange zuzurutschen.

Ein grässliches Grinsen verzerrte das Gesicht des Fremden.

»Ja, ich war bei der Armee. Aber schau mich an! Schau, was der Krieg aus mir gemacht hat! Kannst du mir in mein Gesicht blicken? Kannst du mir in mein Gesicht blicken, ohne zusammenzuzucken, ohne dich zu fürchten oder vor Ekel abgeschreckt zu sein?«

Der Fremde verzerrte nun schmerzvoll das Gesicht, so als würde er in schlimmen Erinnerungen versinken.

Mit einem tiefen Atemzug nahm Tey all seinen Mut zusammen und nutzte diesen kurzen Moment der Ablenkung. Blitzschnell rutschte er hinüber zu der Eisenstange, packte sie mit beiden Händen, drehte sich um und schlug sie dem Mann mit all seiner Kraft gegen die Schulter. Der Soldat brüllte vor Schmerz auf und wich einige Schritte zurück. Tey richtete sich auf und hob drohend die Stange. Doch als er den Mann mit dem Messer in der Hand und wutverzerrtem Gesicht auf sich zugehen sah, verflog sein Kampfesmut so schnell, wie er gekommen war.

»Du kleiner, dreckiger Bastard, wie kannst du es nur wagen ...«

Draußen durchbrach die Sonne die Wolkendecke für einen kurzen Moment und erfüllte das Zimmer mit warmem Licht. Aus irgendeinem Grund fühlte sich Tey dadurch bestärkt und stürmte auf den Mann zu. Doch der Veteran war schneller. Der Junge schrie auf, als ein gellender Schmerz durch seine Schulter fuhr. Doch mit aller Selbstbeherrschung zwang er sich, nicht wieder hinzufallen. Blitzschnell riss er die Stange hoch über seinen Kopf und schlug so fest er konnte auf die Hand des Fremden, der vor Schmerz und Überraschung fluchend das Messer fallen ließ.

Tey war blind vor Angst und Wut, doch die Entwaffnung seines Gegners ermutigte ihn. Weiter drosch er mit der Stange auf ihn ein, immer weiter, bis der Mann zu Boden fiel. Selbst als er sich nicht mehr rührte, schlug Tey ihm weiter mit der Stange ins Gesicht. Seine Finger zitterten und umklammerten das kühle Metall. Er konnte einfach nicht aufhören. Das Scheusal sollte schweigen, ein für alle Mal, sodass Tey nie wieder Angst vor ihm zu haben bräuchte.

Irgendwann wurde der Schmerz in seiner Schulter unerträglich. Keuchend ließ er die blutbespritzte Stange sinken. Langsam nahm die Welt um ihn Konturen an und er kam wieder zur Besinnung. Der Fremde bewegte sich nicht mehr.

Tey wurde schlecht. Angeekelt drehte sich um und erbrach sich auf den Boden neben sich. Schluchzend und die Hand auf die Wunde an seinem Arm pressend taumelte er ganz langsam den Weg zurück, den er gekommen war. Er schaute kein einziges Mal zurück. Er wollte nicht sehen, was er hinterließ, wollte das Erlebnis aus seinem Kopf streichen. In ihm stritten Ekel, Angst und Fassungslosigkeit. Tief in seinem Innern wusste er, dass der Mann tot war, dass er ihn getötet hatte. Doch die Erkenntnis wollte nicht an die Oberfläche dringen. Tey war wie benommen, als wäre all das hier ohne ihn passiert.

Auch als er das Haus verlassen hatte, drehte er sich nicht um. Sein Leinenhemd war durchtränkt von dem Blut, das aus seiner Schulter lief, und dem Blut des Toten. Seine Füße trugen ihn weiter, ohne dass er Anteil daran hatte.

Irgendwann kam er auf eine belebtere Straße. Einige Männer und Frauen blieben stehen und starrten ihn schockiert an. Tey ging weiter und registrierte sie gar nicht. Als ein kleines Mädchen zu weinen anfing, zuckte er kurz zusammen, verfiel jedoch sofort wieder in seine Benommenheit. Die Pflastersteine am Boden schienen ihm viel interessanter zu sein, als die Passanten um ihn herum.

Endlich tauchte sein Zuhause vor ihm auf. Auf der Bank vor der Tür saßen zwei Personen: Seine Schwester Marla, die drei Jahre älter war als er, und eine ihrer Freundinnen. Als seine Schwester ihn erblickte, riss sie entsetzt die Augen auf und sprang auf.

»Um Himmels Willen, Tey, was ist dir denn passiert?« Marla schlug die Hände vor den Mund und kurz schien es, als würde sie anfangen zu weinen.

Doch Tey zuckte nur mit den Schultern und ging an ihr vorbei ins Haus hinein. Marla folgte ihm. Seine Mutter stand mit dem Rücken zu ihm am Herd und kochte, ihre große weiße Schürze war dreckig von Ruß. Die Haare hatte sie wie immer zu einem strengen Knoten zusammengebunden. Als sie Tey hereinkommen hörte, drehte sie sich mit drohend erhobenem Kochlöffel um.

»Wo bist du nur gewesen? Ich habe doch gesagt …« Als sie ihn ansah, erstarrte sie, genauso wie Marla zuvor. Besorgt wanderte ihr Blick an ihm hinauf und hinab, dann zu Marla, die schockiert den Kopf schüttelte, die Hände immer noch vor den Mund gepresst.

Nun schaute auch Tey zum ersten Mal an sich hinab. Seine Kleidung war voller roter Spritzer. Sein Oberteil war ebenfalls voller Blut, auch wenn seine Schulterwunde inzwischen aufgehört hatte zu bluten. Er schaute seiner Mutter in die Augen.

Plötzlich stürzte alles Erlebte auf ihn ein, alles kam zusammen und er wurde sich bewusst, was er getan hatte. Er hatte soeben einen Menschen getötet. Er hatte einen Mann niedergeschlagen und gewusst, dass er außer Gefecht gesetzt war. Trotzdem hatte er nicht aufgehört zuzuschlagen. Blind vor Wut und Angst hatte er weitergemacht, bis der Mann nicht mehr zu erkennen gewesen war. Betäubt starrte Tey auf seine blutverschmierten Hände hinab, auf die Hände eines Mörders.

Nun kam auch sein Vater polternd die Treppe herabgelaufen.

»Was ist hier … Carim, was hast du gemacht?«

Sein Vater war der Einzige, der Tey nicht bei seinem Spitznamen, sondern bei seinem Geburtsnamen rief.

Tey schaute hilfesuchend zu seinem Vater. Verzweiflung stieg in ihm hoch. Er konnte seinem Vater auf keinen Fall erzählen, dass er einen Mann getötet hatte. Seine Familie war sehr gläubig. Als Mörder wäre er in ihren Augen verloren. Das konnte er ihr und das konnte er sich selbst nicht antun. Er öffnete den Mund, um ihnen irgendeine Lüge zu erzählen, doch seine Stimme verließ ihn. Es gab keine Worte, die diese Situation erklären könnten. Also schloss er den Mund wieder und verkroch sich tief in seinem Innern. Er schloss die Erlebnisse ein und schwor sich, sie niemals wieder herauszulassen.

Schweigend blickte er in die erwartungsvollen Gesichter seiner Eltern.

Aus Sorge um ihren verletzten Bruder unterbrach Marla jedoch die Stille.

»Wie es passiert ist, ist doch erst einmal egal. Wir müssen ihn verbinden! Seht doch nur, wie viel Blut er schon verloren hat!«

Dies schien die Spannung zu lösen. Sofort brach Teys Mutter in geschäftige Hektik aus. Sie rief seinem Vater zu, er solle frisches Wasser holen, kramte selbst einige Verbände aus einem Schrank und nahm ein Messer zur Hand. Mit diesem schlitzte sie Teys Hemd auf und löste es von der Haut. Tey zuckte zusammen, da der Stoff an einer Stelle schon mit dem geronnenen Blut verklebt war. Doch seine Mutter hielt nicht inne, bis der ganze Stoff entfernt war und der Schnitt frei vor ihr lag. Sie sog scharf die Luft ein.

»Die Wunde ist ganz schön tief«, murmelte sie. Marla saß indessen neben Tey und strich ihm beruhigend über den Arm. Ihre Freundin musste wohl gegangen sein.

Tey bemerkte, dass ihm langsam etwas schwindelig wurde, vor allem als er sah, dass seine Mutter eine Nadel herausholte, um die Wunde zu nähen. Bis jetzt hatte er den Schmerz gut unterdrücken können. Doch er wusste nicht, wie es wäre, wenn seine Mutter die Nadel in seine Haut stach.

Die Behandlung war jedoch nicht so schlimm, wie er es sich vorgestellt hatte.

Schon einige Minuten später lag er mit einem dicken Verband oben in Marlas und seinem Zimmer und starrte unverwandt an die Decke.

Das Gesicht des Fremden wollte ihm nicht aus dem Kopf gehen. Der Soldat hatte ihn quälen und misshandeln, vielleicht sogar umbringen wollen. Doch hatte er deshalb den Tod verdient? Tey hätte ihn nicht töten müssen, das wusste er. Das hatte er auch während seiner Tat gewusst. Er hatte den Fahnenflüchtigen außer Gefecht setzen und fliehen können. Wieso hatte er das nicht getan, sondern ihn blindwütig erschlagen? Tey wusste es nicht.

Alles, was er wusste, war, dass er von nun an nicht mehr derselbe war. Diese Tat hatte ihn verändert. Sie hatten einen anderen Menschen aus ihm gemacht.

Carim wusste nur nicht, zu was für einem Menschen.

Kapitel 18

Feuerrotes Haar

Carim fasste sich an die Narbe an seiner Schulter. Es gab immer wieder Tage, an denen sie ihm Probleme bereitete. In letzter Zeit häuften sie sich. Woran das lag, wusste er nicht.

Heute, zwei Tage nach der Schlacht, hatten es die Alpetorianer endlich geschafft, das gesamte Lager an die Mauern von Marlaut zu verlegen. Aus der belagerten Stadt hatten sie noch keine Nachricht erhalten, aber ihre drei Belagerungsringe war geschlossen genug, dass keine Lebensmittellieferung zu einem der Tore durchdringen konnte.

Das Heer bestand normalerweise aus zehn Abteilungen, die einzeln von Hauptmännern verwaltet wurden. Doch wegen der räumlichen Enge der aktuellen Situation gab es eine gemeinsame Verwaltung. Da Tharcs Abteilung vorher an der linken Flanke gekämpft hatte, war Carim noch nie wissentlich auf einen der anderen Hauptmänner getroffen. Bei seinem ersten Kriegsrat waren nur Tharc und seine Berater anwesend gewesen. Er vermutete aber, dass die beiden Prinzen ebenfalls ihre eigene Abteilung befehligten.

Für die erste gemeinsame Versammlung vor Marlaut war Tharcs Zelt ausgewählt worden. Der Hauptmann hatte Carim dabei um seine Anwesenheit gebeten. Darüber war Carim kein bisschen erfreut, denn mit Taktik, Strategie und Belagerungen kannte er sich kaum aus. Also würde er wohl nur unbeteiligt dastehen, um von den anderen angegafft und mit Fragen zu seinem Drachen gelöchert zu werden. Doch er würde es über sich ergehen lassen, denn mit jedem Tag kam er, das sagte er sich immer wieder, seiner Belohnung und damit seinem Ziel ein Stück näher. Was es für ein gutes Gefühl sein würde, wenn die ganzen eingebildeten Adligen ihn als Lord ansprechen mussten ...

Nach und nach betraten nun auch die anderen Anführer das Zelt. Die meisten blickten ihn grimmig, aber respektvoll an. Einige dankten ihm sogar für seine Verdienste in der letzten Schlacht. Doch ihr Misstrauen gegenüber ihm, wahrscheinlich wegen seiner ungeklärten Vergangenheit und der Macht, die er durch den Drachen besaß, schien noch nicht verflogen zu sein.

Einige Minuten später traten auch Asdral und Kastriot durch die Tür, würdigten ihn jedoch keines Blickes.

Am Ende fehlte nur noch einer.

»Hauptmann Raki ist wieder einmal nicht mit Pünktlichkeit gesegnet.« Carim hörte, wie jemand diese Worte neben ihm spöttisch murmelte. Wer mochte wohl dieser Hauptmann Raki sein? Carim hatte noch nie von ihm gehört. Jedenfalls schien er schon für seine Unpünktlichkeit bekannt zu sein.

Kaum zwei Minuten später wurde die Zeltplane bei Seite geschoben und Hauptmann Raki betrat den Raum. Überrascht sah Carim eine mittelgroße, schlanke Frau mit kurzen, feuerroten Haaren, die ihr wild vom Kopf abstanden, eintreten. Sie musste wohl Anfang zwanzig sein, war für eine Frau ausgesprochen sehnig und hatte einen strengen, selbstbewussten Blick. Aus ihrem scharf geschnittenen Gesicht starrten ihn zwei hellblaue Augen an. Mit langen Schritten durchquerte sie den Raum und blieb vor Carim stehen.

»Ihr müsst der Drachentöter sein«, stellte sie mit kräftiger Stimme fest. Carim wusste, dass dieser Beiname abschätzig klingen sollte, doch er mochte ihn trotzdem.

»Da liegt Ihr richtig. Und Ihr seid …?«

»Ashira Raki«, antwortete sie knapp, nickte ihm noch einmal zu und gesellte sich zu den anderen.

Carim musterte sie noch eine Weile, obwohl sie ihm den Rücken zugewandt hatte. Er wusste nicht so ganz, was er von dieser Frau halten sollte. Sie hatte Charakter und Durchsetzungsvermögen, das war klar, anders hätte sie sich in so jungen Jahren nicht so weit hochkämpfen und sich als Frau gegen die anderen Männer behaupten können.

Carim konnte es zu seinem Erstaunen nicht leugnen: Er fand diese Frau furchtbar anziehend. Doch er schüttelte schnell den

Kopf und vertrieb seine sündigen Gedanken. Eine Frau, die ihn von seinem eigentlichen Ziel abbringen würde, konnte er genauso wenig gebrauchen wie eine tödliche Fleischwunde. Also drehte er den Kopf, um Ashira Raki nicht mehr anschauen zu müssen, und fixierte geistesabwesend die verblichene Zeltwand, bis er seinen Namen hörte.

»Drachentöter, folgt Ihr dem Gespräch überhaupt?« Es war Tharc, der ihn in die Wirklichkeit zurückrief und ihn genauso wenig bei seinem echten Namen nannte wie Raki.

Carim drehte sich um und schritt auf den Tisch zu, um den alle versammelt standen. Erwartungsvoll blickten ihn zehn Augenpaare an.

»Worum ging es?«

Tharc lief rot an, doch er traute sich wohl nicht, vor den Prinzen ausfällig zu werden. Also deutete er nur auf die Karte vor ihnen, die eine detailgenaue Zeichnung von Marlaut darstellte.

»Wir haben beschlossen, dass Ihr mit Eurem Drachen jeden Abend, kurz bevor die Sonne untergeht, ein paar Runden über der Stadt dreht. Vielleicht können wir die Dardanier so einschüchtern und zur Kapitulation treiben.«

Carim schaute ihn einen Moment lang an und lachte dann. Meinte er das wirklich ernst?

»Das heißt also, ich soll mein und das Leben meines Drachen jeden Abend aufs Neue aufs Spiel setzen, nur damit die Feinde eventuell schwitzige Hände bekommen?«

Ein anderer Hauptmann, dessen Namen Carim wieder vergessen hatte, schaltete sich ein: »Ihr seid ein Soldat wie jeder andere und habt Euch Befehlen unterzuordnen.«

Carim stöhnte. »Dann gebt mir einen Grund, wieso ich solch einen schwachsinnigen Befehl befolgen sollte.«

Nun schaltete sich Raki ein und fixierte Carim fest mit ihren bemerkenswerten Augen. »Zuerst einmal werden die Dardanier nicht nur eventuell, sondern unter allen Umständen eingeschüchtert. Der Angriff des Drachens hat sie überrascht und ihnen eine schmerzhafte Niederlage beschert. Ihn regelmäßig am Himmel fliegen zu sehen, wird dafür sorgen, dass sie nie vergessen, dass ihre

Chancen nicht besser geworden sind. Außerdem, wie sollen sie Euch denn verletzten? Ihr fliegt einfach ein bisschen höher, außerhalb der Reichweite ihrer Bögen. Die Späher werden Euch trotzdem am Himmel erkennen und die Nachricht in die Stadt tragen.«

Bewusst erwiderte Carim ihren Blick einige Sekunden, jedoch nicht so lange, dass es jemand anderem aufgefallen wäre. Dann schaute er zu Tharc. Er würde sich dem Befehl beugen müssen, das wusste er.

»Nun gut, ich werde fliegen. Jedoch nur in sicherer Entfernung. Sollten wir sehen, dass es zu riskant wird, brechen wir es ab.«

Nun räusperte sich jemand neben ihm. Als Carim aufschaute, war er überrascht, Kastriot zu sehen. Der Thronerbe meldete sich normalerweise viel seltener zu Wort als sein jüngerer Bruder.

»Es gibt noch eine Sache, die ich ansprechen wollte.«

Tharc neigte den Kopf. »Hoheit, Ihr habt das Wort.«

»Was ist, wenn die Feinde eine Möglichkeit finden, Waffen gegen den Drachen zu entwickeln? Oder andere Strategien? Wenn ein einfacher Mann wie dieser Carim«, er blickte Carim dabei nicht an, sondern sprach über ihn, als wenn er nicht im Raum wäre, »es schafft, einen Drachen mit bloßen Händen zu erlegen, dann wird es für Andere auch nicht unmöglich sein.«

»Zunächst einmal bin ich kein einfacher Mann. Jahrelang lebte ich allein im Gebirge und mir wurde nicht jedes Mal mein hoheitliches Sitzkissen aufgeschüttelt, wenn ich mich zum Essen niedergelassen habe«, entgegnete Carim wütend und fixierte den Thronerben. Er konnte diesen eingebildeten Prinzen einfach nicht leiden und gerade verspürte er einen großen Drang dazu, es ihm auch zu zeigen. »Vlynnar ist ebenfalls kein normaler Drache. Ich bin noch nie einem wie ihm begegnet. So stark und so gierig nach Blut. Selbst ich hätte wahrscheinlich schlechte Chancen gegen ihn.«

Carim sah herausfordernd in die Runde, verfluchte sich jedoch sofort für diese übereifrig ausgesprochenen Worte. Die Hauptmänner brachten Vlynnar und ihm ohnehin schon so viel Misstrauen entgegen – das hätte er durch diese unbedachte Äußerung nicht noch vergrößern müssen. Gerade wollte er den Mund öffnen, um den Schaden zu verringern, doch Prinz Asdral kam ihm zuvor. Gebieterisch legte er seine Hand auf den Tisch in der Mitte des Zeltes. Während er sprach, schaute er nacheinander jedem der Hauptmänner in die Augen. So musste sich jeder angesprochen fühlen.

»Ich gebe meinem Bruder recht. Auch wenn Ihr vielleicht erfahrener seid als ein normaler Soldat und auch wenn Euer Drache sich von anderen Drachen unterscheidet: Als Ihr Drachen getötet habt, wart Ihr allein. Die Dardanier sind Tausende, von denen sich theoretisch Dutzende auf einmal auf den Drachen stürzen könnten. Die Überlegung, dass der Drache nicht auf ewig unsere überraschende Wunderwaffe sein wird, ist mehr als angebracht.«

Carim musterte die beiden Brüder und fragte sich wohl zum hundertsten Mal, wie ihr Verhältnis zueinander war. Asdral schien so viel abgeklärter und erfahrener als sein Bruder, obwohl der vier Jahre älter war. Doch er unterstützte seinen Bruder und es sah nicht so aus, als würde er denken, er hätte den Königsthron mehr verdient als Kastriot. Dieser hingegen wirkte immer, als würde er sich unwohl fühlen, wenn sein Bruder das Wort ergriff und er nicht. Auch zögerte er, ihm zuzustimmen, selbst wenn er unweigerlich im Recht war oder sie auf derselben Seite standen.

»Und was wollt Ihr jetzt tun?«, fragte Carim. »Dass wir den Drachen nicht noch einmal als Überraschung einsetzen können, war doch von vorneherein klar. Unseren Schutz könnt Ihr jedoch guten Gewissens uns selbst überlassen. Wir sind doch nur einfache Soldaten, nicht wahr? Warum sollte uns da eine besondere Behandlung zukommen?« Dabei nickte er dem Hauptmann, der diese Worte eben geäußert hatte, provokant zu.

Zu seiner großen Überraschung stimmten ihm einige der anderen Anführer zu. Allen voran Tharc: »So ungern ich es zugeben will, der Drachentöter hat durchaus recht. Wir können uns nicht noch Gedanken darüber machen, was sein könnte, da wir nicht vorausahnen können, welche Mittel die Feinde gegen den Drachen entwickeln. Wir müssen wohl spontan reagieren.«

»Diese Antwort stellt mich nicht zufrieden«, entgegnete Asdral und fixierte Tharc mit seinen dunklen Augen. Augen, die keinen Widerspruch duldeten. Carim wurde mit jeder Sekunde wütender.

»Ich schlage vor, eine Elitetruppe zum Schutze des Drachen

ausbilden zu lassen, die sich immer in dessen Nähe aufhält, um ihn vor Angriffen aus dem Hinterhalt schützen«, schlug Asdral vor, doch es klang eher wie ein Befehl.

»Ich bin Vlynnars Elitetruppe!« Carim brüllte beinahe und schlug unbeherrscht mit der Faust auf den Tisch. Es reichte ihm. Wie konnte es dieser eingebildete Bengel wagen, ihn wieder und wieder so hinzustellen, als wäre er dieser Aufgabe nicht gewachsen?

Asdral hingegen schien von Carims Wutausbruch nicht beeindruckt und beugte sich über den Tisch.

»Ach ja? Wie viele Schwerter könnt Ihr in den Händen halten? Und wie viele Schwerter können einhundert dardanische Soldaten in den Händen halten?«

Bevor die Situation eskalieren konnte, schaltete sich Hauptmann Raki ein.

»Ich würde vorschlagen, wir vertagen die Entscheidung über eine solche Elitetruppe. Es ist schon spät und einige von uns müssen morgen die Wache beaufsichtigen. Momentan befinden wir uns in einem Belagerungskrieg. Die Kämpfe, die wir hier führen, sind mit denen auf dem Schlachtfeld nicht vergleichbar. All diese Diskussionen führen zu nichts.«

Nach kurzem Zögern nickte Asdral zustimmend und blickte in die Runde. Wieder blieb sein Blick an jedem einzelnen hängen. Der Ausdruck in seinen dunkelbraunen Augen war nicht zu deuten. »Hauptmann Raki hat recht, verzeiht meine ungestüme Reaktion. Wir schließen den Rat wohl für heute.« Noch einmal traf sein Blick den von Carim. Seine Augen glitzerten herausfordernd. Dann drehte er sich um und verfiel in ein Gespräch mit seinem Bruder.

Carim gähnte und drehte sich um, um das Zelt ebenfalls zu verlassen. Erschrocken zuckte er zusammen, als er die wasserblauen Augen von Ashira Raki vor sich sah.

»Gibt es noch etwas?«, fragte er überrascht, zog die Augenbraue hoch und legte ein fragendes Lächeln auf. Doch Raki erwiderte es nicht.

»Ihr seid wahrlich nicht auf den Mund gefallen, Drachentöter. Wenn Ihr so weitermacht, seid Ihr bald nur noch von Feinden umgeben.«

Carims Lächeln verblasste. Er runzelte die Stirn. »Soll das eine Drohung sein? Oder eine Warnung?«

Doch Raki ließ nur ein katzenhaftes Lächeln aufblitzen, drehte sich dann in einer geschmeidigen Bewegung um und ging ohne sich noch einmal umzudrehen auf den Ausgang zu. Carim schaute ihr nach, bis ihr feuerroter Haarschopf hinter der Zeltplane verschwunden war.

Kapitel 19

Die zweite Schlacht

Die Belagerung von Marlaut zog sich einige Wochen hin. Jeden Abend stieg Carim auf seinen Drachen und flog mit ihm einige Runden über die Stadt, als unausgesprochene Drohung an ihre Feinde. Am Ende ihres Rundflugs brüllte Vlynnar jedes Mal laut und ließ einen Feuerberg über den Himmel rollen. Doch ob diese abendlichen Auftritte ihre Wirkung erzielten, wussten sie nicht, denn aus dem Innern der Stadt hörten sie rein gar nichts. Boten, die die Alpetorianer schickten, wurden vor den geschlossenen Toren abgewiesen. Es war, als hätten die Dardanier einen Mantel aus Schweigen um sich gehüllt.

Raki war der Ansicht, dass ihre Feinde unter keinen Umständen kapitulieren würden, dafür war die Stadt strategisch zu wichtig.

Vor einigen Monaten hatte sie noch zu Alpetoria gehört. Nach der Eroberung durch Dardanien war die gesamte Bevölkerung getötet oder vertrieben worden. Die Feinde hatten aus der Festung ein riesiges Militärlager gemacht. Deshalb gab es auch keine Zivilisten in der Stadt, um deren Wohl sich die Feinde sorgen mussten und deren Hunger und Wohlergehen ein Grund sein könnte, sich zu ergeben. Sie glaubte außerdem, und dieser Meinung war auch Carim, dass die Feinde lieber alles in einer letzten Schlacht, einem letzten verzweifelten Befreiungsversuch riskieren würden.

In den letzten Tagen hatte es außerdem Bewegungen im Feindesland gegeben, wie Späher zu berichten wussten. Tharc vermutete, dass der dardanische König ein zweites Heer aufstellte, um das in Marlaut eingesperrte zu befreien. Die Alpetorianer glaubten jedoch nicht, dass die Eingeschlossenen es noch so lange aushalten würden, bis das zweite Heer ihnen zu Hilfe eilen könnte.

Als die Dardanier schließlich den Ausfall starteten, saß Carim in seinem Zelt und wetzte seine Schwerter. Vlynnar war schon seit drei Stunden auf der Jagd und wann er zurückkam, wusste der junge Mann nicht. Manchmal war der Drache sogar mehr einen halben Tag unterwegs.

Um die Mittagszeit bemerkte Carim, dass plötzlich Bewegung in das Lager kam. Rufe wurden laut, man hörte Menschen hektisch umherlaufen. Dann gab es plötzlich ein ohrenbetäubendes Krachen und Carim sprang auf. Er hörte Schreie und lief auf den Zeltausgang zu. Als er die Plane zur Seite zog, erkannte er sogleich, was los war. Von der Festung aus prasselten Steine auf ihr Lager hinab. Die Dardanier hatten wohl ihren letzten, verzweifelten Angriff gestartet. Wahrscheinlich hatten sie einige Gebäude eingerissen und Katapulte gebaut, mit denen sie jetzt versuchten, das Lager der Alpetorianer zu verwüsten und feindliche Soldaten außer Gefecht zu setzen.

Carim rannte aus dem Zelt und blieb unschlüssig auf dem Platz stehen. Vor ihm sah er, wie einige Soldaten versuchten, ihre unter Steinen und zusammengestürzten Zelten begrabenen Kameraden zu retten. Doch die Leben einfacher alpetorianischer Soldaten waren derzeit nicht von Carims Interesse.

Er schaute suchend zum Himmel. Vlynnar würde in wenigen Minuten hier sein, da war er sich sicher. Der Drache würde sich niemals einen Kampf entgehen lassen.

Tatsächlich, als hätte das Tier seine Gedanken gehört, verdunkelte sich kurz der Himmel und ein riesiger Schatten erschien über ihnen. Vlynnars metallisch violette Schuppen glänzten im Licht der Sonne und er brüllte ohrenbetäubend. Carim runzelte die Stirn, als eine weitere Salve von Steinen abgeschossen wurde und der Drache nur knapp ausweichen konnte. Doch er schickte einen Feuerstrahl in Richtung der Mauern und flog weiter auf sie zu.

Carim fluchte und begann zu rennen. Der Drache war blind vor Kampfeswut und Übermut und wollte wohl hinter die Mauern fliegen – und damit dem Feind direkt in die Arme. Doch Carim wusste auch, dass der Drache ihn von hier unten niemals hören würde. Trotzdem blieb ihm nichts anderes übrig, als seinem Drachen hinterherzulaufen und auf das Beste zu hoffen.

Wenige Meter vor den Mauern wurde Vlynnars Flug ruckartig

gestoppt – leider nicht auf die Weise, die sich Carim gewünscht hätte. Ein Wurfgeschoss von der Größe einer Kuh traf Vlynnar, der keine Zeit mehr zum Ausweichen hatte, an der Brust. Der Drache brüllte vor Schmerz und versuchte, sich in der Luft zu halten, doch die Dardanier sahen ihre Chance und fokussierten nun ihren gesamten Angriff auf den Drachen. Carim sah, wie spitze Steine Vlynnars Flügel durchbohrten und hielt vor Schreck die Luft an. Der Drache schlug noch ein paar Mal kläglich mit den Flügeln. Dann schrie er vor Schmerz noch einmal markerschütternd auf und segelte wie ein abgeschossener Vogel zu Boden. Mit einem riesigen Krachen schlug er in ein Zelt ein, das unter seiner Last zusammenbrach.

»Vlynnar!«, schrie Carim aufgeregt und rannte so schnell er konnte auf den Berg aus Holzsplittern und Drache zu. Vlynnar war noch bei Bewusstsein, denn er trat schwach um sich und versuchte, sich aus der Zeltplane zu befreien. Die umstehenden Soldaten rannten panisch davon, um so viel sicheren Abstand wie möglich zwischen sich und das verwundete, unberechenbare Tier zu bringen. Auch Carim wusste, dass er jetzt sehr vorsichtig sein musste. Vlynnar war nach diesem Absturz sicher furchtbar wütend und blind vor Schmerz.

Langsam legte sich der Staub, den Vlynnar bei seinem Sturz aufgewirbelt hatte und Carim sah, wieso sich der Drache nicht mehr befreien konnte: Er lag halb auf dem Rücken und sein rechtes Bein war zwischen zwei großen, hölzernen Zeltbalken eingeklemmt. Er war so aufgebracht, dass er sich nicht selbst befreien konnte.

Carim blickte ein paar Soldaten, die in seiner Nähe standen und das Schauspiel beobachteten, auffordernd an. »Wollt ihr Vlynnar vielleicht helfen, ihr Nichtsnutze?«, rief er aufgebracht. »Oder wollt ihr, dass er während der ganzen Schlacht hier eigeklemmt bleibt?«

Den Soldaten sah man an, dass sie keinerlei Lust hatten, dem Tier jetzt zu helfen. Doch andererseits wussten sie, welche Bedeutung der Drache für ihr Heer hatte. Also nickten sie, ließen hastig ihre Waffen zu Boden fallen und liefen Seite an Seite mit Carim auf das tobende und brüllende Tier zu. Der Balken hatte sich fest mit dem Fuß verkeilt und dicke Splitter steckten dazu noch zwischen den Schuppen des Drachen. Doch so wie er um sich trat und den Fuß hin und her riss, würden sie ihn niemals befreien können. Die Tatsache, dass immer noch vereinzelte Steine vom Himmel auf sie niederprasselten und rechts und links von ihnen einschlugen, vereinfachte die Sache nicht im Geringsten.

»Ruhig!«, schrie Carim und näherte sich langsam Vlynnars Kopf. Er nickte den Soldaten zu, die sich um Vlynnars Fuß positionierten und darauf warteten, dass der Drachenreiter sein Tier beruhigte.

»Ruhig«, wiederholte Carim diesmal etwas leiser und eindringlicher. Er versuchte, ebendiese Ruhe auszustrahlen, die jetzt von Vlynnar Besitz ergreifen sollte. Und es funktionierte, denn der Drache wurde ruhiger und drehte den riesigen Kopf zu seinem Meister. Carim schaute lange in die großen, roten Augen und legte dem Drachen dann beschwichtigend eine Hand auf den Kopf. Vlynnar schloss kurz die Augen und hörte auf, um sich zu treten.

Carim drehte den Kopf zu den Soldaten und nickte ihnen energisch zu. Die Männer erwiderten sein Zeichen, griffen alle zusammen nach dem Balken und stemmten ihn hoch. Mit einem Ruck rissen die Holzsplitter aus Vlynnars Fuß. Der Drache brüllte vor Schmerz auf und trat sofort mit dem Fuß nach den Soldaten. Einige wurden getroffen und einige Meter zurück geschleudert. Carim hoffte sehr, dass sich dabei keiner verletzt hatte. Auf die Diskussion, die er ansonsten mit Tharc haben würde, hatte er keine Lust.

Vlynnar brüllte indes noch lauter und sprang auf die Füße. Seine wilden, wütenden Augen suchten den Boden ab, bis sie an Carim hängen blieben. Als der Drachentöter Vlynnars Blick sah, erstarrte er vor Schreck. Der Drache war blind vor Wut und es schien, als läge ein feuerroter Schleier über seinen Augen. Er erkannte Carim nicht, er wollte nun einfach nur Blut sehen.

Vlynnars rechte Pranke schoss vor und drückte Carim zu Boden. Carim versuchte verzweifelt, den Drachen von sich herunterzuschieben, doch die Sache war aussichtslos. Der Druck wurde immer größer und mit einem Mal wusste Carim, was Vlynnar vorhatte: Der Drache liebte es, seine Opfer zu quälen und diese Taktik hatte Carim schon einige Male beobachtet: Er drückte die Opfer so lange zu Boden, bis sie entweder erstickten oder zerdrückt wurden.

Angst stieg in Carims Hals hoch wie Galle und vermischte sich mit dem Schmerz. So wollte er nicht sterben, zerquetscht von seinem eigenen Drachen, von dem Tier, das … nun schämte er sich nicht mehr, es sich einzugestehen: Von dem Tier, das für ihn zu einem Freund geworden war.

Carims Lunge fühlte sich an, als würde sie in seiner Brust zusammengequetscht – was ja wahrscheinlich auch der Fall war. Langsam ging ihm die Luft aus. Sein Hals und seine Brust brannten, als er verzweifelt versuchte, seine Lungen wieder mit Luft zu füllen. Vlynnars blutrote Augen ragten bedrohlich über ihm auf, während er interessiert beobachtete, wie die Lebenskraft immer weiter aus diesem winzigen Menschenkörper schwand.

Das durfte einfach nicht passieren! Carim hatte sich seinen Tod tausende Male ausgemalt. Auch als er bei der letzten Schlacht dachte, dass er sterben müsste, hatte er sich nicht so verzweifelt gefühlt wie jetzt. Was würde nur aus Vlynnar werden, wenn Carim tot war? Die Welt der Menschen stand ihm ohne Begleiter nicht mehr offen. Sollte er in die Wildnis zurückkehren, würde es nicht lange dauern, bis er sich mit irgendeinem Drachen anlegte und dabei vielleicht starb. Noch war er so jung und unerfahren.

Carim schloss die Augen. Wenn er nun schon durch Vlynnar sterben musste, dann wollte er ihm dabei wenigstens nicht in die Augen schauen müssen. Das ertrug er nicht. Wehmütig dachte er an all seine Pläne zurück und fragte sich, ob er nicht zu sehr nach den Sternen gegriffen hatte. Nun musste er sterben, weil sein eigenes Experiment schiefgelaufen war.

Als die Lebenskraft endgültig aus seinem Körper zu schwinden drohte, dachte er daran, wie er zum ersten Mal mit Vlynnar geflogen war. Egal was nun passierte, er war froh, diesen Moment miterlebt zu haben. Sein letzter Gedanke sollte dem Wind gelten und dem wundervollen Ausblick, der Euphorie und der Freiheit.

* * *

Kaum hatte er diesen Gedanken gedacht, da ließ der Druck auf seiner Brust plötzlich nach.

»Bin ich tot? Bin ich endlich frei?«, murmelte Carim und riss die Augen auf. Was er vor sich sah, war dasselbe, wie zuvor: Vlynnars blutrote Augen. Doch dieses Mal drückten sie keine blinde Wut mehr aus, sondern Verstehen ... und Reue. Mit einem Mal brach der Schmerz über Carim zusammen wie eine baufällige Hütte im Sturm. Er keuchte und drückte die Hände auf die schmerzende Brust. Seine Lunge schien zu zerspringen und er konnte nichts anderes mehr tun, als sich auf die Seite zu rollen, zu husten und zu hoffen, dass diese Qual bald aufhörte.

Am Rande seines Bewusstseins vernahm Carim ein Signalhorn, ihr Horn, dass die Soldaten zur Verteidigung rief.

Es ist so weit, dachte er. *Die Dardanier wagen eine letzte Offensive, in der Hoffnung, einen Teil des Heeres retten und unseren Belagerungsring durchstoßen zu können.* Carim wusste, dass er aufstehen und kämpfen musste. Er und Vlynnar hatten keine Wahl: Sie mussten zeigen, dass sie auch in dieser Schlacht eine tragende Rolle spielten, sodass der König nach der Eroberung Marlauts Carim seine Belohnung nicht verwehren konnte. Der Drachentöter wusste, wie sehr es König Berens missfiel, ihn zu einem Adligen zu machen, doch er wollte ihm keine andere Option lassen.

Unter Schmerzen und seinen Brustkorb umklammernd erhob sich Carim. Vlynnar stand immer noch über ihm und sah ihn mit großen Augen an, als erwartete er, dass Carim ihn schelten würde.

»Los, Mistvieh! Es ist Zeit zu kämpfen«, forderte Carim ihn auf und sofort verdunkelten sich Vlynnars Augen wieder. Carim stolperte auf sein Vorderbein zu und umklammerte es, genauso, wie bei ihrem ersten gemeinsamen Flug. Sein Brustkorb schmerzte höllisch, als er ihn gegen die Schuppen des Drachen presste. Doch er wusste genau, dass er es nicht bis auf den Rücken schaffen würde.

Kaum hatte er sich am Bein festgeklammert, da lief der Drache schon los. Carim merkte, dass er behutsamer als sonst ging, immer darauf bedacht, dass Carim nicht herunterfiel. Es schien ihm beinahe, als sei Vlynnar voller Reue, dass er seinen Meister eben fast getötet hatte.

Von Weitem sahen sie schon den Kampf, der zwischen Dardaniern und Alpetorianern vor dem Haupttor der Stadt wütete. Die

Feinde hatten sich zu einer engen Traube zusammengeschlossen und kämpften nun Rücken an Rücken gegen die Übermacht von außen. Es schien Carim, als seien es sehr wenige. Vermutlich waren viele noch an ihren Wunden oder an Entkräftung in den Mauern gestorben. Die Alpetorianer würden keine Probleme damit haben, ihre Feinde zu überwältigen. Doch Carim wollte es sich nicht nehmen lassen, bei diesem Sieg selbst mitzuwirken.

Vlynnar hielt an. Der junge Mann stieg von seinem Bein hinab und hielt sich wieder die Brust. Er fühlte sich schon ein bisschen erholter, wollte aber noch ein paar Minuten ausruhen, bis er sich selbst in den Kampf stürzen konnte. Vlynnar war jedoch nicht zu halten.

»Bring sie alle um!«, rief Carim seinem Drachen über den Kampfeslärm hinweg zu und nickte mit einem schiefen Grinsen in Richtung der Feinde. Das ließ sich Vlynnar nicht zweimal sagen. Mit furchteinflößendem Gebrüll rannte er auf die Traube der Kämpfenden zu. Die Alpetorianer bemerkten die von hinten nahende Unterstützung früh genug und brachten sich an den Seiten in Sicherheit, doch die Dardanier hatten keine Chance, wieder hinter die schützenden Mauern zu fliehen. Scheinbar waren sie davon ausgegangen, dass ihr Angriff mit den Steingeschossen den Drachen ausgeschaltet hatte. Umso überraschter waren sie nun davon, ihn hier zu sehen. Vlynnar stürzte sich ohne Umschweife zwischen sie. Sein Schwanz peitschte umher, seine Klauen zuckten nach vorne und sein Rachen öffnete sich zu tödlichen Feuerstößen. Was er hinterließ, war nichts anderes als ein Blutbad. Panisch stoben die überlebenden Dardanier auseinander und versuchten, durch das Tor zurück hinter die schützenden Mauern zu kommen.

Als die Alpetorianer das sahen, brachen sie siegesgewiss in Jubel aus. Die Dardanier schienen endgültig besiegt.

Plötzlich sah Carim, wie ein junger Mann auf ihn zu gerannt kam. Es war ein Alpetorianer, völlig außer Atem und mit blutverschmiertem Gesicht. Auf der linken Seite fehlte sein halbes Ohr, Blut floss aus der Wunde. Er konnte sich kaum auf den Füßen halten. Seine Haare wirkten vor Staub und Schmutz fast grau, obwohl sie wohl einmal blond gewesen waren. Vor Carim fiel er auf die

Knie, aber nicht aus Ehrerbietung, sondern weil er vor Erschöpfung dem Zusammenbruch nahe war. Carim sah sich um und bemerkte, dass alle anderen Soldaten auf dieser Seite in den Kampf verwickelt schienen. Deshalb hatte der Mann wohl ihn angesteuert.

»Soldaten ... Hinten ... Am anderen Ende ... Schwimmen durch die Gräben ... klettern an Seilen aus den Fenstern ... sie entkommen ...« Nach diesen Worten brach der Mann mit einem Keuchen zusammen und blieb regungslos liegen.

Carim erstarrte und spähte zu den Dardaniern vor dem Haupttor.

Natürlich waren nicht alle restlichen Soldaten während der Belagerung umgekommen. Wie hatte er so naiv sein können? Das hier war bloß ein Ablenkungsmanöver, damit die restlichen Dardanier eine Chance hatten zu entkommen. Carim blickte zu dem Mann auf dem Boden, der sich nicht mehr bewegte. Dieser würde seine Nachricht jedenfalls nicht mehr weitertragen können.

Also wandte sich Carim zur Schlacht um. Vlynnar setzte immer noch den restlichen Soldaten nach, war jedoch schlau genug, sich noch nicht hinter Marlauts Mauern locken zu lassen. Als der junge Mann sich vergewissert hatte, dass Vlynnar die Situation im Griff hatte, rannte er los, um einen der Hauptmänner zu suchen. Eigentlich müssten mindestens einer in der Nähe sein, der für die Soldaten vor dem Tor zuständig war. Doch noch konnte er keinen entdecken. Die Zeit drängte, das wusste Carim. Mit jeder Sekunde strömten wahrscheinlich mehr Dardanier an der Rückseite der Stadt hervor und hatten eine größere Chance, den dort dünner besetzten Belagerungsring zu durchbrechen.

Carim orientierte sich am Kampfgeschehen vor dem Tor, als er mit jemandem zusammenstieß.

Eine Frauenstimme rief: »Vorsicht!« und Carim wirbelte herum. Vor ihm stand Hauptmann Raki. Ihr Blick war ernst und ihre Uniform von Staub, Dreck und Blut beschmutzt, fast, als hätte sie selbst mitgekämpft. Empört musterte sie Carim von oben bis unten. Als sie seinen mit Quetschungen übersäten Brustkorb sah, riss sie fragend die Augen auf, doch Carim kam ihr zuvor.

»Sie haben uns überlistet!« In wenigen Sätzen fasste er seine Begegnung mit dem Boten zusammen. Rakis Augen weiteten sich vor Schreck, doch sie blieb ruhig und beherrscht, ganz in der Rolle der Anführerin. Einen Moment überlegte sie, dann griff sie nach dem Horn an ihrem Gürtel, hob es hoch und blies viermal kräftig hinein. Sofort begannen einige der Soldaten sich zurückzuziehen. Die Dardanier vor dem Tor waren mittlerweile durch Vlynnars Wüten so dezimiert worden, dass die verbleibenden Soldaten sie gut in Schach halten konnten.

Raki brüllte ihren Soldaten Befehle zu, die über den Lärm hinweg mündlich weitergegeben wurden. Langsam setzten sich die Soldaten in Bewegung und machten sich auf, die Feinde auf der anderen Seite abzufangen. Sie waren zu langsam, das wusste Carim.

»Sie schaffen es nicht …«, murmelte er aufgewühlt und sah Raki verzweifelt an, als müsste sie einen Ausweg aus dieser Situation finden. Doch sie schaute nur dem Zug ihrer Soldaten hinterher, befestigte dann das Horn wieder an ihrem Gürtel und schloss sich ihnen an, ohne Carim eines weiteren Blickes zu würdigen.

Carim fluchte frustriert und ballte die Hände zu Fäusten. Er wollte, dass der Sieg perfekt wurde, und das war er nicht, wenn ein Großteil des eingeschlossenen Heeres entkam.

Entschlossen drehte er sich um, ignorierte die Schmerzen in seiner Brust und rannte los, auf die Kämpfe vor dem Haupttor zu. Im Lauf zog er beide Schwerter hervor. So würde er sich bis zu Vlynnar durchschlagen können, sollte es überhaupt noch einen Feind geben, der sich ihm in den Weg stellte.

Als er bei den ersten Alpetorianern ankam, schob er sich einfach zwischen ihren Linien hindurch und auf den Drachen zu. Vlynnar hatte gerade eine kleine Schar von Männern zusammengetrieben, die die Schwerter trotzig erhoben, gegen den Drachen aber keinerlei Chance hatten.

Schnell war Carim bei ihm angekommen und begann, an seinem Bein hochzuklettern. Hektisch riss Vlynnar den Kopf herum, als er jedoch Carim erkannte, wandte er sich mit gefletschten Zähnen wieder seinen Opfern zu. Carim zog sich an den Schuppen hoch, krallte sich mit den Fingern dazwischen und hoffte nicht abzurutschen. Schon nach wenigen Metern brannte seine Lunge, als sei er mehrere Meilen gerannt. Doch er war schon hunderte Male auf

Drachen geklettert. Er wusste genau, wo er seine Füße am besten hinsetzte. Als er auf dem Rücken angekommen war, legte er sich erst einmal flach auf den Bauch und atmete keuchend durch. Tausende Stacheln bohrten sich in seine Brust und machten es ihm schwer, Sauerstoff in seine Lungen zu saugen.

Doch er durfte sich nicht zu lange Zeit lassen. Sobald sich sein Atem soweit beruhig hatte, richtete er sich auf und kroch auf Vlynnars Rücken hoch zu dessen Kopf. Er klammerte die Hände um Vlynnars Hals und schrie ihm zu: »Los, Drache! Wir werden woanders gebraucht!«

Vlynnar brummte unwillig, da die dardanischen Soldaten immer noch vor ihm zusammengekauert saßen, doch er gehorchte. Mit einem gewaltigen Feuerstoß erledigte er seine Feinde und stieß sich vom Boden ab. Carim klammerte sich an seinem Hals fest. Er saß sehr weit oben und hatte panische Angst, hinabzufallen, doch er konnte sich halten. Als sie über der Stadt schwebten, sahen sie schon von Weitem, wo die Dardanier ihren wirklichen Ausfall vollzogen hatten: Genau auf der anderen Seite hatte sich ein großer Zug von Feinden gebildet, der jetzt aus der Stadt floh und fortmarschierte. Immer mehr Menschen strömten aus einem kleineren Tor an der Seite und wurden von niemandem aufgehalten. Rakis Abteilung war noch viel zu weit entfernt.

»Wir müssen das Tor verschließen!«, brüllte Carim seinem Drachen zu und Vlynnar reagierte sofort. Er beugte sich vorne über und ließ sich nach unten fallen, schoss auf das Tor zu. Einige Meter über dem Boden breitete er die Flügel aus und sank weiter.

Plötzlich sah Carim aus dem Augenwinkel etwas von oben auf sie zufliegen. Er wollte eine Warnung ausstoßen, doch schon wurden er und Vlynnar von einem riesigen Netz umhüllt, das sie zu Boden riss. An seinen Seiten waren wohl dicke Steine befestigt. Vlynnar brüllte und schlug mit seinen Flügeln um sich, wodurch er sich jedoch nur noch fester in dem Netz verstrickte. Carim schrie auf und wurde von Vlynnars Rücken geschleudert. Als sie auf dem Boden aufschlugen, verlor er das Bewusstsein.

Kapitel 20

Zwei Herzen in einer Brust

Dunkle Wolkenfetzen bedeckten den Himmel, als Carim den Burghof betrat. Er war gespenstisch leer, obwohl es mitten am Tag war. Überall hingen die schwarzen Flaggen der Trauer. Langsam überquerte er den Hof und lauschte dem Klacken seiner Schuhe auf dem Pflasterstein. Seit ihrer Ankunft vor drei Tagen hatte der König nicht mit ihm gesprochen. Nun hatte er Carim zu sich bestellt. Carim wusste nicht, was ihn erwartete. Seinen Auftrag hatte er erfüllt, Marlaut war erobert; und im Angesicht dieses Sieges wogen die geflohenen dardanischen Soldaten nicht viel. Carim würde deshalb auf seine Belohnung bestehen. Das stand fest.

Vlynnar war seit zwei Tagen auf der Jagd. Langsam machte sich Carim Sorgen, wann er zurückkehren würde. Doch er verstand den Drachen – Das Leben am Hofe, das Leben unter all den Menschen, war einfach nichts für sie. Der Unterschied war nur, dass Vlynnar davor fliehen konnte und Carim nicht.

Carims Brustkorb schmerzte noch immer, aber bei dem Sturz wegen des Netzes hatte er glücklicherweise keine nennenswerten Verletzungen davongetragen. Durch dieses hinterlistige Manöver hatten die Dardanier zu großen Teilen entkommen können, hatten den an dieser Stelle dünn besetzten Belagerungsring überwunden und waren geflohen.

Carim wählte wieder den Dienstbotengang, den ihm die Wache bei seinem ersten Besuch im Thronsaal gezeigt hatte. Als er vor der massiven Tür angekommen war, schluckte er kurz und hielt inne. Dann klopfte er.

Ein Wachmann ließ ihn eintreten und Carim kam der Aufforderung nach. Die roten und blauen Fahnen im Thronsaal waren durch schwarze ausgetauscht worden. Das Dach war wieder repariert.

Man sah jedoch immer noch die Risse und Spuren, die Vlynnar hinterlassen hatte.

In der Mitte des Saales lag auf einer hölzernen Bahre der tote Prinz. Stumm und um sie herum standen seine Eltern, sein Bruder und seine Schwester. Carim schluckte. Selbst im Tode sah er aus wie ein junger König. Doch sein harter Kiefer war nur noch von blasser Haut überzogen und seine sonst so stechenden Augen geschlossen. Der Leichnam war in einen feuerroten Umhang gehüllt. Zwischen den weißen Fingern steckte Asdrals Schwert, auf dessen Knauf der schwarze Umriss eines Phönix prangte.

Der Tod von Prinz Asdral war für alle ein großer Schock gewesen. Er war der perfekte Prinz und wäre ein viel besserer König geworden als Kastriot. Carim selbst kam der Tod Asdrals wahrscheinlich zugute. Kastriot stellte ein geringeres Hindernis dar, dessen war sich Carim gewiss. Trotzdem verspürte er eine seltsame, fremde Wehmut darüber, wie schnell ein solch junges Leben, ein Leben wie sein eigenes, vergehen konnte.

Asdral hatte zusammen mit seinem Bruder und einer Handvoll Soldaten versucht, den Belagerungsring an der Stelle zuhalten, an der der Hauptteil der Armee durchgebrochen war. Sie waren einfach überrannt worden. Dabei war der junge Prinz gefallen.

Wahrscheinlich ist Asdral nur gestorben, weil er tapfer gekämpft hat, während sich sein Bruder versteckt hat, dachte Carim abfällig und betrachtete Kastriot, der in schwarzer Trauerkleidung neben seinem Bruder stand. Abwesend betrachtete der Thronfolger den blassen Körper auf der Bahre. In seinem Gesicht war keine Regung zu erkennen. Nun musste sich der Prinz jedenfalls keine Sorgen mehr darum machen, dass sein Bruder beim Volke beliebter war als er selbst.

Auf der anderen Seite der Bahre stand Feana. In den zwei Monaten, in denen Carim im Krieg gewesen war, hatte sie sich kaum verändert. Sie wirkte so schwach und hilflos, dass sie Carim fast ein bisschen leidtat. Sicherlich durchlitt sie unglaubliche Qualen. Schließlich hatte sie gerade ihren Zwillingsbruder verloren, der seit ihrer Geburt an ihrer Seite gestanden hatte.

Königin Giana hatte Carim schon lange Zeit nicht mehr gesehen.

Meistens hielt sie sich in ihren Gemächern auf und trat nur selten ins Licht der Öffentlichkeit. Das letzte Mal musste es bei einer Parade in Fithár gewesen sein. Sie wirkte viel älter, als er sie in Erinnerung hatte. Ihr hellblondes Haar, welches sie ihrer Tochter vererbt hatte, ließ nicht zu, dass man graue Strähnen erkennen konnte. Ihr Gesicht aber war eingefallen und ihr Blick leer.

Der König stand mit dem Rücken zu Carim, aber als der junge Soldat den Raum betrat, drehte er sich um. In seinen Blick war eine Vielzahl von Emotionen gebannt: Trauer, Verzweiflung, Hass, aber auch Entschlossenheit.

»Sie werden es büßen«, murmelte er, mehr zu sich selbst als zu den Umstehenden. Mit bedrohlich langsamen Schritten kam er auf Carim zu. In diesem Moment wirkte er königlicher als je zuvor.

»Diese Schweine werden das hier büßen.« Sein Blick fixierte Carim. Dieser nickte fest. Er wusste nicht, ob seine Meinung jetzt erwünscht war.

»Habt Ihr die Schlacht gut überstanden?«, fragte der König. Man merkte jedoch, dass ihn nur der Anstand diese Frage stellen ließ. In Wirklichkeit kümmerte ihn Carims Wohlergehen nicht.

Carim nickte nur. Er war gespannt, was der König ihm zu sagen hatte. Der alte Mann blieb einen Meter vor ihm stehen und fixierte ihn mit hartem Blick.

»Ich habe einen weiteren Auftrag für Euch.«

Carim runzelte überrascht die Stirn. Mit allem hatte er gerechnet, mit Anschuldigungen und Weigerungen, aber nicht damit, dass der König weiter mit ihm zusammenarbeiten wollte. Das warme Gefühl von Triumph breitete sich in seiner Brust aus, doch das durfte er nicht zeigen. »Ich kann mich nicht erinnern, mich Euch in irgendeiner Weise verpflichtet zu haben, Majestät. Marlaut ist erobert. Zunächst steht mir meine Belohnung zu«

»Jaja.« Der König wedelte mit der Hand, als wolle er diese Belanglosigkeit beiseite wischen. »Ländereien, Titel, Ihr bekommt alles, was ich Euch versprochen habe.«

Ein Grinsen wollte sich auf Carims Gesicht breitmachen, doch er unterdrückte es. Er wusste, dass der König nur so schnell nachgegeben hatte, weil er momentan andere Sorgen hatte, als mit Carim um die Vergabe seines Adelstitels zu streiten.

»Der andere Auftrag«, fuhr der König fort, »geht mit einer anderen Belohnung einher, sofern Ihr einwilligt. Und das werdet Ihr, sobald ich Euch den Preis genannt habe.«

Carim runzelte die Stirn und hörte interessiert zu. Vom letzten Auftrag wusste der König, welche Ansprüche er an seine Belohnungen stellte.

»Ihr seid nun zwar ein Adliger, doch ihr habt kein Geld. Mit dem mickrigen Sold, den ich Euch zugestanden habe, könntet Ihr das Anwesen nicht einmal ein halbes Jahr finanzieren. Große Einnahmen hatte Northing in den letzten Jahren auch nicht zu verzeichnen. Ihr wollt das wohlbehütete Leben eines Adligen führen. Das verstehe ich. Doch dafür benötigt Ihr Geld, viel Geld. Geld, das ihr nicht habt. Ich kann es Euch jedoch geben.«

Als der König die Summe nannte, kam Carim nicht umhin, erstaunt die Augen aufzureißen.

»Wie lautet der Auftrag?«, fragte er hastig, räusperte sich jedoch und ermahnte sich selbst zur Ruhe. Der alte Mann durfte nicht merken, dass er bei dieser Summe an Geld zu fast allem bereit wäre.

Der König drehte sich halb um und schritt majestätisch durch den Saal. Neugierig folgte ihm der Blick seines nunmehr einzigen Sohnes. Feana und ihre Mutter starrten weiter unverwandt Asdrals Leichnam an.

»Euer Drache hat uns in nur wenigen Monaten einen wichtigen Sieg beschert. Auch wenn die Dardanier am Schluss einen Weg gefunden haben, ihn aufzuhalten, ist und bleibt er eine unberechenbare Waffe, die uns stärker macht. Stellt Euch vor, wir hätten mehr von diesen Drachen. Zwei, drei, oder sogar zehn! Und dann stellt euch vor, die besten Soldaten des Landes würden auf ihnen reiten. Wir wären unbesiegbar.« Der König blieb stehen und schaute Carim erwartungsvoll an. Seine Augen glitzerten begeistert. Mit seiner Euphorie wirkte er in diesen Hallen der Trauer völlig fehl am Platz.

Carim starrte den König ungläubig an. Einen kurzen Moment hatte er das Bedürfnis, laut aufzulachen.

»Ihr wollt mehrere Drachen abrichten?«, vergewisserte sich Carim. Als der König ihn weiter erwartungsvoll anschaute, konnte der junge Mann nicht mehr anders. Er brach in schallendes Gelächter aus. Der König lief vor Wut knallrot an und ballte die Fäuste. Doch bevor er den Mund aufmachen konnte, sprach Carim weiter. »Es war schon ein Zusammenspiel von Glück, Zufall und jahrelanger Erfahrung, dass ich Vlynnar dazu bringen konnte, nicht jeden Menschen umzubringen, der ihm vor das Maul läuft. Selbst das funktioniert nicht immer.« Carim erwähnte nicht, dass die Blessuren auf seiner Brust eben von solch einem Unfall stammten. Er wusste nicht, inwiefern dieser Zwischenfall den Hauptmännern oder gar dem König berichtet worden war und wollte das Misstrauen gegen sich und Vlynnar nicht weiter schüren.

Der König ging nicht auf seine Einwände ein und schüttelte gebieterisch den Kopf.

»Aber Ihr habt es geschafft! Mit Eurer Hilfe werden es die neuen Drachenreiter auch schaffen! Eure Aufgabe besteht lediglich darin, die Dracheneier zu besorgen und die neuen Drachenreiter auszubilden.«

Carim schwieg. Der König schien die Sache vollkommen ernst zu meinen und schon war ihm nicht mehr nach Lachen zumute. Es erschien unmöglich. Eine Elitetruppe von Drachenreitern, von Drachen, die in einer Drachenschule großgezogen wurden und wie Vlynnar zu Todesmaschinen heranwuchsen. Und doch … die Idee schien auf eine faszinierende Weise verlockend. Er wäre der Anführer dieser Gruppe. Niemand würde sich ihm jemals wieder in den Weg stellen. Doch der Weg dahin erschien unmöglich. Es war schon ein Zufall gewesen, dass er Vlynnars Ei unversehrt bergen konnte und dass der Jungdrache dazu noch geschlüpft war. Wie sollten sie es anstellen, mehrere dieser Eier zu bekommen? Zunächst müssten sie Drachenmütter finden, die gerade Eier ausbrüteten. Dann müssten sie die Mutter töten oder soweit ablenken, dass sie die Eier stehlen konnten. Wenn sie die Eier dann an Vlynnars Bauch bänden, reichte die Wärme seines Körpers vielleicht aus, um sie am Leben zu erhalten, bis sie sie in Feuer legen konnten. Aber selbst, wenn sie die Eier sicher nach Fithár gebracht hätten, wäre es nicht sicher, ob die Jungdrachen auch schlüpften.

Carim schaute abschätzend in die Augen des Königs. Das Angebot war unglaublich verlockend. Er würde mehr Geld besitzen, als er es sich jemals erträumt hatte und dazu noch Anführer einer Elitetruppe von Drachenkämpfern sein. Carim schluckte ein paar Mal. Plötzlich wusste er genau, was zu tun war.

»Ich nehme den Auftrag an, Majestät. Aber ich bin mir nicht sicher, ob sich alle Dracheneier, die ich besorgen werde, zu Drachen entwickeln werden. Stellt euch darauf ein, dass das Ergebnis vielleicht enttäuschender ist, als Ihr erwartet. Und wenn das der Fall wird, will ich mein Geld trotzdem.«

Der König nickte. Es schien, als habe er damit gerechnet.

»Meine Familie soll Zeuge unseres Handels sein. Wie viele Dracheneier könnt Ihr besorgen?«

Carim überlegte kurz. »Sieben, vielleicht acht. Unter keinen Umständen mehr.«

König Berens nickte wieder.

»Dann ist unser Geschäft besiegelt.«

* * *

Als Carim ein paar Stunden später auf der Suche nach Vlynnar den Hof überquerte, ging er an den königlichen Gärten vorbei. Sie erinnerten an ein kleines Labyrinth, da sie aus hohen Hecken bestanden, die Gänge und kleine Plätze formten. Carim war noch nie vorher in einem solch kunstvoll angelegten Garten gewesen. Da am Himmel sowieso noch kein Zeichen von Vlynnar zu sehen war, beschloss er kurzerhand, sich die Anlage anzusehen. Diese Abwechslung erschien ihm besser, als im Stall nervös auf und ab zu laufen. Dass er als Soldat Zutritt gehabt hätte, bezweifelte er. Aber wer würde Lord Carim von Northing den Zutritt verweigern?

Er schlenderte um einige Ecken und betrachtete die bunten Blumen, die königliche Gärtner aus ihrem natürlichen Leben in Freiheit in diese engen Beete gezwängt hatten. Die Namen von Blumen hatte er sich noch nie merken können, auch erinnerte er sich nicht daran, sich jemals besonders an ihrer Blütenpracht erfreut zu haben. Doch die bunten Farben und die Erwartung des kommenden Auftrages ließen ihn beschwingt durch den Garten streifen.

Als er um eine weitere Ecke bog, tauchte vor ihm ein kleiner Platz auf. In der Mitte befand sich eine uralt wirkende Eiche, die ihren verdrehten Körper zum Himmel wand, die knochigen Äste wie Finger ausstreckte, gleichsam einer Bitte, sie zu erlösen. Unter dem mächtigen Baum verbarg sich auf dem akkurat geschnittenen Rasen eine kleine, weiße Bank. Auf der Bank saß eine zierliche Person und starrte unverwandt ins Leere.

Lautlos ging Carim ein paar Schritte näher heran, um sie zu erkennen. Es war ein Mädchen mit seidig blonden Haaren in einem schwarzen Trauerkleid – Prinzessin Feana.

Ihr Gesicht war leichenblass. Ausdruckslos starrte sie auf die Hecke vor sich, hatte die Arme schützend um ihren schmalen Körper geschlungen. Ihre nassen Wangen verrieten, dass sie geweint hatte. Als Carim nur noch wenige Schritte von ihr entfernt war, drehte sie den Kopf zu ihm, blickte jedoch nur durch ihn hindurch. Dann sah sie wieder auf die Hecke.

Carim zögerte. Sollte er zu ihr hingehen? Brauchte sie Hilfe?

Er wusste nicht, wieso er es tat. Ohne sich bewusst dafür zu entscheiden machte er ein paar Schritte in ihre Richtung. Als sie nicht reagierte, trat er näher an sie heran und ließ sich schließlich neben ihr auf der kühlen Bank nieder.

Carim räusperte sich. »Es tut mir sehr leid, was mit Eurem Bruder passiert ist.«

Feana rührte sich immer noch nicht. Carim seufzte und tat es ihr dann nach, indem er wortlos auf die Hecke starrte. Immer wieder schielte er zu ihr herüber. In ihrer Trauer sah sie so verletzlich aus, noch viel verletzlicher als damals, als Carim sie im Soldatentrakt abgefangen hatte. Als er daran dachte, welche Rolle Feana noch in seinem Plan spielen würde, musste er schlucken.

Er drehte ihr das Gesicht ganz zu. Welche Worte er wählen sollte, wusste er nicht.

»Ihr dürft Euch der Trauer nicht gänzlich hingeben.«

»Es ist leichter, die Trauer zu ertragen, als die mitleidigen Menschen«, entgegnete Feana tonlos.

Carim schwieg. Was sollte er darauf antworten? Vielleicht sollte er Feana lieber allein lassen. Doch das Mädchen unterbrach ihn in seinen Gedanken.

»Und in der Trauer ist er mir näher, als er es in meiner Zukunft je sein wird.«

Mit einem Mal drehte sie sich um und schaute Carim durchdringend an. »Wie kann es sein, dass uns solch ein wundervoller Mensch einfach genommen wird, während die schlimmsten Menschen ihr Leben in Sorglosigkeit bis ins hohe Alter frönen?«

Carim hatte viel zu sagen. Er wollte ihr sagen, dass ihr Bruder nicht der einzige gewesen war, der auf dem Schlachtfeld sein Leben verloren hatte. Und dass Asdral gewusst hatte, welchen Gefahren er sich aussetzte. Doch es kam ihm nicht über die Lippen. Er wusste, welche Menschen Feana meinte, die trotz schlimmer Taten nur Glück hatten. Sie meinte Menschen wie ihn. Obwohl er seine Taten nicht bereute, fühlte er sich bei diesem Gedanken unwohl.

Feana schaute wieder stumm zur Hecke. Plötzlich begannen die Worte aus ihr herauszusprudeln wie aus einer lange verstopften Quelle.

»Ich frage mich, an was er vor seinem Tod gedacht hat. Hatte er überhaupt noch Zeit, nachzudenken? Hat er an mich gedacht oder an Mutter? Oder an sein Mädchen, von dem er mir immer vorgeschwärmt hat, wenn er zu Hause war? Sie ist nur eine einfache Bauerstochter. Aber ich bin mir sicher, dass Asdral sie geheiratet hätte. Kastriot würde sowas niemals tun. Er ist viel zu sehr damit beschäftigt, Vater zu gefallen und der gute Thronfolger zu sein, der er niemals sein wird. Er ist einfach nicht dafür geboren. Kastriot ist dafür geboren, Handel zu betreiben, Güter zu verwalten und sich um Fithárs Wirtschaft zu kümmern, denn das kann er gut. Doch er kann nicht regieren. Das wird er niemals einsehen. Wie sehr er Asdral gehasst hat, dafür, dass er alles war, was Kastriot sein wollte: der perfekte Herrscher, der perfekte Soldat, der, dem alle zu Füßen lagen. Und Asdral ... er hat diesen Neid, diese Missgunst nie bemerkt. Er war immer, bis zu seinem Tod, der Meinung, dass sein Bruder ihn genauso liebt wie er ihn.« Feana schaute auf ihre Füße. Plötzlich war ihre Stimme nur noch ein tränenerstickter Hauch. »Ich bin so froh, dass er es nie erfahren hat. Es hätte ihm das Herz gebrochen.«

Betroffen schaute Carim auf den Boden und wusste nicht, was er erwidern sollte. Wollte Feana überhaupt eine Antwort von ihm? Als er sich zu der Prinzessin auf die Bank gesetzt hatte, hatte er nicht damit gerechnet, dass sie ihm gleich ihr Herz ausschütten würde. Womit hatte er dann gerechnet? Er wusste es nicht.

Bis jetzt hatte Carim sein Leben immer so gelebt, wie es für ihn selbst am besten war, war über Leichen gegangen, meistens über die von Drachen, und hatte keine Rücksicht auf andere genommen. Alle Gefühle hatte er beiseitegeschoben. Nun saß er hier, konfrontiert mit den Gefühlen von Trauer und schwesterlicher Liebe, die ihm wie ein hilfloses Neugeborenes in den Schoß gelegt wurden. Er wusste nicht, was er tun sollte. Er fühlte sich so hilflos wie noch nie.

Feana zitterte und schluchzte nun ein bisschen lauter. Dann sprudelte es weiter aus ihr heraus.

»So fühlt es sich also an, wenn einem das halbe Herz herausgerissen wird … ich kann so nicht an ihn denken. Nicht an einen toten, weißen Körper.

In meinen Erinnerungen wird er immer der Junge sein und bleiben, der da war, seit ich lebe. Der mir Blumen von seinen Ausritten mit Vater mitgebracht und mir gesagt hat, dass ich die schönste Prinzessin der Welt sei, wenn er sie mir ins Haar steckte. Der mich im Arm gehalten hat, wenn es mir schlecht ging und mir immer wieder ins Ohr geflüstert hat, dass er für mich da sei. Der zu mir ins Zimmer geschlichen kam, als wir zum ersten Mal in getrennten Räumen schlafen mussten, weil er wusste, dass wir beide nicht würden einschlafen können, wenn wir uns nicht vorher von unseren Sorgen erzählt hätten. Der Junge, der mir vor dem Krieg versprochen hat, wohlbehalten zurückzukehren.« Feana schlug verzweifelt die Hände vors Gesicht. »Warum musste genau dieses das einzige Versprechen sein, das er jemals brach?«

Carim wandte sich zu ihr, nahm ihre Hände und zog sie sanft von ihrem verweinten Gesicht. Er wusste nicht, woher die Worte kamen, die jetzt seinen Mund verließen.

»Nach jedem Berg folgt immer ein Tal, Feana. Ihr habt unrecht, wenn Ihr sagt, dass Euch Euer halbes Herz entrissen wurde. Vielmehr habt Ihr jetzt ein zweites in Eurer Brust schlagen. Ich sehe Euren Bruder, wenn ich in Eure Augen schaue. Seid stark, Prinzessin, seid stark für ihn.«

Vorsichtig legte er seinen Arm um ihren zierlichen Körper und zog ihn an sich. Zuerst schien Feana sich sträuben zu wollen, doch dann ließ sie es geschehen und lehnte ihren Kopf gegen Carims Brust. Er spürte ihre Tränen auf seiner nackten Haut. Doch das Einzige, das ihn erfüllte, war die milde Verwunderung, dass er zu so etwas fähig war.

Kapitel 21

Rückkehr

Vlynnar schien von der Aussicht, mit Carim in ihre alte Heimat zurückzukehren und zu jagen, mehr als begeistert zu sein. Er flog so schnell wie noch nie, jagte durch die Wolken. In Rekordzeit erreichten sie die Ausläufer der Berge.

Carim ritt seit ihrer ersten Schlacht nur noch ohne Sattel. Zwar schmerzten seine Oberschenkel von der Reibung, auf kurzen Strecken störte ihn das jedoch kaum. In den letzten Kämpfen hatte er erkannt, dass ihm seine und Vlynnars Beweglichkeit und sein schnelles Handlungsvermögen wichtiger waren als die Sicherheit eines Sattels.

Auf dem Weg fragte er sich, was wohl während seiner Abwesenheit mit seiner Höhle geschehen sei. Zwar hatte er nichts zurückgelassen, was von Wert war, doch trotzdem störte ihn der Gedanke, dass sie vielleicht einem wilden Tier als Unterschlupf diente. Dieses dunkle Loch war schließlich jahrelang sein Zuhause gewesen. Vielleicht würden sie Zeit finden, bei der Höhle vorbeizuschauen. Die nächsten Wochen würden sie sowieso jeden Tag in den Bergen verbringen.

Der größte Nachteil daran, dass er den Auftrag des Königs angenommen hatte, war, dass er sein neu erworbenes Anwesen und die Ländereien von Northing nicht besuchen konnte. Sie waren zu weit weg von Fithár und den Bergen. Es war für ihn und Vlynnar leichter, weiter in Fithár wohnen zu bleiben und von dort aus jeden Tag in die Berge zu reisen, anstatt es von Northing aus zu tun. Mit Vorfreude sah der junge Mann jedoch dem Tag entgegen, da er sein Haus beziehen konnte. Er malte sich weite Hallen und riesige, weiche Betten aus, viel bequemer als die im Soldatentrakt in Fithár. Das Leben eines Adligen, der Luxus, der Überfluss ... von alldem hatte er schon immer geträumt. Und doch ... nun, da er den

Duft seiner Macht geschnuppert hatte, war ihm klar, dass er damit niemals zufrieden sein konnte.

Carim war gespannt, wie lange sie brauchten, um die sieben Dracheneier aufzutreiben. Sollten sie sofort auf eine Drachendame mit vier oder fünf Eiern treffen, wäre das natürlich ein Glückstreffer. Doch die Wahrscheinlichkeit, dass alle Eier einen Kampf ohne Schaden überstehen würden, war äußerst gering.

Als die ersten Ausläufer der Berge unter ihnen auftauchten, wies Carim seinen Drachen an, erst einmal am Himmel zu kreisen, sodass sie sich umschauen konnten. Das Gebirge war riesig und Carim war niemals bis ganz nach oben zu den höchsten Spitzen vorgedrungen, sondern hatte sich lediglich in den Ausläufern aufgehalten.

Die meisten Drachen lebten in größerer Höhe, das wusste er. Oft kamen sie aber auch hinunter, da hier die Beute weitaus zahlreicher war. Jedes Mal, bevor Carim einen Drachen erlegt hatte, hatte er ihn einige Tage beobachtet, um seine Gewohnheiten herauszufinden. So konnte er den richtigen Zeitpunkt abpassen, in dem der Drache am verwundbarsten war.

Doch so viel Zeit hatten sie diesmal nicht. Der König war wütend und deshalb sehr ungeduldig. Er wollte schnellstens Rache für seinen Sohn. Während Carim und Vlynnar auf Dracheneisuche waren, war er schon dabei, die richtigen Soldaten für die Tiere auszuwählen. Carim hoffte, dass der König keine Stümper aussuchte. Am liebsten wären Carim junge Männer, die sich, blind vor Stolz über ihre besondere Aufgabe, von ihm lenken ließen.

Den ganzen Vormittag kreisten sie geduldig am Himmel, bis sie den ersten Drachen entdeckten. Carim erkannte jedoch schon von Weitem, dass diese Tier männlich war. Schnell flogen sie weiter. Der Drache schaute nur kurz auf, er zerriss gerade einen Hirsch, und widmete sich wieder seiner Beute. Es war ein Berglöwendrache, seine goldenen Schuppen glitzerten in der Sonne. Unwillkürlich musste der junge Mann an Vlynnars ersten Kampf mit einem Artgenossen denken. Damals war der junge Drache noch unerfahren und ungestüm gewesen. Würden die beiden jetzt aufeinandertreffen, dessen war sich Carim sicher, hätte der ältere Drache nicht den Hauch einer Chance.

Bis sie eine Drachendame fanden, die dazu noch Eier ausbrütete, vergingen noch weitere Stunden. Vlynnar entdeckte sie als Erstes und wies Carim darauf hin. Die Drachendame hatte sich um ihr Nest geschlungen und Carim konnte zwei oder drei rote und braune Eier darin ausmachen. Auch die Drachendame war rot und gehörte somit zur Rasse der Rotfeuerdrachen, denen besonders starke Feuerkräfte zugeschrieben wurden. Sie schien zu schlafen. Leise flog Vlynnar zu einem Felsvorsprung in der Nähe. Als er gelandet war, schwang sich Carim von seinem Rücken, landete sicher auf dem Boden und lief zu Vlynnars Kopf.

»Wir machen es, wie wir es abgesprochen haben, ja? Wenn ich dir das Zeichen gebe, fliegst du los und lenkst die Drachendame ab. Ich kümmere mich um die Eier.« Sie hatten beschlossen, es nicht auf einen Kampf ankommen zu lassen, wenn es nicht sein musste. Es gab so gut wie nie einen Kampf ohne Verletzungen auf beiden Seiten und in den nächsten Tagen würden sie sich mit mehr als einer Drachendame anlegen müssen.

Vlynnar brummte wie zur Bestätigung und breitete die Flügel aus. Carim drehte sich um, vergewisserte sich, dass seine Schwerter gut befestigt waren, und schlich auf das Nest der Drachendame zu. Seine Schritte waren auf dem staubigen Boden kaum zu vernehmen. Je näher er an sie herankam, desto ruhiger wurde er.

Diese Situation kannte er so gut wie keine andere. Sein Atem ging im Einklang mit seinen Schritten. Alles fühlte sich so vertraut an, dass er für einen Moment beinahe vergaß, wo er war und was seine Aufgabe war. Seine Hände zitterten erwartungsvoll. Er wollte Blut, er wollte töten. Doch das entsprach nicht ihrem Plan.

Nach wenigen Minuten war er so nahe, dass er die Drachendame vor sich genau erkennen konnte. Sie hatte tatsächlich die Augen geschlossen. Einen Moment lang betrachtete Carim die Drachendame eingehend, dann glitt sein Blick weiter zu den Eiern, seinem eigentlichen Ziel.

Es waren drei, zwei rot wie ihre Mutter, das dritte dunkelbraun. Carim vermutete, dass das dritte Junge nach dem Vater kam, der vermutlich ein Schlammdrache war. Alle drei Eier waren relativ klein und Carim würde ohne Weiteres zwei auf einmal mitnehmen können. Ob es auch bei dem dritten Ei gelänge, wusste er nicht einzuschätzen.

Der junge Mann drehte sich um, streckte beide Arme über den Kopf und winkte Vlynnar zu, der weiter weg auf seinen Einsatz lauerte. Der Drache breitete die Flügel aus und erhob sich mit kräftigen Schlägen in die Luft. Die Drachendame bewegte sich immer noch nicht. Nun brüllte Vlynnar so laut, dass die Berge um ihn herum zu erzittern schienen.

Schlagartig öffnete sie ihre Augen und richtete den Oberkörper auf. Drohend fauchte sie und breitete ihre Flügel zur Warnung aus. Vlynnar ließ sich jedoch nicht beirren und flog auf die Drachendame zu. Nun erhob sie sich vollends und stellte sich zur Verteidigung bereit zwischen Vlynnar und ihre Dracheneier. Wieder fauchte sie und bleckte ihre messerscharfen Zähne. Vlynnar ließ sich wenige Meter vor ihr nieder und fauchte ebenfalls. Die Drachendame rückte schützend näher an ihre kostbaren Eier. Vlynnar schien nicht zu wissen, was er nun tun sollte, also schlich er vor ihr hin und her. Plötzlich sprang er in einem Satz nach vorne und schlug mit der Vorderkralle gegen ihren Panzer. Sie prallte von den Schuppen ab, trotzdem heulte die Drachendame wütend auf. Vlynnar breitete geschwind seine Flügel aus und stieß sich ab. Die Angegriffene, blind vor Wut, folgte ihm.

Carim wartete noch ein paar Sekunden. Als die Drachendame ein gutes Stück in der Luft war, sprang er auf und sprintete auf das Nest zu, ohne sich noch einmal umzusehen. Wenn sie ihn jetzt erblickte, wäre es ohnehin zu spät für ihn.

Am Nest angekommen sprang er mit einem Satz zwischen die drei Eier. Sie waren heiß, so heiß, dass Carim sie kaum mit bloßen Händen anfassen konnte. Doch zum Glück hatte er damit gerechnet und einige Leinentücher mitgebracht, die er jetzt stramm um zwei der Eier wickelte. Er nahm die beiden größten, eines der roten und das braune. Dann klemmte er sie sich unter die Arme und kletterte wieder aus dem Nest. Es war schwer, unter diesen Umständen das Gleichgewicht zu halten, doch er gab sich alle Mühe, die Eier nicht zu gefährden.

Nun traute er sich, nach Vlynnar und der Drachendame Ausschau zu halten. Sie waren in großer Höhe am Himmel zu erkennen. Vlynnar war damit beschäftigt, den Hieben der Drachendame auszuweichen. Er würde sie sicher nicht mehr lange im Zaum halten können.

Carim stolperte unter dem Gewicht der glühend heißen Eier weiter, um so viel Raum wie möglich zwischen sich und das Nest zu bringen. Der Weg war sehr steinig. Der junge Mann hatte allerhand damit zu tun, die Dracheneier, die trotz der Leinentücher vor Hitze brannten, heil weiter zu transportieren. Seine Arme fühlten sich an, als würden sie jeden Moment unter der Last zerreißen.

Mit einem Mal hatte er das Gefühl, dass die beiden Drachen näherkamen. Schnell verbarg er sich hinter einem Felsen. Wenn die Drachenmutter ihn erkannte, wäre es um ihn geschehen. Dann gäbe es Lord Northing nur noch gegrillt.

Tatsächlich, die Drachendame hielt nun auf ihr Nest zu und brüllte wütend. Anscheinend hatte sie entdeckt, dass zwei Eier fehlten. Nun vermutete sie scheinbar, dass irgendein Wildtier sie in ihrer Abwesenheit gestohlen hatte. Dass der fremde Drache, der sie angegriffen hatte, etwas damit zu tun hatte, schien ihr nicht in den Sinn zu kommen.

Vlynnar folgte einige dutzend Meter hinter ihr. Carim wusste nicht, wie er auf sich aufmerksam machen sollte, ohne dass die Drachendame es auch bemerkte, also zog er sich wieder hinter den Felsen zurück.

Vlynnar landete indessen auf einem Felsen ganz in seiner Nähe. Carims Herz schlug schnell, als er sich überlegte, was er jetzt am besten tun sollte. Wenn er hier sitzen bliebe, würde die Drachendame ihn finden, sobald sie anfing, die Umgebung nach dem Dieb ihrer Eier abzusuchen. Er musste also schnell sein und zu Vlynnar hinüberlaufen.

Carim atmete tief durch und legte die Eier ab. Seine Arme schmerzten und waren rot von der Hitze, aber das letzte Stück musste er noch durchhalten. Also spähte er über seine Schulter und vergewisserte sich, dass die Drachendame gerade nicht in seine Richtung schaute. Sie war bei ihrem Nest und suchte die

Höhle dahinter nach ihren Kindern ab, während sie zornig und verzweifelt brüllte.

Carim nahm all seine Kräfte zusammen, packte die beiden Eier, hob sie hoch und rannte dann hinter dem Felsen hervor. Um zu Vlynnar zu kommen, musste er einen kleinen Abhang hinauflaufen. Hoffentlich würde er das schaffen, denn nun machte ihm nicht nur die Hitze, sondern auch das Gewicht der Eier zu schaffen.

Vlynnar sah ihn sofort und seine Augen weiteten sich. Er richtete sich auf, um sofort losfliegen zu können. An seinem Bauch sah Carim das Netz, in das er die Eier legen wollte. Durch Vlynnars Körperwärme würden sie hoffentlich den Flug bis nach Fithár überstehen und die Brut überleben.

Carim hatte seinem Knappen, der ihm vor einigen Tagen zugewiesen worden war, aufgetragen, alles für ihre Ankunft vorzubereiten. Ihnen war ein etwas abgelegenes Gebäude auf dem Gelände der Burg zugewiesen worden. Dort sollte der Junge, sein Name war Terenc, den Kamin anheizen und mit Kohle füllen.

Carim presste die Eier mit aller Kraft an sich und rannte den Abhang hinauf. Fast hatte er es geschafft, da stolperte er und rollte den Abhang wieder hinab. Er landete hart auf dem Rücken und eines der Eier wurde ihm aus dem Arm geschleudert.

»Nein!«, schrie er, bemerkte jedoch zu spät, dass er das lieber nicht hätte tun sollen. Die Drachendame brüllte, wirbelte herum und fixierte ihn mit ihren unbarmherzigen, rachelüsternen Augen. Carim rappelte sich auf, drückte das verbliebene rote Drachenei fest an sich und wagte einen zweiten Anstieg. Diesmal schaffte er es, doch das Gebrüll der Drachendame wurde immer lauter. Selbst Vlynnar riss angstvoll die Augen auf und schlug nervös mit dem Schwanz hin und her. Mit letzter Kraft überwand der junge Mann die letzten Meter und warf das Ei in das Netz unter Vlynnars Bauch. Er hatte keine Zeit, sich zu vergewissern, ob das Ei sicher war, denn kaum hatte er seine Arme um eines von Vlynnars Beinen geschlungen, da breitete der Drache die Flügel aus und schoss in die Luft. Die Drachendame war ihnen dicht auf den Fersen. Um das zu wissen musste sich Carim gar nicht umsehen, denn er spürte ihre Hitze in seinem Nacken, als sie immer wieder Feuerstrahlen nach ihm schickte. Drachen untereinander setzten die Flammen nicht gegen sich ein, das wusste Carim. Nun, da sie ihn als den Eierdieb erkannt hatte, sparte sie jedoch nicht damit.

»Schneller, hier unten wird's ganz schön heiß!«, brüllte er in Vlynnars Richtung und der Drache schlug noch kräftiger mit den Flügeln, flog Haken, wo er konnte. Doch die Drachendame war einfach nicht abzuhängen. Carim musste etwas unternehmen. Da er an Vlynnars Vorderbein hing, konnte der Drache gut verstehen, was Carim ihm nun zurief.

»Pass auf! Wenn ich *jetzt* schreie, denn schraubst du dich ganz schnell nach oben über unsere Verfolgerin!« Carim drehte sich vorsichtig um. Er wusste nicht, ob Vlynnar jedes seiner Worte verstand, doch er hoffte es. Mit den Händen klammerte er sich hinter seinem Rücken an dem Drachenbein fest.

Nun stand er der Drachenmutter Auge um Auge gegenüber. Sie war so nahe, dass sie ihn bei ihrem nächsten Feuerstoß sicher erwischen würde.

»Jetzt!«, schrie Carim und legte all seine Entschlossenheit in seine Gedanken, damit der Drache ihn auch verstand. Vlynnar schraubte sich in die Luft und bevor ihre Verfolgerin ihm nach oben folgte, ließ sich Carim todesmutig auf sie herabfallen. Der freie Fall war kurz, dann prallte Carim seitlich auf ihren Rücken. Die Drachendame schrie überrascht auf und wand sich unter ihm. Der junge Mann versuchte, an ihrem Panzer Halt zu finden, doch die Schuppen und griffigen Stellen glitten immer unter seinen Fingern hindurch. Als sich seine Gegnerin zur Seite drehte, rutschte er von ihrem Rücken auf einen ihrer Flügel. Panisch griff Carim in die Luft, schlitterte jedoch immer weiter dem Bodenlosen entgegen. Allein die Tatsache, dass die Drachendame ihre Flügel nicht einzog, rettete ihn vor dem todbringenden Sturz. Ohne lange nachzudenken zog er blitzschnell eines seiner Schwerter hervor. Er umfasste den Griff mit beiden Händen, rammte es in den Flügel der Rotfeuerdrachendame und verschaffte sich damit genug Halt, um nicht heruntergeworfen zu werden. Seine Gegnerin heulte auf und schüttelte den Flügel, aber durch dieses Schütteln zerfetzte Carims Schwert die dünne Haut nur immer weiter.

Suchend schaute Carim nach oben, konnte Vlynnar jedoch nicht entdecken. Schweißperlen standen ihm auf der Stirn.

Da bemerkte er eine Bewegung aus dem Augenwinkel und sah, dass der Drache unter ihm seine Kreise zog und immer näher kam. Carim atmete tief durch und bedankte sich im Stillen bei Vlynnar. Er stemmte seine Füße gegen die feste Membran des Drachenflügels, dann zog er das Schwert heraus und ließ sich hinab in Richtung Vlynnars Rücken fallen.

Den Abstand hatte er falsch eingeschätzt, das merkte er sogleich. Als er auf Vlynnars harten Rücke prallte, wurde ihm alle Luft aus der Lunge gepresst. Sogleich suchte der junge Mann sich Halt zwischen den Schuppen, klemmte seine Beine zu beiden Seiten fest und atmete keuchend durch. Zum Glück besaß Vlynnar die Geistesgegenwart, sofort weiterzufliegen und Abstand zwischen sich und die Drachendame zu bringen, als er Carims Gewicht auf seinem Rücken spürte.

Als der Drachentöter sich soweit gefangen hatte, drehte er den Kopf. Die Drachendame versuchte noch immer mit aller Anstrengung sie zu verfolgen. Ihr linker Flügel war jedoch in einem seltsamen Winkel verdreht, sodass sie immer langsamer vorwärtskam. Nach wenigen Minuten verschwand sie aus ihrem Sichtfeld.

Kapitel 22

Die Feuergarde

In dem abgelegenen Gebäude, das von allen, die davon wussten, heimlich »Drachenschule« genannt wurde, stand ein langes, gusseisernes Becken mit sieben Dracheneiern. Terencs Aufgabe war es, alle halbe Stunde glühende Kohlen aus dem Ofen zu holen und in das Becken nachzufüllen, die Asche zu beseitigen, wenn sie zu viel wurde, und frische Kohlen in den Ofen zu schütten. Das erledigte er nun schon seit zwei Wochen von morgens bis abends. Nur nachts löste ihn ein anderer Knappe ab und Terenc konnte nach Hause gehen und einige Stunden Ruhe genießen. Doch die währte nicht lange, denn wenige Stunden später musste er wieder zur nächsten Schicht antreten. Als ihm gesagt wurde, dass er der Knappe des berühmten Drachenreiters werden sollte, hatte er sich eigentlich etwas anderes vorgestellt. Spannung, Abenteuer und vielleicht auch ein paar Unterweisungen im Schwertkampf. Bis jetzt hatte er seinen neuen Meister jedoch nur selten zu Gesicht bekommen. Alle zwei Tage hatte Carim neue Eier gebracht, war dann sofort in sein Zimmer verschwunden und am nächsten Morgen wieder in aller Frühe aufgebrochen.

Terenc seufzte. Er wusste, dass er sich nicht beschweren durfte. Dass er, ein ehemals armer Bauernjunge von niederer Geburt, so einen hohen Posten wie den eines Knappen sogar bei einem Lord bekleiden durfte, war ein wahres Wunder. Wenn er sich gut anstellte, würde vielleicht sogar in einigen Jahren ein Ritterschlag auf ihn warten.

Das alles hatte er nur seiner Mutter zu verdanken. Oder besser gesagt ihrem wundervollen Wesen und ihrer Schönheit. Als sie nämlich eines Abends vor wenigen Jahren mit Terenc und seiner kleinen Schwester Seyna im Garten gearbeitet hatte, war ein adliger junger Mann in den Hof geritten und hatte die Pacht verlangt. Terenc und seine Mutter wussten, dass sie die Pacht nicht mehr lange würden bezahlen können, da sie seit dem Tod ihres Vaters nicht die Kraft und Zeit hatten, die ganzen Felder alleine zu bestellen. So klagten sie dem jungen Mann ihr Leid. Der zeigte sich verständnisvoll und mehr als das. Von da an besuchte er ihren Hof fast täglich und hielt nach einigen Wochen um die Hand von Terencs Mutter an.

Seine Familie war empört, doch der junge Adlige, Lord Daymor von Iryan, ließ sich nicht davon abbringen. Außerdem erkannte er Terenc und Seyna als seine eigenen Kinder an. Zwar wusste Terenc, dass Daymor seinen eigenen Sohn als Erben einsetzten würde, falls seine Mutter ihm einen gebären sollte, doch das war ihm egal. Er und seine Schwester – und auch seine Mutter – hatten die einmalige Chance bekommen, etwas aus ihrem Leben zu machen. Daymor umsorgte sie gut. Sie lebten alle gemeinsam in einem wunderschönen Landhaus unweit von Fithár. Seine Schwester Seyna arbeitete als Zofe bei Prinzessin Feana.

Nun hatte Terenc diese besondere Stellung bekommen, um die ihn andere Jungen seines Alters beneideten. Zwar waren vierzehn Jahre schon relativ spät für den Knappendienst, die anderen adligen Sprösslinge hätten trotzdem um jeden Preis mit ihm getauscht.

Wenn sie wüssten, was ich den ganzen Tag zu tun habe, würden sie mich sicher nicht mehr beneiden, dachte Terenc schlecht gelaunt, als er wieder einmal einen Eimer voll glühender Kohlen über die Eier kippte. Es waren zwei rote, zwei blaue, ein braunes, ein schwarzes und ein weißes. Terenc war trotz allem sehr gespannt, was passierte, falls sie schlüpfen sollten. Oft bildete er sich ein, dass eines der Eier zuckte oder sich bewegte. Die nächsten Minuten verbrachte er dann immer auf die Eier starrend neben dem Becken. Bis jetzt hatte er es sich jedoch jedes Mal eingebildet.

Plötzlich hörte er polternde Schritte. Die Eingangstür wurde heftig gegen die Wand geschlagen und Terenc zuckte zusammen. Als er hastig einen Blick aus dem Fenster warf, sah er den rotäugigen Drachen im Hof sitzen und erschrak. War er wirklich so in Gedanken gewesen, dass er die Ankunft des Drachens nicht bemerkt hatte? Sollte er jemals in die Schlacht ziehen, würde er vorher an seiner Konzentration arbeiten müssen.

Auch die Tür zu dem Raum, in dem sich Terenc befand, wurde nun aufgestoßen. Sein Meister stampfte mit schweren Schritten herein. In seinen Armen hielt er ein graues Drachenei. Terenc betrachtete es fasziniert. Es erschien durchsichtig, so als sei eine Nebelschwade darin gefangen, die sich langsam, fast unmerklich, bewegte.

»Was glotzt du mich so an? Wird's mal?«, fuhr ihn sein Meister an. Terenc schreckte hoch. Schnell eilte er zu dem Eisenbecken und schob die Eier mit einer Stange so zusammen, dass noch ein weiteres dazwischen Platz hatte. Carim kam zu ihm getaumelt – das Ei schien ganz schön schwer zu sein – und ließ es vorsichtig in das Becken nieder. Dabei verbrannte er sich jedoch an dem heißen Eisen und fluchte.

Terenc öffnete den Mund, weil er das Gefühl hatte, etwas sagen zu müssen, klappte ihn jedoch wieder zu. Dann räusperte er sich.

Carim sah ihn fragend und etwas genervt an.

»Ich, nun ... ich schätze, Eure Aufgabe ist hiermit erfüllt, Sir«, stellte Terenc fest, schalt sich jedoch schon im nächsten Moment selbst für diese Überflüssige Aussage.

Carim wirkte leicht irritiert, dass Terenc ihn angesprochen hatte, so als sei ihm nicht bewusst gewesen, dass sein Knappe auch reden konnte. Schnell fing er sich jedoch wieder und schüttelte den Kopf.

»Das glaubst du nur, Junge. Die eigentliche Arbeit beginnt erst jetzt.« Dann nickte er ihm zu, drehte sich um und verließ den Raum wieder.

* * *

Carim machte sich auf den Weg zum Arbeitszimmer des Königs. Heute würde er die Soldaten kennenlernen, die König Berens ausgewählt hatte. Er war ziemlich gespannt, wer und was ihn dort erwarteten. Hätte Prinz Asdral noch gelebt, wäre er einer der zukünftigen Drachenreiter geworden, dafür hätte Carim seine Hand in Vlynnars Flammen gehalten. Kastriot hingegen war wohl nicht dabei – er würde sich niemals einer Truppe anschließen, die dem

Drachentöter unterstehen sollte. Carim hoffte, dass Berens sie nach ihren Eigenschaften und ihrer Erfahrung beurteilt hatte und nicht danach, wer die meiste Macht und die besten Beziehungen besaß. Viele große Adelshäuser wollten verständlicherweise ihre Söhne und vielleicht auch Töchter in der Elitetruppe sehen, die nun offiziell die Feuergarde genannt wurde.

Eigentlich hatte der König sein Vorhaben geheim halten wollen, um nicht bloßgestellt zu werden, falls das Vorhaben nicht gelang. Doch so etwas konnte man nicht geheim halten. Inzwischen wusste so gut wie jeder in Fithár vom Vorhaben des Königs. Einerseits stieß es auf Freude und Anerkennung, andererseits auf große Furcht. Auch Carim sah der Sache immer noch mit Skepsis entgegen. Doch nun lag alles erst einmal daran, welche Soldaten der König ausgesucht hatte.

Carim bog um die Ecke und blieb schlagartig stehen. Vor ihm lag die Tür des königlichen Arbeitszimmers und eine Person wollte den Raum gerade betreten. Ihre Hand lag bereits auf der Klinke, doch sie drückte sie nicht herab, als sie Carim erblickte. Es war Hauptmann Raki.

»Ah, der Drachentöter trifft ein«, sprach sie ihn mit einem Nicken an.

Carim suchte Rakis Gesicht nach einem Anflug von Missbilligung ab, fand jedoch keine. Der Blick ihrer wasserblauen Augen traf den seinen. In ihnen zu ertrinken war nur zu verführerisch.

»So sieht es wohl aus, Hauptmann. Und was führt Euch hierher?« Noch während er die Frage stellte, hätte er sich am liebsten selbst geohrfeigt. Wieso war Raki wohl hier, wieso betrat sie das Arbeitszimmer des Königs? Natürlich! Sie war eines der zukünftigen Mitglieder der Elitetruppe. Carim biss sich auf die Lippen. Es war seiner Konzentration sicherlich nicht förderlich, wenn er von nun an jeden Tag mit einer Frau zu tun haben musste, die ihn so faszinierte wie Raki.

»Der König hat beschlossen, mich in die Garde zu beordern«, erklärte die junge Frau. »Ich hoffe, Ihr nehmt mir meine ruppige Art im Kriegslager nicht übel und lasst mich deswegen Extrarunden laufen, jetzt, da Ihr mein Vorgesetzter seid.« Der Anflug eines kecken

Lächelns überflog bei diesen Worten ihr Gesicht. Dann drehte sie sich um, drückte energisch die Tür auf und ging hindurch. Carims Blick folgte ihr und glitt an ihrem Körper hinab. Dann schüttelte er hastig den Kopf und folgte ihr in den Besprechungsraum.

* * *

Das kleine Zimmer war bereits zum Bersten gefüllt. Neben dem König und Kastriot erwartete Carim eine ganze Reihe von Männern und ein paar Frauen, die er noch nie gesehen hatte. Anscheinend war Raki die einzige der zukünftigen Mitglieder der Garde, die er vorher schon einmal getroffen hatte.

Erleichtert atmete er auf. Das würde die Sache hoffentlich vereinfachen.

König Berens stand auf, nickte ihm zu und begann dann mit einer kurzen Ansprache. »Rekruten der Feuergarde! Ich bin mir sicher, dass ihr stolz darauf seid, hier zu sein und vielleicht bald einer solch besonderen Elitetruppe anzugehören. Jeder von euch hat bereits vorher eine besondere Position mit Erfolg bekleidet. Doch nichts davon ist mit dem zu vergleichen, was nun auf euch wartet. Ihr werdet die äußerst gefährliche und schwierige Aufgabe haben, einen Drachen aufzuziehen, zu zähmen und zum Kampfe auszubilden. Jeder von euch wird ein Drachenei zugeteilt bekommen und kümmert sich von da an um dessen Wohl und um den Drachen, der hoffentlich bald daraus schlüpft. Ihr behandelt ihn wie euer eigenes Kind, damit ihr die bestmögliche Bindung aufbaut und er euch gehorcht, wenn er einmal groß und unberechenbar wird. Doch ihr dürft auch nicht zögern, gegen euren eigenen Drachen vorzugehen, wenn er das Wohl des von euch zu beschützenden Volkes gefährdet. In der ganzen Zeit wird euch euer Hauptmann Carim von Northing zur Verfügung stehen, euch anleiten und euch befehligen.«

Einige der Rekruten runzelten bei diesen Worten unwillig die Stirn und musterten Carim skeptisch. Der junge Mann schluckte. Unter so vielen abschätzenden Blicken fühlte er sich unwohl und wünschte sich sogleich hinaus auf Vlynnars Rücken.

Der König sah in die Runde. Seine Augen leuchteten dabei vor Stolz und Erwartung. »Seid ihr dazu bereit?«

Den misstrauischen Blicken zum Trotz erfüllte ein einstimmiges »Wir sind bereit, Majestät« den Raum. Carim sah zu Raki. Sie fixierte den König mit einem undefinierbaren Ausdruck auf dem Gesicht und bemerkte nicht, dass der junge Mann sie ansah.

Nun drehte sich der König um und sah Carim auffordernd an. Carim wandte sich zu den Rekruten um, die ihn erwartungsvoll anblickten. Er schaute herausfordernd von einem zum anderen. Es waren drei Frauen und fünf Männer, er schätzte sie allesamt nicht älter als vierzig, aber auch nicht viel jünger als er selbst. Ganz links stand ein Mann in schwarzer Kleidung, sein Gesicht war über und über mit Narben bedeckt. Daneben kam ein kleiner, etwas stämmigerer Soldat mit kurzgeschorenem Haar. Der Jüngling neben ihm war groß gewachsen und blond. Als Viertes folgte Raki, dann die zwei anderen Frauen, die eine blond, die andere braunhaarig. Die letzten beiden Männer hatten soldatisch kurgeschnittene Haare und schienen, ihrer Körperhaltung nach zu urteilen, direkt aus dem nächsten Kriegslager hierhergekommen zu sein.

Hoffentlich würde er sich in dieser Gruppe von Kämpfern und Kriegserfahrenen durchsetzen können. Kurz räusperte er sich. Trotz seiner Aufregung musste seine Stimme stark klingen.

»Willkommen Rekruten. Um es vorab zu sagen, nicht alle von euch werden noch in diesem Jahr einen Drachen aufziehen, da es sehr unwahrscheinlich ist, dass aus allen acht Dracheneiern auch wirklich Junge schlüpfen. Dessen müsst ihr euch bewusst sein. Wenn es jedoch so weit kommt, bedenkt folgendes und haltet es euch immer vor Augen: Drachen sind wilde Tiere und Drachen fressen Fleisch. So niedlich und schutzbedürftig sie auch als Jungtiere wirken, so blutrünstig und unberechenbar sind sie als ausgewachsene Tiere. Drachen verstehen uns Menschen, wenn wir mit ihnen reden, und haben die Fähigkeit, in gewisser Weise unsere Gefühle zu lesen. Deshalb ist es unabdinglich, dass ihr in ihrer Nähe niemals die Fassung verliert und kein winziges Bisschen eurer Angst an die Oberfläche dringen lasst. Ihr müsst sie dazu bringen, euch als ihren Vater oder Mutter, als ihren Meister zu sehen, als jemanden,

den sie beeindrucken wollen. Nur so könnt ihr sie zähmen. Doch auch dann bleiben die Drachen unberechenbar. Vor allem müssen wir die Konkurrenzkämpfe untereinander sowie die Balzkämpfe zwischen Männchen und Weibchen unterbinden. Doch bis es soweit ist, vergeht noch eine intensive Zeit, in der ihr viel über euch selbst lernen werdet. Bis eure Drachen schlüpfen oder auch nicht, werde ich euch in allem unterrichten, was ihr über Drachen und das Kämpfen auf dem Drachenrücken wissen müsst.« Carim schaute fragend zum König. Dieser nickte zustimmend und ergriff wieder das Wort.

»Ich denke, damit ist alles gesagt, Soldaten. Nun geht in das Gebäude, das für eure Ausbildung bestimmt ist, und wählt euer Drachenei aus. Lord Northing wird euch über die Vorzüge der einzelnen Rassen unterrichten. Eure Knappen werden sich mit dem Dienst, auf die Dracheneier aufzupassen, abwechseln.«

Carim dachte an seinen eigenen Knappen, der Name war ihm wieder entfallen, und daran, dass der Junge die beiden letzten Wochen ganz alleine den Dienst versehen hatte. In der folgenden Zeit würde Carim ihm andere Aufgaben zuteilen müssen, ihn im Schwertkampf und in der Kunst des Rittertums unterrichten.

Leider wusste er nicht genau, wie sich ein Ritter einem Knappen gegenüber zu verhalten hatte – denn das war er nun als Adliger, Sir Carim von Northing. Zwar hatte König Berens ihm keine richtige Zeremonie zuteilwerden lassen und ihm nur die Adelsurkunde in die Hand gedrückt, doch das war Carim egal. Was zählte, war nur der Titel.

Er ließ sich seinen neuen Namen auf der Zunge zergehen. Er schmeckte nach Sieg.

Kapitel 23

Verkrustetes Herz

»Sir, ich verstehe nicht wirklich, was uns diese Übung bringen soll.«

Carim drehte sich um und betrachtete den jungen Mann vor ihm stirnrunzelnd. Er hatte hellblonde Haare, einen schlaksigen Körperbau und war der Jüngste der Rekruten. Sein Name war Carim entfallen. Der junge Mann musterte Carim herausfordernd. Seine Abneigung war beinahe greifbar. Gemeinsam standen sie mit allen anderen Rekruten auf dem First der Drachenschule und balancierten seit über einer Stunde in verschiedenen Positionen hin und her.

»Wie war noch dein Name?«, fragte Carim und ließ seine Stimme noch abschätziger klingen, als es der Blick des Jungen gewesen war.

Der junge Mann schien sich davon jedoch nicht einschüchtern zu lassen.

»Feynir von Gardonin«, antwortete er, nicht ohne Stolz in der Stimme. Carim schnaubte ärgerlich. Worauf war dieser Mann stolz? Dass er bei seiner Geburt Glück gehabt hatte und in eine reiche Familie geboren worden war?

Carim seufzte genervt. Er hatte keine Lust, diesem eingebildeten Jüngling seine Trainingsmethoden zu erklären. Selbst wenn Feynir einer der wenigen war, die keine Probleme mit dem Gleichgewicht hatten. Einige andere wiederum stellten sich so ungeschickt an, dass sich Carim fragte, wie sie je in einer Schlacht hatten überleben können.

»Hör mir zu, Feynir.« Carim sprach ihn bewusst mit seinem Vornamen an, um ihn in die Schranken zu weisen. »Was wir machen, entscheide ganz allein ich. Wenn du dich weiter über meine Methoden beklagen willst, kannst du gerne zum König gehen und dich bei ihm beschweren.

Wenn du später auf einem Drachen sitzt, wobei ich hoffe, dass deiner einer von denen sein wird, die nicht schlüpfen, wirst du für jeden Schritt dankbar sein, den du hier oben gemacht hast, für jedes Mal, dass du dein Gewicht verlagert und ein bisschen darüber gelernt hast, wie du dich selbst in jeder Situation am besten ausbalancierst.«

Feynir starrte ihn an und wurde kreideweiß vor Wut. Doch Carim bereute seine Beleidigung in keiner Weise. Schon vom ersten Tag an war ihm Feynirs abfällige Haltung aufgefallen. Der Bursche versuchte sich über ihn zu stellen. Er fühlte sich als etwas Besseres, weil er schon als kleiner Bengel von goldenen Tellern gegessen hatte. Ohne ihm noch einmal Beachtung zu schenken, drehte sich Carim um und widmete sich den anderen Rekruten.

Die ganze Sache schien sich als schwieriger zu entwickeln, als er es sich vorgestellt hatte. Die Rekruten waren keinesfalls leicht zu lenken. Die meisten brachten ihm den nötigen Respekt entgegen, doch da stießen einige schon an ihre Grenzen. Auch untereinander gab es oft Spannungen und solch eine provokante Persönlichkeit wie Feynir trug sicher nicht zur Harmonie in der Gruppe bei. Carim hoffte nur, dass sie sich über die Zeit aneinander gewöhnen würden und miteinander klarkämen. Irgendwann mussten sie schließlich in einer Schlacht Seite an Seite kämpfen. Dann musste jeder dem anderen Vertrauen können und jeder sein Leben in die Hand des anderen legen. Und Carim hatte keinerlei Erfahrung darin, eine Gruppe zu schaffen und zusammenzuhalten. Vielleicht sollte er beizeiten Raki darauf ansprechen. Schließlich hatte sie auf diesem Gebiet weitaus mehr Erfahrung als er.

Doch obwohl sich die Rekruten nicht als die fügsamen Schäfchen entpuppt hatten, auf die Carim gehofft hatte, spürte er jeden Tag den Zuwachs an Macht, den er durch seine Position erlangt hatte. Die Soldaten, denen er begegnete, schauten ihn anders an. Einige salutierten sogar, da er nun ein Hauptmann war. Dieses Gefühl war unglaublich. Auf unberechenbare Weise weckte es in ihm die Sucht nach mehr.

Vor Carim mühte sich ein kleinerer, muskelbepackter Mann damit ab, auf einem Bein stehen zu bleiben. Auch sein Name war

Carim entfallen, doch er wusste noch, dass dieser Mann der einzige war, der keine adlige Abstammung hatte. Er hatte sich als einfacher Soldat, von der Geburt her der Sohn eines Schmieds, hochgedient und sich solch einen Ruf erarbeitet, dass er nun in der Feuergarde dienen durfte. Vor ihm hatte Carim viel mehr Respekt als vor solch eingebildeten Wichtigtuern wie Feynir.

Weiter hinten entdeckte er Raki. Sie stand auf einem Bein, hatte die Augen geschlossen und die Arme von sich gestreckt. Der Wind strich durch ihre kurzen roten Haare und wirbelte sie auf. Auch sie hatte keinerlei Probleme mit ihrem Gleichgewicht. Sie würde eine wunderbare und gefährliche Drachenkämpferin werden, das wusste Carim jetzt schon. Raki hatte sich das einzige rote Ei ausgesucht, das Carim und Vlynnar der ersten Feuerdrachendame geraubt hatten. Die Farbe passte zu ihrem stürmischen Gemüt, fand er.

* * *

»Es reicht! Ihr dürft jetzt gehen. Vergesst nicht, morgen um neun wieder hier zu sein und eure Knappen daran zu erinnern, ihren Dienst nicht zu versäumen. Mir ist zu Ohren gekommen, dass einige von ihnen ihn nicht ganz gewissenhaft verrichten.« Er selbst hatte schon oft genug mit den Burschen geschimpft, vielleicht würde es mehr bringen, wenn ihre eigenen Herren sie schalten.

Als sie alle vom Dach herabgestiegen waren, nickte Carim jedem noch einmal zu, der an ihm vorbeiging. Feynir schritt jedoch mit hoch erhobenem Haupt an ihm vorbei und würdigte ihn keines Blickes.

Zuletzt kam Raki. Sofort wurde Carim nervös und wollte sich irgendetwas Geistreiches einfallen lassen, irgendetwas, was vielleicht der Beginn eines kleinen Gespräches sein konnte. Doch als sie vorbeiging, brachte er nicht mehr als ein Räuspern und ein Nicken zustande. Sie lächelte ihm kurz zu und ging weiter. Sehnsüchtig folgten ihr seine Blicke, als sie davonschritt.

Seit Carim so viel Zeit mit Raki verbrachte, ging sie ihm einfach nicht mehr aus dem Kopf. Kaum schloss er die Augen, hatte er ihr Gesicht vor Augen, ihre kurzen, roten Haare, ihr kesses Lächeln, aber auch ihren ernsten Blick, wenn sie sich auf etwas konzentrierte.

In einem anderen Leben, in einer anderen Welt und unter anderen Umständen hätte Carim alles daran gesetzt, ihr Herz zu erobern, hätte um sie geworben, hätte für sie Blumen aus einem Garten geklaut ...

Verärgert schüttelte Carim den Kopf und ballte die Fäuste zusammen. Er war Carim, der Drachentöter, Lord von Northing und nicht irgendein verliebter Junge. Liebe war doch nur eine nervige Krankheit, die ihn von den Dingen abhielt, die wirklich zählten und für die er seine ganze Konzentration aufwenden musste. Er würde Raki vergessen müssen, denn es gab in seinem Leben keinen Platz für sie. Er ballte die Fäuste vor Wut auf sich selbst, drehte sich um und ging auf Vlynnars Stall zu.

Doch als er einige Meter gegangen war, konnte er sich einen weiteren Blick ihr hinterher nicht verwehren.

* * *

Vlynnar schlief, als er den Stall betrat. Vorsichtig schlich Carim zu ihm hinüber und ließ sich neben seinem Kopf auf dem dünn mit Stroh bedeckten Boden nieder. Es wunderte ihn sehr, dass er beim Geräusch seiner Schritte nicht erwachte.

Carim betrachtete den Drachen lange und ein Anflug von Melancholie machte sich in ihm breit.

Seit dem Vorfall bei Marlaut vor einigen Wochen schien der Drache vorsichtiger und beherrschter geworden zu sein. Carim wusste nicht, woran das lag. Vlynnar hatte schon einmal solch eine tiefgreifende Wandlung durchgemacht, als er sich vom kleinen, wütenden Wesen zum brutalen und seine eigene Rasse tötenden Monster entwickelt hatte.

Hatte der Drache Schuldgefühle, weil er seinen Meister und einzigen Freund beinahe getötet hatte und fürchtete sich vor seiner eigenen Unberechenbarkeit? Spürte er etwa, so wie Carim auch, die wachsende Verbundenheit zwischen ihnen? Oder war es einfach so, dass der Drache langsam seine Jugendzeit hinter sich ließ und vernünftiger und erwachsener wurde? Carim wusste es nicht. Es war ihm lieber so. Auch ohne seine Unbeherrschtheit war Vlynnar eine Kampfmaschine mit unglaublicher Kraft. Und doch hatte es noch nie ein Wesen gegeben, das ihm so ähnelte. Jemanden, der ihn wirklich verstand. Hinter diesem Panzer, hinter der tierischen Fassade steckte ein Wesen, das zu mehr Gefühlen, zu mehr Moral und zu mehr Intelligenz fähig war als so mancher Mensch, dessen war sich Carim sicher.

Er fragte sich, wie Vlynnar wohl reagieren würde, wenn bald weitere Drachen hier aufwuchsen. Würde er sie als Rivalen ansehen und bekämpfen oder würde er die Leitrolle übernehmen? Carim hoffe auf Letzteres. Wenn die Drachen Vlynnar gehorchten und ihn als Anführer betrachteten, gehorchten sie indirekt auch ihm selbst.

Carims Blick strich über Vlynnars makellose Schuppen, die kleinen Hörner und seine riesigen Flügel, die er im Schlaf an sich gezogen hatte. An dem einen sah man noch immer die Narbe, die Carim ihm zugefügt hatte, als Vlynnar noch ein kleiner Drache gewesen war.

Mit einem Mal fragte sich Carim, zu was für einem Wesen Vlynnar sich entwickelt hätte, wenn er selbst sich nicht eingemischt hätte. Wenn er bei seiner Mutter aufgewachsen wäre und nicht bei ihrem Mörder, der ihn schlecht behandelt, verletzt und beleidigt hatte, der zugelassen hatte, dass er von einem Wolfsrudel fast zerfleischt worden war.

Mit einem Mal erschien es Carim nicht mehr so verwunderlich, zu welchem Wesen sich der kleine Drache entwickelt hatte. Reue kratzte am Panzer seines verkrusteten Herzens.

Kapitel 24

Meerblaue Schuppen

Der erste Drache, der schlüpfte, war zu Carims Enttäuschung der von Feynir. Eines Abends, zwei Wochen, nachdem sie mit dem Training angefangen hatten, saß Carim in seinem Zimmer und polierte sorgfältig seine Schwerter. Das tat er immer, wenn er sich entspannen wollte. In letzter Zeit kamen sie viel zu selten zum Einsatz.

Plötzlich wurde die Tür aufgestoßen und sein Knappe stürzte schwer atmend herein.

»Sir ... Sir Feynirs Drache ... schlüpft ...«

Ohne zu zögern sprang er bei diesen Worten auf und drängte sich an dem Jungen vorbei. Sein Herz begann wie wild zu klopfen. Hoffentlich kam er nicht zu spät. Er wollte schon den Gang entlang rennen, da drehte er sich noch einmal zu dem Jungen um.

»Wissen die anderen Rekruten davon? Geh! Sag ihnen Bescheid! Sie sollen auch dabei sein!«

Pflichtbewusst nickte der Junge und drehte sich um, doch Carim hielt ihn zurück. Ihm war etwas eingefallen.

»Ein Moment noch! Wie war noch mal dein Name, Bursche?«

»Terenc, Sir«, antwortete der Junge, verneigte sich steif und lief davon.

Carim sah ihm nach. Er war ein fleißiger Bursche, vielleicht hatte er es langsam verdient, dass sein Meister seinen Namen kannte.

* * *

Als Carim ganz außer Atem in der Drachenschule eintraf, erblickte er Feynir bereits durch das Fenster. Hastig betrat er das Gebäude, steuerte jedoch zuerst nicht auf die Brutkammer zu, sondern auf eine kleine Nebenkammer. Sie war nur spärlich erleuchtet. In ihr stapelten sich mehrere Käfige, die Carim nach seinen Vorgaben hatte anfertigen lassen.

Er nahm einen der Käfige und trug ihn in den anderen Raum zu Feynir, der mit erwartungsvoll geweiteten Augen an der Seite seines Knappen vor dem Becken mit den Eiern stand. Sein Gesicht war rot vor Aufregung. Angespannt presste er seine Lippen zusammen.

Nach und nach trafen die anderen Gardisten ein.

Carim erkannte sofort, um welches Ei es sich handelte. Feynirs Ei, ein dunkelblaues mit kleinen weißen Punkten, lag genau in der Mitte und wackelte leicht hin und her. Auf der Oberfläche bildeten sich bereits einzelne Risse.

Gehetzt drängte sich Carim an den Wartenden vorbei und machte somit auf sich aufmerksam. Sein Herz pochte schnell in seiner Brust und seine Hände wurden schwitzig, er wollte es sich jedoch nicht anmerken lassen.

»Ist etwa noch keiner von euch auf die Idee gekommen, das Ei rauszuholen? Wollt ihr, dass ein kleiner, wildgewordener Drache die anderen Eier beschädigt?«

Feynir schluckte. Im Angesicht dieses besonderen Momentes schien seine herablassende Art wie weggewischt.

»Wir ... ich wusste nicht, wie. Ich will das Ei nicht gefährden.«

»Das einzige, das du gefährdest, sind die anderen Eier«, antwortete Carim ruppig und trat nahe an die Wanne. Mit beiden Händen griff er hinein und holte das glühend heiße Ei heraus. Seine Hände brannten vor Schmerz, doch vor Feynir wollte er sich keine Blöße geben. Er trug das Ei bis zur Mitte des Raumes und legte es dort auf den Boden.

»Hol Kohle!«, blaffte Carim Feynirs Knappen an, der mit hochrotem Kopf zum Feuer lief und einen kleinen Eimer zu befüllen begann. Durch das Fenster sah Carim, dass nun auch die letzten Rekruten über den Hof auf die Drachenschule zueilten. Unter ihnen entdeckte er auch Raki, ohne Rüstung und Schwert diesmal, nur in einfacher Leinenkleidung.

Feynirs Knappe kam eilig mit dem gefüllten Eimer zurückgelaufen und schüttete die glühenden Kohlen über das Ei. Sie zischten und hinterließen kreisrunde Brandflecken auf dem Boden.

Weitere Rekruten betraten nun den Raum und stellten sich in einigem Abstand auf. Carim schaute in die erwartungsvollen Gesichter. Einige wenige nickten ihm begrüßend zu.

Die Stille im Raum war fast greifbar. Jedes einzelne Augenpaar ruhte auf dem Drachenei. Plötzlich ertönte ein Knacken und hallte durch den ganzen Raum. Alle schienen mit einem Male die Luft anzuhalten.

Ein kleines Stück der Schale brach heraus und fiel zu Boden. Carim beugte sich etwas hinab, um das Geschehen besser im Blick zu haben. Auch er war noch nie bei der Geburt eines Drachen dabei gewesen.

Besorgt rieb sich der junge Mann die Hände. Hoffentlich würde alles gut laufen.

Er hörte hastige Schritte hinter sich, drehte sich um und sah, wie sein Knappe Terenc durch die Tür lief, ein etwas jüngeres Mädchen im Schlepptau. Als er den Blick seines Meisters auffing, lief er rot an und verbarg das Mädchen hinter seinem Rücken.

Carim seufzte. Wenn alles vorbei war, würde er dem Jungen klarmachen müssen, dass er nicht einfach ein fremdes Mädchen hierher mitbringen durfte. Die Vorgänge in der Drachenschule sollten immer noch soweit es ging geheim gehalten werden.

Carim schaute hinüber zu Feynir, der seine schweißnassen Hände aneinander rieb und vor Aufregung von einem auf den anderen Fuß trat. Wie musste er sich wohl fühlen? Einerseits voll frohen Erwartens der zukünftigen Aufgaben, die ihm mit dem Drachen an der Seite bevorstanden, und der Möglichkeiten, die sich ihm nun eröffneten? Andererseits voller Angst und Furcht vor der Ungewissheit, ob er den Drachen überhaupt zähmen konnte?

Ein weiteres Stück brach aus der Schale. Für einen kurzen Moment meinte Carim, ein leises Zischen aus dem Ei vernehmen zu können. Er schob den Käfig auffordernd neben Feynirs Bein. Doch dieser schluckte nur nervös und wandte seinen Blick nicht von dem Ei ab.

Nach ein oder zwei Minuten zerbarst das Ei mit einem Mal in zwei Hälften. Fasziniert hielten Carim und alle anderen den Atem an. Ein winziges Geschöpf kauerte sich auf dem Boden zusammen.

Er war dunkelblau, so blau wie das Meer, und hatte ebenso blaue Augen. Auf seinem Kopf thronte eine Art Kamm, der jedoch noch schlaff herunterhing, genauso wie seine Flügel. Das Wesen sah unglaublich hilflos und schwach aus.

Aufgeregt ballte Feynir die Hände zu Fäusten. Behutsam ließ er sich auf die Knie nieder, um noch näher bei seinem Drachen zu sein. Neugierig musterte ihn das kleine Wesen, während es versuchte, seine Flügel an seinen Körper zu ziehen.

Was macht er da?, fragte sich Carim nervös, als Feynir nun begann, seine Hand langsam nach dem Drachen auszustrecken. Der Drache sah ihn noch einen Moment aus großen blauen Augen an. Dann bleckte er die winzigen, spitzen Zähne und stürzte sich auf Feynirs Hand. Dieser sprang erschrocken auf und stolperte einige Schritte zurück. Seine Hand hatte er früh genug wegziehen können.

»Idiot!«, zischte Carim wütend, griff nach dem Käfig, öffnete ihn mit der einen Hand, packte mit der anderen den kleinen Drachen im Nacken und schleuderte ihn in den Käfig. Das Tier schrie auf, doch Carim knallte die Tür hinter ihm zu und stellte den Käfig wieder auf den Boden zurück.

Fassungslos starrte Feynir ihn an.

»Was?«, blaffte Carim ihn an. »Hast du gedacht, er würde *Mama* zu dir sagen?«

Dann drehte er sich zu den anderen Rekruten um. »Der Drache erkennt recht schnell, dass ihr nicht zu seiner Art gehört. Stattdessen sieht er euch als etwas Neues, als eine Bedrohung. Deshalb versucht ja nicht, euch ihm auf irgendeine gefährliche Weise zu nähern. Es wird euch nur die Unversehrtheit eurer Haut kosten!«, belehrte er die anderen scharf. Er erinnerte sich an damals, als Vlynnar ihm als gerade geschlüpfter Drache fast die Augen ausgekratzt hätte.

Die Männer und Frauen nickten zustimmend, während Feynir neben ihm verlegen mit den Füßen scharrte. Carim drehte sich zu ihm um und sah mit Befriedigung, dass ihm die Schamesröte im Gesicht stand.

Der kleine Drache im Käfig tobte, sprang gegen die Holzstäbe und versuchte sich mit aller Kraft zu befreien.

Das Tier gehörte zur Rasse der Meerdrachen. Der Name war ihnen wegen ihrer blauen Farbe, nicht etwa wegen ihrer Affinität zum Wasser gegeben worden. Der Meerdrache war genauso ein Tier des Feuers, wie Vlynnar es war.

Grob drückte er Feynir den Käfig in die Hand. Respektvoll streckte dieser den Arm aus und hielt das Tier so weit wie möglich von sich weg. Feynir würde von nun an jede Nacht mit seinem Drachen hier in der Drachenschule schlafen. Dies sollte die Verbindung zwischen Drache und Meister stärken. Eigens dafür waren Räume im oberen Stockwerk hergerichtet worden.

Wenn alle Drachen geschlüpft waren – oder wenn klar war, welche niemals schlüpfen würden –, sollten alle Rekruten gemeinsam mit ihren Drachen, Vlynnar und Carim in ein anderes Gebäude umziehen, eine abgelegene Kaserne weit weg von der Stadt. Irgendwann waren die Drachen schließlich einfach zu groß für den Hof von Fithár.

Carim freute sich sehr darauf, die Stadt verlassen zu können, auch wenn es bis dahin noch dauern würde. Zwar wäre er in ihrem neuen Quartier auch nicht so allein, wie er es gerne wäre, doch konnte er sich leichter eine Auszeit gönnen und einfach im Wald in der Nähe verschwinden, wenn ihm danach war.

Feynir verließ nun, immer noch mit hochrotem Kopf, mit dem Käfig in der Hand den Raum. Carim rief ihm nach, dass er nicht vergessen solle, den Drachen mit etwas Trockenfleisch aus der Lagerkammer zu füttern. Ob er ihn noch hörte, wusste er nicht.

Nach und nach verließen auch die restlichen Rekruten unter aufgeregtem Flüstern den Raum. Einige von ihnen sahen aufgeregt aus, andere ängstlich. Die Augen des kleinen, drahtigen Mannes, dessen Name, wie Carim kürzlich eingefallen war, Diran war, strahlten aufgeregt und beinahe ein bisschen vorfreudig. Carim nickte ihm zu, als er den Raum verließ. Er erwiderte sein Nicken.

Raki war an das Becken mit den restlichen Eiern herangetreten, ihr Blick ruhte auf ihrem feuerroten Ei. Carim ballte mit klopfendem Herzen die Fäuste und trat von hinten neben sie.

»Ich frage mich, welches als nächstes schlüpft«, flüsterte Raki, jedoch so laut, dass Carim es hören konnte. Er räusperte sich.

»Äh ... ja.« Dann fügte Carim hastig hinzu, um das gerade angefangene Gespräch nicht gleich wieder zu beenden: »Die anderen Drachen werden auch nicht mehr so lange auf sich warten lassen, hoffe ich.«

Raki nickte. Dann blickte sie zu Carim.

»Ist das nicht merkwürdig? Als ich als Soldatin zur Armee ging, hätte ich niemals gedacht, dass ich irgendwann hier stehe und solch ein Wesen zähmen und trainieren soll. Früher haben mir meine Großeltern immer nur schreckliche Geschichten über Drachen erzählt, Erlebnisse aus ihrer Kindheit, als die Drachen noch so kühn waren, Dörfer anzugreifen und Menschen zu fressen. Und nun? Nun züchten wir diese Ungeheuer selbst.«

»Eure Sicht wird sich noch ändern, spätestens, wenn Ihr das erste Mal auf einem Drachenrücken gen Himmel getragen werdet. Das sind nicht bloß Monster. Auch ich habe meine Meinung geändert. Ich hätte vorher niemals gedacht, dass das jemals der Fall sein könnte.« Carim lächelte aufmunternd und hoffte, dass sie sein laut klopfendes Herzen nicht hören konnte. Raki schaute ihn an und auch ihre Lippen umspielte ein Lächeln.

»Ihr seid nicht, wie alle denken. Ihr seid nicht, wie Ihr immer vorgebt zu sein.« Raki sah ihm direkt in die Augen. Für einen Moment konnte Carim den Blick nicht abwenden. Ihre sonst so hellen Augen schienen plötzlich dunkel und unergründlich.

»Wer gebe ich denn vor zu sein?«, fragte Carim und seine Stimme hörte sich rauer an, als es gewollt war. Er verschränkte die Arme hinter dem Rücken, damit Raki nicht sah, wie seine Hände vor Aufregung schwitzen.

Raki drehte sich wieder zur Wanne um und beendete den intensiven Blickkontakt. »Der unnahbare, grausame Drachenritter, der keine Rücksicht auf Verluste nimmt, der nur kämpft, weil er Lord werden und Ländereien besitzen will.«

Carim entgegnete nichts. Doch er wusste, das Raki unrecht hatte. Er war genau der, den sie gerade beschrieben hatte.

Die junge Frau wartete wohl nicht auf eine Antwort. Nach einer Minute des Schweigens drehte sie sich zu Carim um.

»Vielleicht wisst Ihr es selbst noch nicht«, flüsterte sie, blickte ihm noch einen Moment in die Augen und ging fort. Im Vorbeigehen berührte sie sachte mit ihrer Hand Carims Arm.

Kapitel 25

Eine königliche Verlobung

»Nimm das!«, schrie der kleine Junge und rannte auf seinen Freund zu. In der rechten Hand hielt er einen kurzen dicken Stock, in der linken ein halb zersplittertes Brett, das er am Straßenrand gefunden hatte.

Sein Freund, ähnlich ausgerüstet, stellte sich dem anrückenden Feind tapfer entgegen. Holz prallte auf Holz, Stöcke wurden geschwungen. Da schaffte es der erste Junge durch eine Finte, seinem Freund Schwert und Schild aus der Hand zu schlagen.

»Ha!«, rief er, noch außer Atem von der vergangenen Schlacht. Triumphierend reckte er seine Waffen in die Höhe. »Wieder gewonnen! Wer ist der größte Krieger der Welt, Maron, wer ist es?«

Maron verdrehte die Augen und hob genervt sein Schwert wieder auf. »Sicherlich nicht du.«

Carim schnaubte verärgert und schlug mit dem Stock gegen seinen provisorischen Schild. »Pah, du bist doch nur neidisch! Sobald ich groß bin, werde ich ein richtiger Ritter! Ich werde in Schlachten kämpfen und genauso werden wie Sir Teyrio.«

Maron lachte, als sich sein Freund mit dem großen Helden verglich.

»Du willst so ein Ritter werden wie Teyrio? Das schaffst du nie! Nie und nimmer! Er ist in einer adligen Familie geboren. Aber du als Sohn eines Schmieds hast da überhaupt gar keine Chance.«

Carim lief vor Wut rot an. »Und ob ich das kann! Warte nur ab! Ich werde es dir zeigen!« Gekränkt drehte er sich um und stapfte davon.

»Auf Wiedersehen, Prinz Tey!«, rief Maron ihm spöttisch hinterher, doch Carim war schon hinter der nächsten Ecke verschwunden.

* * *

Viele Jahre später stand Carim in seinem Zimmer im Soldatentrakt. Inzwischen war ihm ein größeres, das eines Offiziers, zugeteilt worden.

Nervös und kritisch betrachtete er sich im Spiegel. Einen Festanzug hatte er noch nie in seinem Leben getragen. Er bestand aus dunkelrotem Stoff mit schwarzen Stickereien, die in Carims Augen einfach nur kitschig wirkten. Früher als Kind hatte er immer davon geträumt ein Edelmann zu sein, aber in seinen Vorstellungen hatte er glänzende Rüstungen getragen und keine bestickten Hemden. Doch er war auf die Feierlichkeiten zur Verlobung von Prinz Kastriot eingeladen worden und die wollte er auf keinen Fall verpassen. Vielleicht konnte er dort wichtige Kontakte knüpfen oder wenigstens etwas Klatsch über die Beziehung der einzelnen Angehörigen des Adels erfahren.

Doch Carim fühlte sich schrecklich unwohl in diesem Aufzug. Das Einzige, was er von seiner alten Kleidung angezogen hatte, waren seine Stiefel. Er hatte nicht gezögert, eines seiner Messer darin zu verstecken. Seine beiden Schwerter lehnten einsam an der Wand.

Carim tröstete sich mit der Aussicht darauf, dass Raki auch dort sein würde. Als Offizierin war sie ebenfalls eingeladen worden und die Vorstellung von ihr in einem wunderschönen Ballkleid, mal war es rot, mal war es blau, wollte ihm einfach nicht aus dem Kopf gehen.

Worauf er sich jedoch nicht freute, war eine eventuelle Begegnung mit Feana. Seit dem Gespräch im Schlossgarten hatte er kein Wort mehr mit der Prinzessin gewechselt und inzwischen schämte er sich für die plötzliche Vertrautheit, die zwischen ihnen aufgekommen war. Auch Feana bereute es im Rückblick sicherlich, ihr Herz einem vollkommen Fremden ausgeschüttet zu haben.

Seit Prinz Asdrals Tod war bereits mehr als ein Monat vergangen. Auf allen Turmspitzen waren noch immer schwarze Flaggen gehisst und alle Angehörigen des Königshauses trugen noch die Farben der Trauer.

Nun wollte die Familie jedoch ein Zeichen setzen und der Bevölkerung Mut machen. Deshalb wurde Kastriot heute mit Prinzessin

Vietta, einer dunkelhäutigen Schönheit aus dem Süden, verlobt. Der König stärkte damit das Bündnis zwischen Alpetoria und Hayanna, Viettas Heimatland. Der König von Hayanna würde ihnen außerdem weitere Verstärkung zum Schutz gegen Dardanien schicken.

Carim schluckte, als die Turmuhr schlug und ihm das Zeichen dafür gab, dass er sich langsam auf den Weg machen musste. Er seufzte, zupfte noch einmal seinen Anzug zurecht, strich sich über die kurzen, blonden Haare und verließ dann den Raum.

Von allen Seiten strömten die Gäste zum Ball. Kutschen fuhren auf den Schlosshof und gepuderten Damen wurden die Türen aufgehalten. Wie sehr Carim sie alle verabscheute – und jetzt gehörte er selbst zu ihnen.

* * *

Der Ballsaal war festlich geschmückt. Girlanden und Fahnen in den Farben Blau und Rot, farbenfrohe Decken auf den Tischen an den Seiten. Carim war von dem Anblick überwältigt. Er hätte nie gedacht, dass es so eine beeindruckende Möglichkeit gab, sein Geld aus dem Fenster zu werfen.

Auf einem erhöhten Podest saßen bereits König und Königin, zusammen mit ihren beiden Kindern. Feanas Haare waren zu einer kunstvollen Frisur gesteckt. Ihr leuchtend rotes Kleid betonte die Blässe ihrer Haut. Sie sah nicht zu ihm herüber, also konnte Carim sie einen Moment betrachten und sich fragen, wie es ihr inzwischen ging.

Er fühlte sich ziemlich verloren, als er sich durch die Menge schob und sich an der Seite des Saales einen Platz zum Stehen suchte, abseits von dem ganzen Gewusel.

Das war ganz und gar nicht seine Welt. Er hoffte nur, dass er hier unbehelligt stehen bleiben, ein paar Leute belauschen und dann ohne angesprochen zu werden wieder verschwinden konnte.

Als die meisten Gäste eingetroffen waren, erhob sich der König. Von irgendwo her erklang eine Trompete. Stille senkte sich über den Saal und hunderte Augenpaare richteten sich auf den ergrauten Mann mit der Krone auf dem Kopf.

»Meine sehr verehrten Gäste! Ich freue mich sehr, euch alle zur Verlobungsfeier meines Sohnes willkommen zu heißen. Prinzessin Vietta von Hayanna, wir begrüßen Euch und Eure Familie herzlich hier an unserer Seite. Besonders begrüßen wir Euch als zukünftige Königin von Alpetoria!«

Tosender Applaus wurde laut, als Vietta, die an der Tür gewartet hatte, nun an der Seite ihres Vaters auf den König zuschritt. Sie war wahrlich eine Schönheit, wie es überall erzählt wurde. Carim fragte sich, wieso die meisten Prinzessinnen, neben dem Privileg, als Prinzessin geboren zu sein, auch noch mit außerordentlicher Schönheit gesegnet waren. Das schien ihm nicht gerecht.

Vietta hatte lange, dunkelbraune Locken. Sie fielen ihr, nur an der einen oder anderen Stelle von einer Spange zurückgehalten, auf Schulter und Rücken. Ihr Kleid war in hellem Rosa gehalten, wie üblich bei einer Verlobungsfeier, was einen wundervollen Kontrast zu ihrer dunkelbraunen Haut bildete. Auch ihre großen, von dunklen, langen Wimpern umrahmten Augen waren ein wahrer Blickfang.

»Nicht dass Euch noch die Augen aus dem Kopf fallen«, spottete eine Stimme rechts neben Carim. Ertappt drehte er sich um. Unbemerkt war Raki neben ihn getreten. Ihr schlanker Körper wurde von einem dunkelgrünen Kleid eingehüllt, das so geschnitten war, dass ihre gebräunten Schultern sichtbar waren. Rakis Lippen waren so rot wie Blut. Carim musste sich zwingen, den Blick von ihnen loszureißen.

»Ich habe Euch gar nicht kommen hören«, wechselte er stattdessen das Thema. Wenn Raki nur wüsste, dass er in Wirklichkeit von ihr nicht die Augen lassen konnte.

»Ich weiß, solch ein lautes Fest ist immer eine Verwirrung aller Sinne«, lächelte Raki vielsagend.

Carim runzelte die Stirn und wusste nicht, was er von dieser Aussage halten sollte.

Er folgte Rakis Blick und gemeinsam sahen sie zu, wie Kastriot langsam zu seinen Gästen schritt, sich vor dem Vater seiner Braut verbeugte und dann ihre Hand ergriff. Carim fiel auf, dass Kastriot

Vietta nicht ins Gesicht schaute und fragte sich, wie oft die beiden sich vor der Verlobungsfeier bereits gesehen hatten.

König Berens hingegen lächelte, als er die Worte sprach, die seinen Sohn und die wunderschöne Prinzessin miteinander verbanden.

»Kastriot tut mir leid«, flüsterte Raki neben ihm und kam ihm so nahe, dass Carim ihre Wärme spüren konnte. »Zuerst verliert er seinen Bruder und jetzt heiratet er eine Frau, die er kaum kennt.«

Carim dachte an sein Gespräch mit Feana und daran, dass Kastriot den Tod seines Bruders wohl nicht so sehr bedauerte, wie er dem Volk glauben gemacht hatte. Doch stattdessen sagte er: »Einen Nachteil muss es ja haben, als stinkreicher Königssohn geboren zu sein.«

Raki lachte leise, antwortete jedoch nichts. Prinz Kastriot legte seiner zukünftigen Frau als Verlobungsgeschenk eine wunderschöne Kette um den Hals. Daraufhin lächelte Vietta schüchtern und machte einen kleinen Knicks.

Die Musikkapelle am anderen Ende des Raumes begann, eine wiegende Melodie zu spielen. Kastriot ergriff Viettas Hand. Seine rechte legte er auf ihre Hüfte und schon begannen sie, zu der Musik zu tanzen. Kastriot wirkte angespannt und steif. Es schien, als würde er durch seine Verlobte hindurchsehen.

Nun begannen auch andere Paare zu tanzen, wirbelten über den Parkettboden und nahmen Carim und Raki die Sicht auf den Prinzen. Carim schaute unschlüssig zu Raki hinab. Aufmunternd erwiderte sie seinen Blick. Er wusste, dass er sie jetzt zum Tanzen auffordern sollte. Noch nie in seinem Leben hatte er sich zu Musik bewegt. Und die Schritte und kunstvollen Figuren, die die Leute vor ihnen vollführten, sahen aus, als müsste man dafür Jahre trainieren.

Raki runzelte fragend die Stirn. Carim biss sich auf die Lippen. Jetzt musste er irgendetwas sagen oder tun, sonst würde Raki am Ende noch denken, er wolle nicht mit ihr tanzen.

Also nahm er all seinen Mut zusammen, trat noch näher zu ihr heran und griff nach ihrer Hand. Sie zog sie nicht zurück. Er beugte sich zu ihr hinunter und flüsterte: »Ihr glaubt nicht, wie gerne ich mit Euch tanzen würde.«

Raki antwortete zuerst nicht und einen grausamen Moment lang dachte Carim, dass er zu weit gegangen sei.

»Mir war bereits klar, dass Euch nur der Kampf mit den Schwertern geläufig ist«, flüsterte Raki zurück. Carim schluckte. Immer noch zog sie ihre Hand nicht zurück.

Ihm war es, als würden jede Sekunde heiße Funken zwischen ihren Fingern hin und her springen. Carims Herz pochte so laut, dass er Angst hatte, der ganze Saal könnte es hören. Seine Kehle fühlte sich so eng und trocken an. Er glaubte, kein einziges Wort mehr herauszubekommen. Er roch ihren angenehmen Duft und hatte den Drang, sein Gesicht in ihren Haaren zu vergraben und sie an sich zu ziehen.

Doch dann löste Raki sich plötzlich von ihm und trat einen Schritt zurück. Carim versuchte, sich die Enttäuschung nicht ansehen zu lassen und blickte schnell zurück auf die Festgesellschaft.

»Wenn Ihr mich schon nicht zum Tanzen auffordern werdet, wie wäre es, wenn Ihr uns ein Getränk holtet? Meine Kehle fühlt sich ziemlich trocken an«, lockerte Raki die Situation wieder auf.

Carim schaute wieder kurz zu ihr, nickte und drängte sich durch die Menge auf den Tisch zu, an dem Pagen Wein in kostbare Kelche füllten und an die Gäste verteilten. Es war ihm nur recht, einen Moment von ihr wegzukommen, damit er seine Gedanken sortieren konnte. Schon wieder hatte er sich wie ein Narr benommen und sich seinen albernen Gefühlen hingegeben. Am liebsten hätte er den Ball sofort verlassen, wäre zu Vlynnar in den Stall gegangen, hätte diesen schrecklichen Festtagsanzug ausgezogen und wäre mit dem Drachen weit fort geflogen. Doch er wusste, dass er nicht gehen würde, dass er wieder zu Raki zurückkehren würde. Gegen diese Gefühle konnte er nichts tun. Carim konnte sich nicht erinnern, jemals von einem Mädchen oder einer Frau so angezogen worden zu sein. Alles, was er bis jetzt mit Frauen hatte, waren kurze Affären. Wie sollte es auch anders sein als Einzelgänger in den Bergen? Frauen sprachen gleich vom Heiraten, vom Kinderkriegen und davon, eine Familie zu gründen. Doch nichts wollte Carim weniger, als eine Familie, denn nichts schränkte einen in seiner Freiheit mehr ein als eine solche.

Doch Raki war anders. Sie war überhaupt nicht anhänglich und weibisch. Sie war stark, selbstbewusst und unnahbar. Jedenfalls hatte er das gedacht, doch eben, als sie seine Hand nicht weggeschoben hatte … das war gar nicht die kalte Hauptmann Raki, die alle kannten.

Carim wies einen Pagen an, ihm zwei Kelche mit Wein zu füllen. Als er sie bekam, setzte Carim den rechten Kelch an und trank ihn in einem Zug leer. Dann reichte er dem verdutzt dreinblickenden Pagen seinen Becher, um ihn erneut aufzufüllen.

Anschließend kehrte er zu Raki zurück, die immer noch in der Ecke stand, bei der er sie zurückgelassen hatte. Sie unterhielt sich jedoch mit einem Mann, den Carim noch nie gesehen hatte. Er war groß, breitschultrig und hatte einen Schnauzbart, der genauso schwarz war wie das Haar auf seinem Haupt. Die beiden sahen aus, als würden sie sich schon lange kennen.

Kurz spürte Carim einen Stich der Eifersucht in seiner Brust. Doch schnell wischte er ihn zur Seite und blieb in etwas Abstand stehen, um die beiden nicht in ihrem Gespräch zu unterbrechen.

Irgendwann drehte sich Raki um und winkte Carim zu ihnen. Der zögerte, trat jedoch dann an die beiden heran.

»Carim von Northing, ich bin sehr erfreut, Euch hier zu treffen«, begrüßte der Mann ihn mit tiefer, wohlklingender Stimme, als Carim sich zu ihnen gesellt hatte. »Mein Name ist Lord Daymor von Iryan. Ihr kennt meinen Sohn, Euren Knappen. Terenc von Iryan.«

Carim rief sich das Bild seines Knappen vor Augen, sah jedoch keine Ähnlichkeit mit dem Mann vor ihm. »Ebenfalls erfreut, Lord Daymor. Euer Sohn ist ein tüchtiger Junge.« Seine Worte erreichten ihr Ziel. Sir Daymor lächelte stolz und sprach weiter:

»Das freut mich sehr! Seine Schwester dient jetzt bei Prinzessin Feana als Kammerzofe und macht sich ebenfalls hervorragend.«

Raki neben ihm lächelte, nahm Carim mit einem kurzen Wort des Dankes den Kelch mit Wein aus der Hand und prostete ihm und Lord Daymor zu.

»Auf den zukünftigen König, Kastriot von Fithár und seine wunderschöne Braut!«

Carim wiederholte den Trinkspruch murmelnd und trank dann einen großen Schluck Wein. Er wusste, dass jeder ein besseres Bild auf dem Thron abgeben würde als Kastriot, sogar er selbst.

Langsam spürte Carim die Wirkung des Weines, der sich wie ein dicker Schleier auf sein Denken legte. Er trank eigentlich nie Alkohol, doch heute brauchte er ihn, um die wirren Stimmen in seinem Kopf ruhigzustellen.

Lord Daymor wandte sich anderen Gästen zu. Er und Raki waren wieder allein.

»Lord Daymor und Ihr … Ihr kennt euch gut?«, erkundigte sich Carim nach einem weiteren Schluck Wein. Von Sekunde zu Sekunde schmeckte er ihm besser. Wieso trank er nicht öfter Wein?

»Das kann man so sagen«, antwortete Raki und ihre wasserblauen Augen funkelten. Dann, als sie merkte, dass Carim nichts mehr sagte, fügte sie hinzu: »Unsere Eltern waren eng befreundet. Wir wuchsen auf wie Bruder und Schwester.«

Carim nickte. Erleichterung machte sich in ihm breit. Um sich das vor Raki nicht anmerken zu lassen, schaute er hinab in seinen leeren Kelch. Plötzlich war ihm unglaublich warm.

»Ich muss kurz an die frische Luft, verzeiht«, entschuldigte er sich und schaute in Richtung der großen Tür, die zum Garten hin offenstand.

»Ich begleite Euch«, antwortete Raki und folgte ihm, als er sich durch die Menge drängte. Carim erreichte die Tür und stolperte nach draußen.

Einige Männer und Frauen, die draußen standen und sich gedämpft unterhielten, schauten überrascht auf. Carim sog die kalte Luft tief in seine Lungen und seufzte. Auf den zweiten Kelch Wein hätte er lieber verzichten sollen, denn der Nebel in seinem Kopf wurde zunehmend dichter.

»Lasst uns doch einen kleinen Spaziergang machen«, schlug Raki vor und hakte sich bei ihm unter. Sie hatte wohl bemerkt, dass die Leute sie immer noch verwundert und teilweise neugierig musterten. Langsam, aber bestimmt lotste sie ihn auf den Eingang des Heckenlabyrinthes zu, das den Großteil des Gartens ausmachte.

Carim war seit seinem Gespräch mit Feana nicht mehr hier gewesen. Nach wenigen Minuten, als sie weit genug weg von den anderen Gästen waren, blieb Raki stehen und grinste ihn an.

»Wohl ein Glas Wein zu viel gehabt, Drachentöter?«

Carim schnaubte. Dann atmete er mehrmals tief ein und aus. Die frische Luft half ihm ungemein. Langsam lichtete sich der Nebel in seinem Kopf.

»Ich glaube, auf königlichen Festen kann man nichts anderes tun, als sich zu betrinken.« Als er merkte, dass Raki kurz auflachte, ließ er weiter seinem Unmut freien Lauf. »Ich meine, Hunderte von Menschen trinken und essen, dienen als Zuschauer, wenn der König wieder einmal alles Geld, was er an Steuern und Abgaben bei seinen Untertanen eintreibt, bei irgendeinem Fest verschleudert. Und vor allem heute! Mich freut es ganz und gar nicht, dass der hochwohlgeborene Kastriot, dieser Nichtsnutz, eine Frau bekommt, damit er noch mehr von Seinesgleichen in die Welt setzen kann. Einer reicht mir allemal.« Carim hielt seinen Kelch hoch. »Allein dieser Becher hier ist mehr wert als ein halber Drache.« Mit diesen Worten schleuderte er den Kelch in das nächste Gebüsch.

Raki lachte erneut laut auf. Carim sah ihre Augen funkeln, obwohl es dunkel im Garten war.

»Ihr solltet öfter trinken, das macht Euch zu einem äußerst unterhaltsamen Zeitgenossen.«

Raki schaute hoch zum kreisrunden Mond. Plötzlich nahm ihr Blick etwas Sehnsüchtiges an. Mit einem Mal wusste Carim, woran sie dachte, so als hätte er ihre Gedanken gelesen.

»Er wird schlüpfen«, sagte er bestimmt. Rakis Drache war einer der drei letzten, die noch nicht geschlüpft waren.

Raki presste die Lippen aufeinander.

»Das hört sich jetzt idiotisch und romantisch an, ich weiß. Und ich weiß auch, dass diese Drachen wilde Monster sind. Doch irgendwie habe ich das Gefühl, ihn schon zu kennen. Den Drachen meine ich. Ich will ihn aufwachsen sehen, ich will ihn zähmen und ich will mit ihm kämpfen. Ich will mit ihm durch die Lüfte fliegen.« Sie drehte sich zu Carim um. »Erzählt mir wie es ist, zu fliegen.

Wenn ich es schon vielleicht niemals selbst erleben darf, so will ich es doch aus Eurem Munde hören.«

Sanft ergriff Carim ihre Hand. Sein Herz schlug ihm bis zum Hals, doch er konnte den Blick nicht von ihren Augen lösen. Mit kratziger Stimme flüsterte er: »Kommt mit, ich zeige es Euch.«

Kapitel 26

Drachenfeuer

Vlynnar schien nicht sonderlich begeistert von der Aussicht zu sein, noch eine zweite Person auf seinem Rücken zu transportieren. Carim redete ein paar Minuten beschwichtigend auf ihn ein, während Raki am Stalltor wartete und die Sterne betrachtete.

Irgendwann glaubte er, dass Vlynnar ihr nichts tun würde und rief sie zu sich. Noch ein wenig unwillig schnaubte der Drache und fixierte die junge Frau mit glühend roten Augen. Dampf trat aus seinen Nüstern, doch er blieb, wo er war.

Carim zeigte Raki, wo sie am besten hochsteigen sollte, doch es stellte sich wegen ihres Kleides als äußerst schwierig heraus. Am Ende schafften sie es doch, indem Carim vorkletterte und sie dann nach oben zog. Sie setzen sich unmittelbar in Vlynnars Nacken, weil sie da den besten Halt hatten. Raki schien etwas zu zittern, als sie sich vor Carim setzte. Er wusste nicht, ob vor Aufregung, aus Angst oder vor Kälte.

»Haltet Euch gut fest«, wies er sie an und legte aus diesem Vorwand einen Arm um ihre Hüfte. Raki fühlte sich in seinen Armen so zierlich und zerbrechlich an, doch Carim wusste, dass sie das ganz und gar nicht war. Ihr roter Haarschopf war nun unmittelbar vor ihm, sodass er sein Kinn auf ihrem Kopf hätte abstützen können. Er spürte ihren Rücken an seiner Brust und seinem Bauch und wollte, dass dieses Gefühl niemals aufhörte.

»Los!«, rief er dem Drachen zu und Vlynnar stapfte aus dem Stall heraus. Als er auf dem Hof angekommen war, breitete er die Flügel aus. Raki hielt die Luft an und klammerte sich mit der einen Hand an Vlynnar fest, mit der anderen an Carims Arm.

Vlynnar schlug kräftig mit den Flügeln und ein Ruck ging durch den Drachen. Überrascht schrie Raki auf. Dann schlug er wieder und wieder, bis sie sich langsam in die Lüfte erhoben. Raki riss überwältigt die Augen auf und sah sich um, als die Welt unter ihnen immer kleiner wurde.

Zuerst konnte man die durch Fackeln schwach beleuchtete Maserung des Hofes nicht mehr erkennen, dann die einzelnen Ziegel auf den Dächern nicht mehr. Die hell erleuchtete Festhalle unter ihnen wurde immer kleiner, während der Rest der Welt in pechschwarzer Nacht versank.

Als Vlynnar so hoch war, wie er wollte, breitete er die schwarzen Flügel aus und sie glitten still durch die Luft. Rakis Haare wurden durch den Fahrtwind aufgewirbelt und kitzelten Carim im Gesicht.

»Unglaublich …«, flüsterte Raki überwältigt. Ihr Blick glitt immer wieder über die Landschaft, die sie im kräftigen Licht des Mondes unter ihnen erahnen konnte. Sie konnte sich nicht sattsehen an allem, was es da zu sehen gab. Carim dankte dem Wetter, dass sie heute durch eine wolkenlose Nacht fliegen konnten.

»Ich weiß«, hauchte Carim in ihre Haare hinein. »Als ich das erste Mal geflogen bin, konnte ich es auch nicht fassen. Ich habe herumgebrüllt wie ein Irrer. Ihr seid da viel tapferer als ich.«

Raki lachte leise. »Nein, das würde jetzt auch den Moment zerstören.« Sie lockerte die Hand, die Carims Arm umklammert hatte und verschränkte stattdessen ihre Finger mit seinen. Carims Herz hämmerte wie verrückt. Er war sich sicher, dass sie es spüren konnte.

Der Mond leuchtete hell am Himmel, als Raki sich zu ihm umdrehte. Forschend musterte sie Carims. Er konnte den Blick nicht von ihren Lippen lassen. Diese Sehnsucht zerrte an seinem Herz und an seinem Verstand.

Also beugte er sich ein Stück vor und sah abwartend in ihr Gesicht, um zu sehen, wie sie reagierte. Raki neigte sich ihm ebenfalls ein Stück entgegen. Carim schloss die Augen und berührte mit seinen Lippen sanft die ihren.

In ihm explodierten tausende Flammen. Sein Herz schlug so hart, dass er Angst hatte, es würde ihm aus der Brust springen. Er hob eine Hand und legte sie an Rakis Wange. Sie war kühl von der Luft hier oben.

Einige Sekunden lang genossen sie dieses Gefühl, dieses Brennen, dann entfernte sich Carim wieder ein Stück von ihr. Ihre Augen schienen in Flammen zu stehen, als sie ihn anschaute und Carim war es, als könne er ihre Leidenschaft davon ablesen. Plötzlich wünschte er sich, sie wären nicht hier oben in der Luft auf einem Drachen, sondern unten auf dem Boden, an irgendeinem Ort, an dem sie ungestört waren.

Ein leises Lächeln zuckte um Rakis Lippen und Carim musste es erwidern.

Diese Situation war so absurd. Hier saßen sie hoch oben am Himmel auf dem Rücken eines Drachen, die unnahbare Ashira Raki und er, der grausame Drachentöter, und grinsten sich an wie zwei verliebte Narren.

Carim hatte nicht gewollt, dass die Liebe sich in sein Leben einmischte. Doch nun war es geschehen und nicht mehr rückgängig zu machen.

Er legte seine Stirn an die von Raki und genoss einfach nur ihre Zweisamkeit. Eng umschlungen glitten sie auf dem Rücken eines Drachen am nächtlichen Himmel entlang. Wind strich ihnen durch die Gesichter und unter ihnen zog die nachtdunkle Landschaft vorbei.

Kapitel 27

Der letzte Drache

Sonnenstrahlen kitzelten Carim an der Nase und er schlug erschrocken die Augen auf. Sonst schlief er nie so lange, dass er von der Sonne geweckt wurde. Das war überhaupt nicht seine Art.

Plötzlich bewegte sich etwas neben ihm im Bett und sein Kopf fuhr herum. Unter der Decke lugte ein feuerroter Haarschopf hervor. Raki!

Ein Lächeln überzog sein Gesicht, als die Erinnerungen an die letzte Nacht zurückkamen. Sein Herz machte einen gewaltigen Hüpfer. Raki schlief noch, die wunderschönen Augen geschlossen, und schmiegte sich in Carims Arm. Ihre warme Haut drückte gegen die seine und ihr wunderbarer Geruch stieg ihm in die Nase.

Plötzlich klopfte es hart an der Tür und Raki wurde aus dem Schlaf gerissen. Sie setze sich auf und sah sich panisch um, auch Carims Blick zuckte zur Tür.

»Wer da?«, fragte er missmutig. Seine Stimme klang noch heiser vom Schlaf.

»Terenc, Sir.« Die Stimme seines Knappen klang aufgeregt. »Darf ich reinkommen?«

»Nein!«, rief Carim hastig, merkte jedoch sofort, dass das etwas zu bestimmt klang. »Nein«, wiederholte er etwas leiser. Schnell stand er auf und schlüpfte in seine Lederhose, die er gestern vor dem Ball über den Stuhl gehangen hatte. Sein Festanzug lag zerknittert auf dem Boden, gleich neben Rakis Kleid. Carim warf einen Blick in den Spiegel und befand, dass er aussah wie immer. Mit nacktem Oberkörper, was für ihn jedoch keine Besonderheit war, ging er zur Tür und öffnete sie so weit, dass Terenc zwar ihn sehen konnte, nicht aber die Kleider am Boden oder gar Raki in seinem Bett, die jetzt schützend die Decke vor ihren Körper zog.

»Sir!«, rief Terenc wieder. Er war aufgeregt aus und völlig außer

Atem. »Sir, der Drache von Hauptmann Raki schlüpft! Ich wollte sie zuerst suchen, da sich ihr Knappe ja letzte Woche den Fuß gebrochen hat. Sie ist aber nicht in ihrem Zimmer! Ich kann sie nirgendwo finden!«

Carim hörte, wie Raki hinter ihm scharf einatmete und hoffte, dass Terenc es nicht gehört hatte. Er fuhr sich nervös über den Kopf und überlegte krampfhaft, wie sie wohl aus dieser Situation herauskommen konnten.

»Hast du schon im Stall bei den Pferden nachgeschaut?«, fragte Carim.

Terenc runzelte die Stirn. »Nein, aber wieso sollte Hauptmann Raki im Stall bei den Pferden sein?«

»Nun ja ...« Carim suchte fieberhaft nach einer Antwort. »Sie ... reitet eben gern.«

»Nach dem, was ich gehört habe, reitet Raki überhaupt nicht gern«, erwiderte Terenc, verschränkte die Arme und sah ihn aus seinen dunkelbraunen Augen neugierig an. Ein Lächeln umspielte seine Lippen. Er schien zu bemerken, dass in Carims Zimmer etwas war, das er nicht sehen sollte, und versuchte nun unauffällig einen Blick darauf zu erhaschen.

»Schau einfach im Stall nach! Na geh schon, ich komme sofort!«, befahl Carim barsch und knallte dem Knappen die Tür vor der Nase zu. Er hörte, wie Terenc einen Moment zögerte und dann mit hastigen Schritten davoneilte.

Carim drehte sich zu Raki um, die mit geröteten Wangen immer noch auf seinem Bett saß. Unschlüssig schaute sie ihn an.

»Was machen wir jetzt?«, fragte sie mit leiser Stimme, als befürchtete sie immer noch, dass jemand sie hören könnte.

»Wir ziehen uns an und gehen zu deinem Drachen. Du solltest auf keinen Fall verpassen, wie er schlüpft«, entschied Carim und nahm seine Ledergurte vom Tisch, um sie sich um die Brust zu binden.

»Und was soll ich anziehen?«, fragte Raki mit Verzweiflung in der Stimme und deutete auf ihr zerknülltes Kleid am Boden.

Carim runzelte die Stirn und wusste auch keine Lösung. »Dann musst du schnell noch in deine Kammer und dich anziehen.«

Raki schüttelte den Kopf. »Das dauert zu lange. Ich will dabei sein, wenn er schlüpft.« Sie rutschte vom Bett und griff nach dem Kleid am Boden. Bevor sie es sich wieder angezogen hatte, erhaschte Carim einen Blick auf ihren wunderschönen Körper und musste lächeln. Als sie fertig war, richtete sie sich auf und strich ihr Kleid glatt.

»Wir gehen jetzt zur Schule, aber getrennt«, sagte sie bestimmt und schaute Carim dabei nicht in die Augen. »Meinetwegen sollen alle denken, dass ich die letzte Nacht bei irgendeinem Mann verbracht habe. Sie müssen aber nicht wissen, bei wem.«

Diese Aussage stimmte Carim kurz traurig, doch er wusste, dass es so besser war. Er wollte nicht, dass Raki vorgeworfen wurde, dass sie mit dem Anführer der Garde schlafe, um sich eine bessere Position zu sichern.

Raki richtete den Blick zu Boden und ging auf die Tür zu, Carim wollte sie so jedoch nicht gehen lassen. Schnell griff er nach ihrer Hand und zwang sie, sich umzudrehen. Er schaute sie so lange an, bis auch sie in seine Augen schaute. In ihren lag eine Mischung aus Aufregung und Verwirrung.

»Ich wusste, dass dein Drache schlüpft«, flüsterte er, dann beugte er sich nach unten und küsste ihre Hand. Raki lächelte kurz, dann verschwand sie nach draußen.

* * *

Als Carim einige Minuten nach Raki in der Drachenschule eintraf, war der Drache bereits geschlüpft. Doch an dem glücklichen Ausdruck in ihrem Gesicht erkannte er, dass sie dabei gewesen war. Der Drache war feuerrot, wie es das Ei und auch seine Mutter gewesen waren. Die anderen Rekruten standen um sie herum. Einige schauten abschätzig auf das zerknitterte Kleid, das Raki trug, doch sie ließ sich davon nicht verunsichern. Sie betrachtete den kleinen Drachen in dem Käfig und schien so, als würde sie alles um sich herum nicht bemerken.

Carim sah sich um und musterte die Gesichter der anderen Rekruten. Zwei Monate waren bereits vergangen, seit der erste Drache geschlüpft war. Nun waren noch zwei Eier übrig, doch länger konnten sie nicht mehr warten. Es war an der Zeit, Fithár zu verlassen. Die jungen Drachen wurden zu groß und wenn sie weiter so eng auf einem Raum zusammenleben würden, würde das kaum gut ausgehen.

* * *

»Alle herhören!«, rief Carim einige Minuten später. Alle drehten sich zu ihm um. Er hoffte, dass sie sein verspätetes Auftreten nicht mit Rakis Aufzug in Verbindung brächten.

»Wie ihr wisst, besagt es der Plan, den ich mit dem König für euer Training und die Bildung der Drachengarde beschlossen habe, dass wir zu einem gegeben Zeitpunkt Fithár verlassen müssen. Dieser Zeitpunkt ist nun gekommen. Die beiden Drachen, die noch nicht geschlüpft sind, werden es wahrscheinlich nicht mehr tun. Die Brutzeit der Drachen neigt sich langsam dem Ende zu. Und wenn doch, reist ihr uns hinterher.« Dabei schaute er zu den beiden, denen die ungeschlüpften Eier gehörten. Sie nickten unwillig.

»Fithár ist zu klein für sieben Drachen. Also packt eure Sachen. In zwei Tagen werden wir aufbrechen, zu Pferd. Die Drachen müssen auf Karren verstaut werden. Wir müssen aufpassen, dass sie die Pferde nicht erschrecken. Unser Ziel ist eine Burg namens Orion, in der wir in Zukunft leben und vor der wir trainieren werden.«

Die Männer und Frauen um ihn herum nickten, teilweise zögernd. Sie hatten von dem Plan gewusst und doch traf es sie in diesem Moment überraschend. Sie würden ihre gewohnte Umgebung verlassen und unter einem Anführer, dem die meisten misstrauten, in eine fremde Kaserne ziehen und dort für einige Monate bleiben. Doch sie alle waren Soldaten. Keiner würde sich dem Befehl des Königs widersetzen.

»Wie weit ist Burg Orion von Fithár entfernt?«, fragte Diran mit verschränkten Armen.

»Einen Tagesritt«, antwortete Carim. Er wusste, dass die Rekruten teilweise ihre Familien verlassen mussten. Es gab jedoch keine andere Möglichkeit. Die Drachen in Fithár zu lassen, wäre ein nicht einschätzbares Risiko.

»Sobald ihr aber auf euren Drachen reiten könnt, ist es eine Reise von einer Stunde«, fügte er deshalb hinzu. Einige Mienen schienen sich aufzuhellen.

»Gibt es sonst noch Fragen?«, fragte Carim in die Runde, doch alle schüttelten verneinend ihre Köpfe. Mit einer Handbewegung entließ er sie. Nach und nach verließen sie den Raum. Nur Raki blieb zurück, die interessiert und auch ein kleines bisschen verzückt ihren Drachen beobachtete. In ihrem zerknitterten Kleid sah sie aus wie eine Prinzessin, die von einer Räuberbande entführt worden war. Carim musste unwillkürlich lächeln, obwohl ihm eigentlich nicht danach zumute war. Er war aufgeregt und wusste nicht, was er nun zu Raki sagen sollte. Er wollte unbedingt wissen, was sie über die letzte Nacht dachte, was sie über ihn dachte. Es fiel ihm jedoch schwer, seine Gedanken überhaupt in Worte zu fassen. Geschweige denn sie auszusprechen. Also schwieg er nur.

Irgendwann richtete sich Raki auf und drehte sich zu ihm um. Auch sie schien nicht zu wissen, was sie sagen sollte. Nachdem sie sich eine endlose Minute lang angeschaut hatten, wanderte ihr Blick hinab auf den Saum ihres Kleides. Sie räusperte sich.

»Danke«, flüsterte sie.

»Wofür bedankst du dich?«, fragte Carim verwundert. Mit einem Dank hatte er als Letztes gerechnet.

»Ich weiß, dass du schon seit einer Woche aus Fithár aufbrechen wolltest. Und dass du nur gewartet hast, weil du gehofft hast, dass mein Drache noch schlüpfen würde.«

Carim schwieg. Erst wollte er ihr widersprechen, doch es wäre eine Lüge gewesen.

»Ich gehe meine Sachen packen.« Sie blieb noch einen Moment stehen, als warte sie darauf, dass Carim noch etwas sagte. Aber er schwieg.

Sie nickte kurz, dann schloss sie die Hand um den Griff des Käfigs, in dem ihr Drache saß, und verließ mit ihm zusammen den Raum.

Kapitel 28

Beginn einer Reise

Als Carim in Begleitung von König Berens und des Prinzen in den Hof hinunterkam, stellten sich die verbliebenen Rekruten, drei Männer und drei Frauen, in einer Reihe auf und salutierten. Langsam ließ Carim seinen Blick über ihre Gesichter schweifen. Sie waren nun mehr als Rekruten. Von jetzt an waren sie seine Kampfgefährten. Vielleicht war es nützlich, dass er ab sofort ein bisschen mehr Interesse an ihnen an den Tag legte.

Ganz links stand Feynir. Dadurch, dass sein Drache als erster geschlüpft war, schien er in der Gruppe eine besondere Position für sich zu beanspruchen. Das behagte Carim gar nicht.

Sein Drache war ein Weibchen, wie sie vor wenigen Tagen festgestellt hatten, und Feynir hatte ihr den Namen Eylia gegeben. Feynirs Drache war inzwischen schon so groß wie eine Dogge. Nur mit Mühe hatten sie ihn in einen Käfig quetschen und auf dem Karren hinter einem Pferd befestigen können.

Neben Feynir stand Alisa, die blonde Frau mit den harten Gesichtszügen. Carim wusste nicht mehr, wo sie herkam und ob sie Familie hatte. Sie war die einzige, die sich von niemandem zu verabschieden schien. Er wollte Raki später danach fragen. Er konnte sich nur noch erinnern, dass sie als Offizierin in einer Kaserne im Süden des Landes gedient hatte.

Daneben stand die Mirany, die zweite Frau der Gruppe. Sie war groß gewachsen, musste Mitte Dreißig sein und hatte einen langen, braunen Zopf. Etwas gleichgültig schweifte ihr Blick über den König und seinen Sohn. An Carim verschwendete sie erst gar keinen Blick.

Neben der Frau stand Diran, der Carim schon einige Male wegen seiner Fähigkeiten aufgefallen war. Sollte es jemanden geben, den er zu seinem Vertreter ernennen würde, wenn die Zeit gekommen war, war er es, abgesehen von Raki natürlich. Der junge Mann war stark, mutig und vollkommen ehrlich. Carim schätzte ihn einige Jahre älter als er selbst.

Der Mann, der rechts neben Diran stand, hieß Viscar und war von Kopf bis Fuß mit Narben übersäht. Er war ein Kriegsveteran durch und durch und der Älteste der Gruppe. Meist schwieg er, doch wenn er etwas sagte, war es von Bedeutung. Carim konnte nicht einschätzen, wie er ihm selbst gegenüberstand. Schätzte er ihn als Anführer oder verachtete er ihn?

Am Ende der Reihe stand Raki. In der Kriegsmontur wirkte sie mehr wie sie selbst. Sie hatte die Hände hinter dem Rücken verschränkt und das Kinn hoch erhoben. Sie wirkte stark und so bezaubernd sie auch in einem Ballkleid ausgesehen hatte, das hier passte besser zu ihr.

Der König wirkte vollkommen zufrieden, als er nun zu den Soldaten schaute, die hoffentlich bald seine stärkste Elitetruppe ausmachen würden. Hinter seiner euphorischen Maske sah er unglaublich alt und erschöpft aus. In seinen Gedanken sah er das dardanische Königreich schon in Flammen aufgehen und seine Truppen in die Städte einmarschieren. Aber Carim wusste, dass es bis dahin noch ein sehr weiter und harter Weg war. Bis die Gardisten auf ihren Drachen reiten konnten, gingen sicher noch Monate ins Land.

Prinz Kastriot, der hinter seinem Vater stand, schien an der ganzen Situation nicht besonders interessiert zu sein. Er wirkte gelangweilt und ließ seinen Blick über die Menge schweifen, die sich hier versammelt hatte, um Abschied zu nehmen.

»Soldaten und Soldatinnen!«, rief der König und seine Stimme schallte über den ganzen Hof. Hinter seiner euphorischen Maske sah er unglaublich alt und erschöpft aus. »Von nun an seid ihr keine Rekruten mehr, sondern vollwertige Gardisten, Angehörige der stärksten Truppe, die jemals für Alpetoria kämpfte und kämpfen wird. Das ganze Königreich wird vor Stolz und Bewunderung in Jubelrufe ausbrechen, sobald euer Name fällt! Und auch ihr sollt den Stolz in eurem Herzen tragen, wenn ihr nun fort zieht, um eure Drachen auszubilden. Ein Hoch auf die Feuergarde!«

»Ein Hoch auf die Feuergarde!«, erwiderten alle umstehenden Untertanen und ein tosender Applaus erscholl. Angehörige, Schaulustige und allerlei andere Leute hatten sich inzwischen auf dem Hof versammelt, um neugierig einen Blick auf die Feuergarde zu werfen und ihre Helden zu verabschieden. Strahlende Gesichter leuchteten ihnen entgegen, bewundernde und respektvolle Blicke.

Der König schritt nun die Reihe ab und legte jedem noch einmal die Hand väterlich auf die Schulter, sprach ein paar Worte mit ihm und nickte ihm aufmunternd zu. Die Gardisten wirkten stolz. Carim konnte es ihnen wirklich nicht verdenken.

»Welch ein Meisterstreich von Euch, Drachentöter. Nun gibt es eine Gruppe aus den mächtigsten Soldaten Alpetorias und sie unterstehen nur Euch.«

Erstaunt drehte sich Carim um und blickte in Kastriots Gesicht. Der junge Prinz hatte die Augen zu Schlitzen verengt. Carim wunderte sich, dass der Kronprinz ihn ansprach. Kurz vor seiner Abreise wollte er jedoch keine Konfrontation provozieren.

Kastriot hatte ihm den Vorfall auf dem Markt nie verziehen und Carim hatte Kastriot nie verziehen, dass er ein eingebildeter Schnösel war, dem Titel und Geld ohne eigene Leistung in die Wiege gelegt worden waren.

»Die Feuergarde untersteht einzig und allein dem König und dem Wohl von Alpetoria«, entgegnete Carim kühl und blickte den jungen Mann unverwandt an.

Kastriot verengte die Augen. Carim bemerkte jedoch, dass er die Hände nervös verschränkte.

»Ich weiß genau, was Ihr spielt, Drachentöter. Erst Lord, dann Hauptmann. Was kommt als Nächstes?«

Carim drehte sich wortlos um und ging hinüber zur Garde. Es gefiel ihm nicht, dass der Prinz so viel über ihn zu wissen schien und dies sogar öffentlich äußerte.

Irgendwann würde Kastriot wahrscheinlich König sein und Carims Macht würde in gewissem Maße von seiner Gunst abhängen.

Doch Kastriot würde nie König werden. Nicht, wenn Carim das verhindern konnte.

* * *

Als der König gegangen war, begann eine lange Reihe von Verabschiedungen. Ungeduldig stand Carim an der Seite und schaute zu. Er war nicht traurig, dass niemand da war, um ihn zu verabschieden.

In der Menge erkannte er Lord Daymor und an seiner Seite eine bildhübsche Frau. Neben der Frau stand ein Mädchen, es musste um die zwölf Sommer alt sein und war ein Ebenbild seiner Mutter.

Carim wunderte es nicht sonderlich, dass der Lord solche Strapazen auf sich genommen hatte, um diese Frau zu heiraten. Nach ihrer Begegnung auf dem Ball hatte Carim seinen Knappen nach seinem Vater gefragt und der hatte ihn aufgeklärt, dass Daymor gar nicht sein richtiger Vater war. Carim wunderte das, da Daymor auf dem Ball von Terenc als seinem Sohn gesprochen hatte. Er schien seine Frau wirklich zu lieben, dass er ihre Kinder so bedingungslos als die seinen anerkannte.

Als Carim so zu der glücklichen Familie herüberschaute, sah er, dass Terencs Schwester ihn gebannt anstarrte. Als Carim jedoch ihren Blick erwiderte, zuckte sie zusammen, lief rot an und schaute schnell in eine andere Richtung.

Carim runzelte die Stirn und musterte wieder die Gardisten. Langsam schienen alle mit ihren Verabschiedungen fertig zu sein. Er beschloss, das Ganze ein bisschen zu beschleunigen.

»Ich wünsche euch ebenfalls eine gute Reise«, rief er. »Wenn es keine großen Zwischenfälle gibt, werdet ihr gegen Abend ankommen, hoffentlich vor Einbruch der Dunkelheit. Wie ihr wisst, werde ich mit Vlynnar vorfliegen und euch dort erwarten.« Er nickte ihnen zu und auch für ihn gab es einen kleinen Applaus von den Umstehenden. Dann drehte Carim sich um und hielt auf Vlynnars Stall zu.

Der Drache wartete schon aufgeregt. Die Aussicht, den engen Hof mit den vielen hektischen Menschen verlassen zu können, und das nicht nur für ein paar Stunden, gefiel Vlynnar sehr.

Carim war sehr angespannt, wenn er daran dachte, dass Vlynnar bald auf die jungen Drachen treffen würde. Bisher hatten sie sich nur in der Drachenschule aufgehalten und Vlynnar war ihnen noch nicht begegnet. Carim wusste nicht, was er machen würde, wenn die Drachen nicht miteinander auskämen.

* * *

Eine Stunde später, in der sie über unberührte Landschaften oder belebte Ortschaften geglitten waren, kam ihr neues Zuhause, die Burg Orion, in Sicht. Sie war eine kleine Steinfestung mit nur wenigen Fenstern. Rote und blaue Flaggen wehten auf den Turmspitzen und die wenigen Fenster waren hell erleuchtet.

Früher hatte sie den Angaben des Königs zufolge als Ausbildungskaserne gedient. Die letzten Jahre war sie unbenutzt gewesen, doch die Angestellten des Königs hatten sie wieder bewohnbar gemacht. Carim gefiel der Charme dieser Burg. Klein, aber standhaft wirkte sie in dieser weiten Landschaft wie ein steinerner Wall gegen die Einsamkeit.

Im Schatten der Burg waren zehn Ställe errichtet worden, alle so groß, dass ein ausgewachsener Drache von Vlynnars Größe darin Platz hatte. Die Felder rund um die Burg waren gerodet worden, damit ihnen genug Fläche zum Üben bereitstand.

Sobald Vlynnars riesige Pranken die Grasstoppeln berührt hatten, eilte eine Handvoll Personen herbei. Der König hatte Carim mitgeteilt, dass sie eine zehn Kopf zählende Mannschaft an Dienstpersonal vorfinden würden, die sich um ihre Zimmer und das Essen kümmern sollte. Es gab auch einen Vorratsspeicher mit getrocknetem Fleisch, der ausreichen sollte, bis die Drachen selbst jagen konnten. Carim war da jedoch etwas skeptisch. Junge Drachen fraßen eine ganze Menge Fleisch. Er glaubte nicht, dass die Diener des Königs mit den richtigen Mengen gerechnet hatten.

Ein etwas älterer Mann stellte sich mit einer Verbeugung als Rasiak vor. Carim vermutete, dass er der Anführer der Dienstboten war. Er sprach mit dem Mann ab, dass für den Abend eine kleine Mahlzeit für die eintreffenden Soldaten vorbereitet werden sollte, dann brachte er Vlynnar in seinen Stall. Er suchte für ihn den Schlafplatz aus, der am weitesten von den anderen entfernt war. Die Ställe waren nicht so massiv wie der in Fithár und Carim vermutete, dass diese hier hastig in den letzten Wochen aufgebaut worden waren.

Wäre es nach dem König gegangen, so hätten sie hier schon vor zwei Wochen mit der Ausbildung der Drachen begonnen, doch Carim hatte sich gewehrt. Nicht nur, weil er wollte, dass Rakis Drache vorher schlüpfte, sondern auch, weil er nichts überstürzen wollte. So würde auch Raki mit ihrem noch so jungen Drachen am Anfang noch nicht am Training teilnehmen. Carim wollte, dass zuerst – soweit es möglich war – eine emotionale Bindung zwischen Reiter und Drache entstand.

Den Rest des Tages verbrachte er damit, die Festung und die Umgebung zu erkunden. Die Burg war wirklich nicht sonderlich groß. Der von den dicken Mauern umgebene und mit Sand ausgestreute Hof maß in seinem Durchmesser vielleicht siebzig Schritte. Es gab einen unbenutzten Pferdestall und einige Unterkünfte für die Dienstboten. Alles in allem gefiel Carim diese Burg. Das war ein Ort, an dem er sich wohlfühlen konnte.

Der Burgfried bestand innen nur aus den einigermaßen geräumigen Schlafräumen, einem Essensraum und einer winzigen Küche.

Carims Raum war größer als der in Fithár, jedoch besaß er keinen Spiegel und das Bett quietschte bei jeder Bewegung. Aber er beschwerte sich nicht. Wieso auch? Alles war besser und komfortabler als die Höhle, in der er jahrelang gewohnt hatte. Trotzdem hätte er nichts dagegen gehabt, inzwischen auf seinem Anwesen in Northing wohnen zu können, das er bis jetzt noch kein einziges Mal besucht hatte. Dort gab es bestimmt himmlisch weiche Betten und riesige Räume. Wahrscheinlich hatte er dort sogar seine eigene Waffenkammer!

Neben der Burg begann ein kleiner Wald. Carim hoffte, dass es darin genug Tiere gab, um später sieben ausgewachsene Drachen ernähren zu können. Wenn nicht, würden sie sich etwas anderes ausdenken müssen.

Der König hatte nicht verlauten lassen, wie lange sie hierbleiben sollten. Carim hatte ihm erklärt, dass das Training der Drachen wahrscheinlich mindestens ein halbes Jahr in Anspruch nähme. Er hoffte jedoch, dass der König nicht übereifrig sein würde und in einem halben Jahr schon ihr erster Einsatz anstünde.

Als Carim alles erkundet hatte, kehrte er zurück. Vlynnar war nicht zu sehen, wahrscheinlich testete er die neuen Jagdgefilde aus und versetzte die Tiere des Waldes in Angst und Schrecken. Carim legte sich in Vlynnars Stall in das Stroh und entspannte sich. Die nächsten Tage und Wochen würden nicht so entspannt werden. Also genoss er die letzten Minuten der Ruhe.

* * *

Eine Stunde nach Sonnenuntergang trafen die Gardisten auf ihren ermüdeten Pferden ein, hintendrein die noch erschöpfter wirkenden Ackergäule und Esel. Einige der Drachen auf den Karren fauchten unentwegt, andere schienen zu schlafen.

Feynir führte die Gruppe wie selbstverständlich an. Carim fragte sich, wieso es sich Viscar gefallen lies, dass dieser junge Bursche, der noch grün hinter den Ohren war, die Anführerrolle ergriff, obwohl der Krieger doch schon auf den ersten Blick viel mehr Lebenserfahrung zu haben schien.

Rasiak und Carim begrüßten die Neuankömmlinge, die sich dankbar über die Suppe hermachten, die für sie im Speisesaal bereitstand. Bevor die Gardisten ihre Zimmer bezogen, wurden zunächst die Drachen in ihre Ställe gebracht.

Carim hatte überlegt, Vlynnar für die ersten Tage eine Kette umzubinden, den Gedanken jedoch schnell wieder verworfen. Das würde sich der Drache niemals gefallen lassen. Nun beobachtete er also mit schweißnassen Händen, wie Vlynnar von seinem Stall aus mit wachen Augen beobachtete, wie die jungen Drachen in ihre Ställe gebracht, dort aus den Käfigen gelassen und dann festgebunden wurden. Er lag auf dem Boden und hatte die Schnauze auf die Pfoten gelegt. Doch sein hektischer Blick verriet, dass er nicht so entspannt war, wie es seine Körperhaltung vermuten ließ.

Feynir wollte wohl wieder einmal seine Position unterstreichen und suchte sich den Stall neben Vlynnar aus.

»Ich glaube nicht, dass das so eine gute Idee ist«, ermahnte ihn Carim und ging auf ihn zu. Feynir verschränkte nur die Arme und drehte sich zu ihm um.

»Und wieso nicht?«, entgegnete Feynir mit einem beinahe empörten Unterton in der Stimme.

Carim nickte zu Vlynnar, dessen feuerrote Augen nervös hin und her zuckten und der seine Krallen in den Boden grub.

»Vlynnar ist zurzeit ohnehin nervös, da so viele mögliche Rivalen hier einziehen. Da sollte die größte und aggressivste Drachendame nicht gerade im Stall direkt neben ihm wohnen.«

Feynir fasste es wohl als persönliche Beleidigung auf, dass Carim seinen Drachen als aggressiv bezeichnete.

»Dann soll sich Euer Drache zügeln. Von meinem Drachen geht gerade jedenfalls keine aggressive Stimmung aus.«

Das sehe ich anders, dachte Carim, als er sah, dass Eylia ebenfalls zu Vlynnar hinüberschaute und ihren winzigen Kamm aufgestellt hatte. Doch er wollte sich nicht in ein erfolgloses Wortgefecht verwickeln lassen.

»Ganz egal, von wem ein Angriff oder eine Provokation ausgehen wird, Vlynnar wird Euren Drachen zerfleischen. Und das noch bevor ihm irgendjemand, ob ich oder Ihr, zu Hilfe eilen könnte.«

Feynirs Blick zuckte zu Vlynnar und ein ängstlicher Schatten huschte über sein Gesicht. Anscheinend war jedoch sein Stolz zu groß und Nachgeben kam für ihn in dieser Situation nicht mehr in Frage. Er hielt die Arme vor dem Körper verschränkt und presste die Lippen zusammen.

»Wenn es soweit ist, reiche ich Euch kein Taschentuch«, murmelte Carim nur, drehte sich dann um und ging weiter. Auch er selbst würde keine Träne verdrücken, sollte Vlynnar Feynirs Drachen zerfleischen.

Im nächsten Stall traf er auf Raki. Ihr Drache schien ein besonders ruhiges Gemüt zu besitzen, denn anstatt wie die anderen Drachen an ihren Ketten zu zerren, hatte er sich in einer Ecke zusammengerollt und schlief. Carim kam diese Haltung etwas sonderbar vor, da Rotfeuerdrachen meistens ein eher stürmischer Charakter zugeschrieben wurde. Er hoffte um Rakis Willen, dass mit dem Tier alles stimmte.

Raki stellte gerade den leeren Käfig beiseite. Die ganzen letzten Tage hatte Carim sich überlegt, was er wohl zu ihr sagen würde. Er musste mit ihr reden. Das stand fest. Denn er wollte wissen, wie es mit ihnen weitergehen sollte.

»Können wir uns unterhalten?«, fragte er deshalb und Raki zuckte zusammen. Sie schien wohl sehr in Gedanken versunken gewesen zu sein. Normalerweise war es nicht typisch für eine Offizierin wie sie, eine von hinten ankommende Person nicht zu bemerken. Erschrocken drehte sie sich um und als sie ihn erkannte, zuckten ihre Blicke nach links und rechts. Doch niemand schien sie zu bemerken; alle waren gerade mit ihren eigenen Drachen beschäftigt.

»Ja?«, fragte sie und schaute ihm fest ins Gesicht. Ihre Miene verriet ihre Gefühle in keiner Weise. Sie war nun nicht mehr die junge, verliebte Frau im Kleid, die sich von einem Soldaten verführen lies, als er sie mit auf seinem Drachen fliegen ließ. Sie war nun wieder Hauptmann Raki, die unnahbare Soldatin, als die er sie kennengelernt hatte. Carim wusste, dass das nur teilweise eine Fassade war.

»Über uns beide.«

Raki nickte und ging etwas weiter in den Stall, wo sie auf einem Strohballen Platz nahm. Carim setzte sich ihr gegenüber. Er holte tief Luft.

»Ich wollte nur wissen, wie es mit uns weitergeht, ich …« Carim lachte auf und strich sich mit der Hand über die kurzen Haare. »Normalerweise habe ich mit so etwas keine Probleme.«

Ein Lächeln zuckte über Rakis Gesicht und sie schaute ihm in die Augen. In diesem Moment wusste Carim, dass er sie für sich gewonnen hatte. Er nahm ihre Hand.

»Ich weiß nicht, wie du das siehst, aber für mich war das keine kleine Affäre. Ich denke, da ist mehr. Oder dass wir wenigstens ausprobieren sollten, ob da mehr ist.«

Raki schwieg und sah ihn nur weiter unverwandt an. Carim lächelte unsicher. »Und? Was meinst du?«

Raki zögerte noch einen Moment. Dann erwiderte sie sein Lächeln und strich mit ihrem Daumen sanft über Carims Hand. Das war ihm Antwort genug und er grinste.

Raki runzelte sie Stirn. »Aber es ist besser, wenn niemand, wirklich niemand, davon erfährt. Ist das klar?«

Carim nickte und grinste nur noch breiter.

Raki ließ seine Hand los und presste die Lippen in einer Art aufeinander, die ihm gar nicht gefiel.

»Ist noch etwas?«, fragte er sie.

Raki zuckte mit den Schultern.

»Ja, aber es hat nichts mit dir zu tun. Es ist etwas, das mich ziemlich belastet, seit ich es gestern bei Hofe erfahren habe.«

Als sie sah, dass Carim sie fragend anschaute, fuhr sie fort: »Der König hat einen Überraschungsangriff auf die Dardanier geplant, der in wenigen Tagen stattfinden soll. Er ist der Meinung, dass wir sie angreifen und eine ihrer Grenzfestungen einnehmen sollten, so wie sie es mit Marlaut getan haben, solange wir noch eine größere Armee haben.« Sie seufzte. »Ich fürchte, er ist geblendet von seiner Trauer um seinen Sohn. Und nun schickt er vielleicht seinen anderen in den sicheren Tod.«

Carim schüttelte den Kopf über diese überaus dumme Entscheidung des Königs. Beim letzten Satz schwante ihm jedoch noch Übleres.

»Du meinst ...?«

»Ja«, antwortete Raki, als habe sie seine Gedanken gelesen. »Unser hochgeschätzter Kronprinz führt den Angriff an.«

Kapitel 29

Trockene Tränen

Die nächsten Tage wurden noch anstrengender, als er es sich vorgestellt hatte. Zunächst trainierten sie nicht zusammen, sondern einzeln, und jeder der Drachenreiter hätte am besten seinen eigenen Lehrer gebraucht. Doch es gab nur Carim, der sich mit Drachen auskannte. Also lief er von Stall zu Stall, bellte Anweisungen und gönnte sich keine Pause. Manchmal fragte er sich, wieso er das alles überhaupt tat. Dann rief er sich wieder die enorme Geldsumme ins Gedächtnis, die der König ihm versprochen hatte, und seine Motivation stieg wie von Zauberhand.

Die meiste Zeit verbrachten die Gardisten damit, eine Verbindung und Vertrauen zu ihren Tieren aufzubauen. Dies versuchten sie, indem sie sie fütterten und ihnen nach und nach mehr Auslauf gewährten.

Rakis Drache schlief immer noch die überwiegende Zeit, was Carim sehr besorgte.

Im krassen Gegensatz dazu stand die Drachendame von Feynir. Seit sie aus dem Käfig gelassen worden war, ließ sie niemanden an sich heran. Carim befahl den Soldaten und Knappen, bei ihr besondere Vorsicht an den Tag zu legen und besonderen Abstand zu halten. Sie schlug oft sinnlos mit ihren Krallen um sich und brüllte ohrenbetäubend, was nicht nur die Menschen, sondern auch die anderen Drachen nervös machte. Doch die Drachendame wuchs rasant weiter und bald würde es an der Zeit sein, dass sie ihre ersten Flugversuche unternehmen musste. Carim hatte sich noch nicht viele Gedanken darüber gemacht, wie sie das bewerkstelligen sollten. Seine eigene Methode mit der Schnur, die er damals bei Vlynnar hatte anwenden wollen, war schließlich kläglich gescheitert. Doch eine andere Idee hatte er bis jetzt auch nicht. Sie könnten höchstens die Drachen freilassen und darauf vertrauen, dass sie zurückkommen würden, sobald sie kein Fressen mehr fanden.

Carim ging schnellen Schrittes an den Ställen vorbei und beobachtete die anderen bei ihren Arbeiten mit den Drachen. Der narbige Veteran kam bis jetzt am besten mit seinem Drachen zurecht. Sie schienen sich ausgezeichnet zu verstehen und der Drache sah den Soldaten wohl als Muttersatz an. Bei den beiden hatte Carim keine Sorge, was das Fliegen und Gehorchen anging.

Als er seine Runde gemacht hatte und sich für diesen Tag seine erste Pause gönnte, ging er hinüber zu Vlynnar in den Stall. Er war sehr stolz auf den Drachen, der angesichts der vielen Artgenossen zwar nervös gewirkt, sich jedoch sehr beherrscht hatte. Vielleicht würden ihn die Jungdrachen doch noch als Anführer akzeptieren.

Er betrat Vlynnars Stall, ging zu ihm hin und strich ihm mit der Hand über den schuppigen Kopf. Das tat er selten. Der Drache genoss die Berührung sichtlich. Carim fragte sich, ob Vlynnar sich vielleicht oft einsam fühlte. Das erste Jahr seines Lebens hatte er fernab von seinen Artgenossen gelebt, hatte nie eine Mutter gehabt, oder einen Anführer, dem er sich unterordnen musste, oder einen Partner, mit dem er sich messen konnte.

Manchmal tat es Carim leid, dass Vlynnar einen so hohen Preis für sein eigenes Machtstreben bezahlen musste und er fragte sich, ob es das alles wert sei. Doch die Antwort war immer dieselbe: Du musst nach den Sternen greifen, dem Höchsten, was dir vorschwebt; sonst wirst du für immer ein Niemand bleiben, von den anderen mit Füßen getreten. Das hatte Carim zu oft am eigenen Leibe erfahren müssen.

* * *

Ein Schrei ließ ihn zusammenzucken und er wirbelte herum. Auch Vlynnar riss alarmiert die Augen auf und richtete sich zu voller Größe auf. Carim rannte auf den Ausgang des Stalls zu und um die Ecke. Er sah sofort, wo der Schrei hergekommen war: Feynir stand vor dem Stall seiner Drachendame und hielt eine Kette in der Hand, an deren Ende ebendiese zerrte und zerrte – *sie flog.*

»Verdammter Narr!«, brüllte Carim, als er erkannte, dass Feynir dasselbe hatte probieren wollen wie er damals, und das, obwohl Carim alle Gardisten darüber aufgeklärt hatte. Nun zerrte Eylia mit aller Kraft an ihrer Kette und Feynir hielt sie mit verzerrtem Gesicht in den sicherlich stark schmerzenden Händen. Carim wollte ihm zur Hilfe eilen, als Eylia sich mit einem Ruck nach oben riss und Feynir nach vorne geschleudert wurde. Die Kette entglitt seinen Händen und mit einem Schlag und einem abscheulichen Knacken stürzte er auf den Boden. Sofort eilte sein Knappe, der die ganze Zeit wie gelähmt dabeigestanden hatte, ihm zur Hilfe.

Auch die anderen Gardisten strömten nun herbei und schauten mit offenen Mündern zu, wie Eylia sich schwerfällig in die Lüfte erhob, immer gegen die schwere Kette ankämpfend.

Sie flieht, dachte Carim. *Und sie wird sicher nicht wiederkommen.*

»Vlynnar!«, brüllte er. Der Drache schnellte aus dem Stall und erhob sich in die Luft, bevor Carim seinen Namen zu Ende gerufen hatte. Mit einem einzigen Flügelschlag hatte er Eylia eingeholt, die sich brüllend und fauchend zu ihm umdrehte. Zwar war die Drachendame um ein vielfaches kleiner, doch sie war schnell und ihre Krallen scharf. Carim hoffte, dass sein Drache seine Gegnerin nicht unterschätzte.

Vlynnar brüllte Eylia an. Carim fragte sich, ob er gerade versuchte, in der Sprache der Drachen mit ihr zu kommunizieren. Eylia schien davon jedoch nicht beeindruckt zu sein, denn sie brüllte wütend zurück und huschte unbeholfen vor Vlynnar hin und her.

Vlynnar wusste anscheinend nicht, ob er sie angreifen oder nur einschüchtern sollte. Er schnellte nach vorne und schlug mit der rechten Vorderpranke nach ihr. Eylia wollte ausweichen, war jedoch noch nicht geschickt genug und wurde von der Pranke mitten in den geschuppten Leib getroffen. Dadurch wurde sie mit enormer Wucht auf den Boden geschleudert und eine Staubwolke stieg auf, als sie heftig aufschlug. Als der Staub sich gelegt hatte, sah Carim, dass sie wohl nicht verletzt war.

Sie saß dort, mit angespannten Muskeln und vor Wut glühenden Augen. Sobald sie wieder Sicht auf Vlynnar hatte, stieß sie sich ab und schnellte mit einem hohen Kreischen auf ihn zu. Vlynnar war zu groß und schwer, um so schnell auszuweichen. Mit einiger Wucht krachte Eylia in seinen linken Flügel. Vlynnar schrie schmerzerfüllt auf, als Eylia mit ihren Krallen um sich schlug und den Flügel zerfetzte.

Er konnte sich nicht mehr in der Luft halten. Begleitet von einem klagenden Brüllen stürzte er zu Boden und riss Eylia mit sich. Mit einem ohrenbetäubenden Splittern krachten die beiden Drachen von oben in Eylias Stall und eine Wolke aus Splittern und Staub erhob sich.

Carim rannte sofort auf den Stall zu, versuchte sich durch zersplittertes Holz und Balken zu wühlen, um zu seinem Drachen vorzudringen.

»Vlynnar!«, brüllte er immer wieder und seine Kehle schmerzte, als Staub in sie eindrang. Er hustete und drang dann weiter vor. Bald entdeckte er Vlynnar, der trotz des Staubes und der Trümmer nicht zu übersehen war. Carim kletterte über einen zerfetzten Strohballen und legte Vlynnar eine Hand auf den Kopf. Er hatte die Augen geschlossen.

»Vlynnar«, flüsterte er besorgt. »Vlynnar, wie geht es dir? Bist du wach?« Doch der Drache regte sich nicht. Carims Blick wanderte an ihm hinab und mit Entsetzen sah er, dass sich ein Holzbalken durch Vlynnars Vorderbein gebohrt hatte. Er schien zersplittert zu sein und Carim biss die Zähne zusammen. Er befürchtete das Schlimmste.

»Hilfe!«, schrie er und hoffte, dass die anderen Gardisten ihn hören und zu ihm kommen würden. Allein konnte er Vlynnars Bein nicht hochheben und den Balken entfernen.

»Wach auf, Vlynnar, wach doch auf!«, brüllte er den Drachen in aufkommender Panik an und schlug ihm gegen den schuppigen Hals. Doch Vlynnar regte sich nicht. Carim zitterte am ganzen Körper. Ein Kloß saß in seinem Hals. Noch nie in seinem ganzen Leben hatte er sich so hilflos gefühlt.

Verzweifelt vergrub er sein Gesicht in den Händen. Er fühlte etwas Merkwürdiges auf seinen Fingern, nass und warm und dachte zuerst, er würde bluten. Doch wo sollte er sich verletzt haben? Er schaute auf seine Hände hinab, konnte jedoch kein Blut auf ihnen erkennen, sondern Wassertropfen. Wasser? Da fiel es ihm wie Schuppen von den Augen: Er weinte.

Seit über fünfzehn Jahren hatte Carim nicht mehr geweint und nun hatte ihn dieses Tier dazu gebracht. Es machte Carim wütend und traurig zugleich.

»Carim? Wo bist du?«

Carim wirbelte herum und sah Raki, Viscar und Alisa auf ihn zukommen, gemeinsam mit Terenc und ein paar anderen Knappen, die Carim nicht zuordnen konnte. Schnell wischte er sich die Tränen aus dem Gesicht und winkte ihnen zu.

»Hier!«, brüllte er. »Kommt her!«

Seine Helfer entdeckten ihn und bahnten sich durch die Trümmer einen Weg zu ihm. Als Raki sah, was mit Vlynnar passiert war, schlug sie die Hände vor den Mund und riss entsetzt die Augen auf.

»Ist ... ist er tot?«, fragte sie mit erstickter Stimme.

Dieser Satz löste bei Carim eine merkwürdige Taubheit aus. Er selbst hatte diesen Gedanken so weit wie möglich von sich weggeschoben. War er das? War Vlynnar tot? Sollte der großartige Drache hier sterben, aufgespießt von einem Holzbalken, wegen eines kleinen Kampfes mit einem Jungdrachen? Carim schluckte und seine Kehle fühlte sich hart und trocken an.

»Er lebt.« Die rettenden Worte drangen kaum zu Carim vor. Benommen sah er sich um. Alisa hatte gesprochen. Sie war zu Vlynnars Flanke vorgedrungen. Nun, da Carim genau hinschaute, sah er, dass sich seine Seite langsam hob und senkte. Mit einem Mal war es ihm, als müsste er wieder Tränen vergießen, dieses Mal jedoch aus Erleichterung und vor Freude.

»Wo ist Eylia?«, erkundigte sich Raki und schaute sich um. Carim runzelte die Stirn. An Feynirs Drachen hatte er bis jetzt noch keinen Gedanken verschwendet und eigentlich war es ihm auch egal, was mit ihr passiert war. Hauptsache, Vlynnar lebte.

Wieder rief Alisa zu ihnen herüber.

»Hier ist sie! Unter dem Flügel! Sie lebt ebenfalls noch.«

Kurzes Bedauern flackerte in Carim auf. Wenn Eylia tot gewesen wäre, wäre er nicht nur die aufbrausendste und unzähmbar erscheinende Drachendame los, sondern auch ihren Besitzer.

Zusammen mit dem Vernarbten zogen sie Eylia unter Vlynnars Flügel hervor. Sie sah schrecklich aus, über und über mit Blut bedeckt. Als Carim daran dachte, dass viel von diesem Blut auch das von Vlynnar sein konnte, als sie seinen Flügel zerrissen hatte, stieg Wut in ihm hoch. Alisa brachte den Jungdrachen nach draußen, während die anderen bei Vlynnar blieben.

Carim umfasste das Bein des Drachen oberhalb des Balkens und versuchte es hochzuheben … Darin sah er die einzige Möglichkeit, wie sie das Holz herausziehen ziehen konnten.

Doch Vlynnar war unglaublich schwer und so sehr die drei zogen und zerrten, der Drache bewegte sich keinen Zentimeter. Verzweifelt wischte sich Carim seine Hände an der Hose ab, die nass waren vor Blut. Wenn Vlynnar nicht aufwachte und sich hier selbst herausschaffte, sah er keine Möglichkeit ihm zu helfen.

»Vlynnar!«, rief er deshalb und schlug dem Drachen mit der Faust gegen den Kopf. Doch es half nichts, außer dass sich Carim an den Schuppen die Knöchel aufschnitt. Er fluchte. Inzwischen hatte sich der Staub gelegt und Carim konnte zurück zum Hof schauen. Eylia lag in der Mitte und die restlichen Gardisten versuchten, ihr irgendwie zu helfen. Feynir stand etwas abseits, hielt seine Hand umklammert und tat so, als sei er der ernsthaft Verwundete.

Carim fluchte wieder und schaute zu Vlynnar. Der Drache regte sich noch immer nicht. Sie würden abwarten müssen, bis er aufwachte.

Ob er überhaupt aufwacht?, fragte sich Carim und hielt sich die schmerzende Hand. Doch bis es soweit war – an die Alternative wollte Carim nicht weiter denken –, konnte er sich immerhin schon um Vlynnars restliche Wunden kümmern.

Carim stieg über einen Berg aus zersplittertem Holz und kam an Vlynnars linkem Flügel an. Ein riesiges Loch klaffte darin, das Eylia mit Krallen und Zähnen hineingerissen hatte. Carim presste die Lippen zusammen. Das sah gar nicht gut aus.

»Carim! Carim, er wacht auf!«, rief Raki plötzlich hinter ihm.

Carim wirbelte herum. Tatsächlich, Vlynnars Augenlider flackerten kurz. Dann öffnete er sie zögerlich. Ein klägliches Brummen entfloh seinem Brustkorb.

Carim stolperte zurück und legte dem Drachen eine Hand auf den Kopf. Wieder liefen ihm warme Tränen über die Wangen, doch er hielt sie nicht mehr zurück.

»Vlynnar, geht es dir gut?«

Der Drache schien nicht recht zu wissen, wo er war und wollte sich aufrichten. Doch dann kehrte wohl der Schmerz zurück und er heulte auf.

»Jetzt! Helft mir, den Balken herauszuziehen!«, schrie Carim Raki und dem Vernarbten zu. Die beiden waren sofort zur Stelle und griffen nach dem Holz, das aus Vlynnars Vorderbein ragte. Vor Schmerz brüllte der Drache unentwegt, ließ sich jedoch nicht wieder fallen, sodass die Drei das Holz umfassen konnten.

»Auf Drei!«, schrie Carim und hoffte, dass Vlynnar sich so lange zusammenreißen konnte. »Eins ... zwei ...« Die beiden anderen nickten ihm zu. »Und drei!«

Mit einem gewaltigen Ruck rissen sie das Holzstück aus Vlynnars Wunde. Wieder schrie der Drache schmerzerfüllt auf und schlug wild um sich, sodass sich Carim, Raki und der Vernarbte nur knapp unter seinen Pranken hinwegducken konnten.

Vlynnar schlug die Trümmerstapel vor sich mit den Vorderpranken beiseite, sodass Splitter durch die Luft flogen und auf Carim hinabrieselten. Dann stürmte der Drache aus den Überresten des Stalls hinaus auf den Hof. Carim stürmte zusammen mit Raki hinterher. Schnell brachten sich die übrigen Gardisten in Sicherheit.

Doch Vlynnar wollte weder fortlaufen, noch irgendjemandem Schaden zufügen. Er rannte nur in seinen Stall und ließ sich erschöpft auf den Boden sinken. Den verletzten Flügel legte er vorsichtig neben sich ins Stroh. Die Wunde sah grässlich aus. Einzelne Holzsplitter steckten noch in ihr und Blut strömte immer noch daraus hervor.

Vlynnar schaute hinab auf sein Vorderbein und dann wieder weg. Seine Miene verriet, dass er ratlos war.

Raki blieb sicherheitshalber vor dem Stall stehen, doch Carim trat ein. Vlynnar schaute ihm misstrauisch entgegen, doch tat nichts, als Carim nähertrat und die Wunde begutachtete.

»Kannst du mir Verbände bringen? Stoffe? Irgendetwas in der Art?«, wandte sich Carim an Raki, die nickte und verschwand.

Dann wandte er sich wieder der Wunde zu. Er würde sie soweit von Splittern befreien, wie es nur ging, dann reinigen, verbinden und hoffen, dass Vlynnars Körper den Rest selbst überstehen würde.

»Jetzt wird es ein bisschen wehtun. Ich wäre dir sehr dankbar, wenn du nicht wieder um dich schlagen würdest, ich habe nämlich nicht so einen harten Panzer wie du.« Er strich dem Drachen noch einmal über die Schnauze, dann wandte er sich der Wunde zu. Er griff nach dem ersten Splitter, der fast so dick wie sein Daumen war, und zog ihn heraus. Vlynnar zuckte zusammen und brüllte kurz auf. Seine Pranken blieben jedoch am Boden. Carim nickte und zog dann nacheinander alle anderen Holzstücke heraus, die groß genug waren, dass er sie ohne Probleme greifen konnte. Währenddessen sprach er leise auf den Drachen ein. Seine Stimme schien ihn etwas zu beruhigen.

Inzwischen war Raki zurückgekommen und hatte neben großen Stoffbahnen auch noch einen Eimer mit Wasser mitgebracht. Carim dankte ihr im Stillen dafür, dass sie so mitgedacht hatte und nahm ihr dann Eimer und Stoffe aus der Hand. Er riss ein Stück ab, tunkte es in den Eimer und wischte vorsichtig über die Wunde, die inzwischen aufgehört hatte zu bluten.

Vlynnar fauchte und zog sein Bein zurück, riss sich dann aber zusammen und blieb ruhig liegen. Am Schluss wickelte Carim zwei der Stoffbahnen um Vlynnars Bein und band sie fest. So würde wenigstens kein weiterer Dreck eine Entzündung begünstigen.

Erschöpft strich er Vlynnar noch einmal über die Schnauze, lächelte ihm dann aufmunternd zu und verließ den Stall. Vlynnar musste sich nun ausruhen.

Im Hof warteten Raki und eine weitere Person, die Carim noch nie gesehen hatte. Dass es weder einer der Gardisten, noch einer der Diener oder der Knappen war, stimmte Carim misstrauisch.

Die Person redete auf Raki ein, doch diese hatte die Arme verschränkt und verwehrte ihm wohl Zugang zu dem Stall. Als Carim den Stall verließ, hellte sich die Miene des Mannes auf und er kam auf ihn zugelaufen. Der Fremde hatte schwarzes Haar und wache Augen, die nun aufgeregt aufleuchteten.

»Lord! Lord von Northing! Endlich! Diese ... diese *Frau* hat mich davon abgehalten, Euch aufzusuchen, ich ...«

»Was sie mit voller Befugnis getan hat. Wer seid Ihr?« Carim baute sich vor dem Mann auf. Dieser schluckte und zögerte kurz, begann dann jedoch sofort, die Worte auf Carim einprasseln zu lassen.

»Ich komme als Bote des Königs. Er befiehlt, dass Ihr sofort nach Fithár zurückkehren sollt. Sofort! Er duldet keinen Aufschub!«

»Um was handelt es sich bei dieser dringenden Sache?«

»Das kann ich Euch leider nicht sagen. Der König will nur unter vier Augen mit Euch darüber sprechen. Doch er sagte mir, es gehe um Leben und Tod.«

Carim verschränkte die Arme. »Nennt mir einen Grund, wieso ich mitkommen sollte. Wie Ihr vielleicht bemerkt habt, hat sich mein Drache schwer verletzt und benötigt nun meine ganze Hilfe.«

Der Bote schluckte. Sein Blick zuckte erst nervös zu Boden, dann wieder zu Carim. Solche unloyalen Worte aus dem Munde eines Lords schienen ihn zu verunsichern.

»Der König sagte mir, dass er einen Auftrag für Euch habe. Und dass er Euch eine hohe Belohnung zahlen würde. Höher, als alle anderen zuvor. Und wenn ihr nicht mit mir nach Fithár kommt, wird der König eine Gruppe Soldaten schicken, um Euch zu holen.«

Carim runzelte die Stirn. Die Sache schien wirklich dringlich zu sein. Es wirkte beinahe, als habe der König bereits damit gerechnet, dass Carim ablehnen würde. Ratsuchend sah er sich zu Raki um, die nur die Schultern hochzog. Dann schaute er wieder zum Boten.

»Ich werde mit Euch kommen. Aber erst morgen früh, wenn ich mich vergewissert habe, dass Vlynnar die Nacht gut überstanden hat.«

Der Bote schaute, als habe ihm Carim gerade erzählt, er plane einen Anschlag auf den König.

»Dass ... ich ... Der König hatte gehofft, dass Ihr mit Eurem Drachen fliegen und heute noch ankommen würdet!«

Bei dieser Aussage wurde Carim wütend. Er versuchte sich zu beherrschen und presste die Hände zu Fäusten zusammen. Seine Stimme klang noch immer bedrohlich, als er sagte:

»Wie ich eben schon gesagt habe, ist mein Drache schwer verletzt. Er wird nirgendwo hinfliegen, da kann mir der König so hohe Belohnungen bieten, wie er will.«

Der Bote schluckte und nickte. Er war wohl zu eingeschüchtert, um jetzt noch zu widersprechen.

»Gut, dann … brechen wir morgen auf …« Er schluckte, verbeugte sich dann steif, drehte sich um und eilte zum Gebäude zurück. Als er verschwunden war, ging Carim auf Raki zu und nahm sie in seinen Arm. Er vergrub sein Kinn in ihren Haaren und atmete tief ihren Duft ein. Es tat gut, sie einfach nur zu halten und für einen Moment war es ihnen fast egal, ob es jemand sah.

Kapitel 30

Das dritte Angebot

Am nächsten Morgen brachen sie in aller Frühe auf. Carim hatte auf Raki eingeredet und sie gebeten, hier bei Vlynnar zu bleiben. Aber sie hatte sich energisch geweigert.

»Dein Knappe wird sich besser um den Drachen kümmern, als ich es könnte«, hatte sie gesagt. »Ich will mitkommen. Ich ahne etwas Düsteres. Wahrscheinlich hat es mit dieser Mission von Kastriot zu tun.«

Irgendwann hatte Carim eingesehen, dass er eher Vlynnar zum Tanzen würde bringen können, als Raki dazu hierzubleiben. Also sattelten sie ihre Pferde und ritten in Begleitung des Boten los, bevor die Sonne ganz aufgegangen war.

Carim hatte mehr als eine Stunde mit seinen Gardisten geredet, bevor sie aufgebrochen waren. Er wusste nicht, wie lange er wegbleiben würde. Die Leitung hatte er vorrübergehend in Dirans Hände gelegt. Die Entrüstung, die das bei Feynir ausgelöst hatte, war mit Händen greifbar gewesen. Doch Carim trug ihm auf, sich erst einmal um seine Drachendame und um seine gebrochene Hand zu kümmern. Da konnte er nicht auch noch die Verantwortung für ein ganzes Lager übernehmen – selbst wenn es Carim zugelassen hätte.

Die Anderen stimmten ihm da voll zu. Der Vorfall mit Eylia hatte wohl ihre Achtung vor Feynir erheblich geschmälert.

Am längsten hatte Carim gebraucht, als er sich von Vlynnar verabschiedet hatte. Seit über einem Jahr waren sie kaum einen Tag getrennt gewesen. Es war ein ungewohntes und falsches Gefühl, ihn hier zurückzulassen, allein und dazu noch wegen seiner Verletzungen schutzlos. Doch Carim wollte seine Ziele nicht aus den Augen verlieren. Er war zu weit gekommen, um seinen Plan jetzt aus den Augen zu verlieren. Wenn er dem König erneut weismachte, wie sehr dieser auf ihn angewiesen war, wäre er ein ganzes Stück weitergekommen.

Er wusste, dass Vlynnar stark war und das hier überstehen würde. Außerdem musste er Raki zustimmen. Terenc würde sich gut um ihn kümmern.

Carim war nie ein guter Reiter gewesen, jedenfalls nicht auf dem Rücken eines Pferdes. Er war nur wenige Male in seinem Leben geritten, das erste Mal, als sein Vater ihn als kleiner Junge auf den Ackergaul seines Großvaters gesetzt hatte.

Schon nach weniger als einer Stunde taten Carim die Beine weh, da er nicht wusste, wann und wie er sein Gewicht verlagern musste. Er wünschte sich auf Vlynnars Rücken zurück. Raki versuchte ihn zwischendurch aufzumuntern, doch Carims Stimmung verdüsterte sich mit jeder Meile, die sie sich Fithár näherten. Immer wieder musste er an Vlynnar denken und an die Drachenschule und daran, was ihn am Hofe erwartete.

Als sie einige Stunden später in Fithár ankamen, schließlich hatten sie diesmal keine mit Drachen beladenen Karren dabei, war der Bote aufgeregt wie nie. Carim vermutete, dass er Angst hatte, vor dem König die Verantwortung für Carims verspätetes Kommen zu übernehmen.

Um zur Burg zu kommen, mussten sie ein Stück durch die Stadt reiten. Carim hatte die Stadt noch nie reitend durchquert, aber schon oft verachtend zu den Adligen aufgeschaut, die durch die Straßen ritten und ihn von oben herab betrachteten. Nun saß Carim selbst hier oben auf dem Rücken eines Pferdes und schaute auf die Bettler hinunter, die an den Straßenecken saßen. Es fühlte sich merkwürdig an, beinahe fühlte er sich schuldig.

Am Hofe angekommen stiegen sie sofort ab und mussten sich beeilen, dem Boten zu folgen. Er führte sie zum Arbeitszimmer des Königs. Carim fragte sich, woher er so genau wusste, dass der König sich dort aufhielt.

Als Carim und Raki das Zimmer betraten, schaute Berens von seinem über und über mit Dokumenten bedeckten Schreibtisch auf. Sofort weiteten sich seine Augen und er lief rot an. Ob vor Wut oder wegen irgendeiner anderen Gefühlsregung, das wusste Carim nicht.

»Drachentöter! Endlich seid Ihr hier! Ihr hättet schon gestern Abend eintreffen sollen.« Sein Blick huschte zu dem Boten, der sich am liebsten hinter Raki versteckt hätte.

»Es gab einen Zwischenfall in der Drachenschule, der mich gezwungen hat, mit dem Pferd anzureisen«, antwortete Carim gelassen.

Man sah dem König an, dass er nachhaken wollte, sich dann jedoch besann. Es gab wohl Wichtigeres zu klären.

»Drachentöter, ich habe einen Auftrag für Euch. Ein Nein werde ich nicht akzeptieren.« Carim fragte sich, wie oft er diese Worte noch hören würde. Der König seufzte und stützte kurz seinen Kopf in die Hände. Dann schaute er wieder auf. Aus seinem Blick sprach pure Verzweiflung.

»Kastriot ist in den Händen der Dardanier.«

Carim zog überrascht die Augenbrauen hoch und Raki neben ihm zog scharf die Luft ein. Er beschloss, den Unwissenden zu spielen, und fragte: »Ich wusste nicht, dass Kastriot wieder an der Front war. Haben sie uns angegriffen?«

Der König lief noch roter an, als er ohnehin schon war.

Immerhin erkennt er die Torheit seines Handelns, dachte Carim und verschränkte die Arme. Gespannt wartete er auf die Erklärung des Königs.

»Ich habe Kastriot und einige andere Hauptmänner mit einem Teil der Armee zu einem Angriff auf die Burg Irning geschickt.«

Er schaute Carim fast trotzig in die Augen, als erwarte er nun Kritik.

Doch Carim fragte nur: »Und er wurde gefangen genommen?«

Der König nickte. »Er und ein paar andere Offiziere. Ich habe einen Brief von den Dardaniern erhalten.«

»Was stand darin?«, fragte Raki. »Eine Lösegeldforderung?«

Der König schüttelte langsam den Kopf. »Wenn es doch nur das wäre. Der dardanische König verlangt von mir, ihnen Marlaut auszuliefern.«

»Was?«, empörte sich Raki und trat einen Schritt nach vorne. »Meint Ihr das ernst? Das ist eine vollkommen unzumutbare Forderung!«

Carim nickte langsam. Der König wusste bereits, dass er auf diesen Handel nicht eingehen würde. Jetzt kam er selbst ins Spiel.

»Und weil Ihr ihnen Marlaut nicht übergeben werdet, dachtet Ihr, Ihr schickt Euren ehrwürdigen Diener, den Drachenreiter, damit er die Dardanier mit einem Flammenhauch vom Thron pustet?«

Der König wich seinem Blick aus. Carim nahm das als Beweis, dass er mit seiner Vermutung nicht so weit danebengelegen hatte.

»Bei allem Respekt, Majestät«, begann Carim. *Den ich nicht für Euch habe,* fügte er im Stillen hinzu. »Vlynnar und ich sind stark, das stimmt, aber viel zu auffällig, um den Prinzen wohlbehalten wieder zurückzubringen. Die Dardanier erwarten unseren Angriff und werden uns vom Himmel holen wie damals vor Marlaut. Abgesehen davon, dass Vlynnar in den nächsten Wochen gar keine Mission erfüllen wird. Er wurde bei einem Zwischenfall in der Drachenschule verletzt und ist nun für einige Zeit außer Gefecht gesetzt.«

Der König knurrte und ballte die Hände zu Fäusten. Er schien wütend zu sein, wollte es jedoch nicht an Carim auslassen. Anscheinend hatte er immer noch etwas mit ihm vor.

»Das tut mir sehr leid – für den Drachen«, presste er hervor. »Aber trotzdem muss ich Euch um Eure Hilfe bitten. Wenn schon nicht mit dem Drachen an Eurer Seite, dann geht allein.«

Carim runzelte die Stirn. Warum wollte der König ihn schicken? Es gab duzende gute Krieger, die Fithár loyaler zur Seite standen als er. Als er diese Frage aussprach, nickte der König.

»Das stimmt. Doch ich habe niemand anderen gefunden, der der Aufgabe so gewachsen wäre wie Ihr. Meine anderen Untergebenen sind Krieger, sie sind Soldaten, sie sind Helden. Aber Ihr seid, verzeiht mir, ein Dieb. Ein Verbrecher, der vor Nichts haltmacht, wenn er ein Ziel im Auge hat. Jedenfalls wart ihr das! Ich glaube, dass noch mindestens so viel davon in Euch schlummert, dass Ihr Euch in eine dardanische Burg einschleichen und meinen Sohn und die Hauptmänner befreien könnt.«

Carim seufzte. »Euer Vertrauen in meine Fähigkeiten ehrt mich, Hoheit. Doch ich sehe darin keinen Sinn für mich. Dieser Auftrag ist eine fast sichere Reise in den Tod, so wie es auch, verzeiht mir diese Anmerkung, der törichte Feldzug Eures Sohnes war. Ich habe meinen Adelstitel. Ich besitze genug Geld, Macht und einen Drachen. Vielleicht denkt Ihr, dass ich Euch nun als Adliger verpflichtet bin und bei Euren anderen Lehnsmännern habt Ihr vielleicht auch recht. Aber wenn Ihr mich zu irgendetwas zwingen wollt, verliert Ihr die stärkste Waffe, die Ihr je besessen habt. Ich denke nicht, dass Ihr etwas habt, mit dem Ihr mich locken könntet.«

Der König starrte nach diesen Worten auf seine Tischplatte und studierte sie eingehend. Er schien nicht überrascht, dass sich Carim seinen Verpflichtungen als Adliger widersetzte. Missmutig verschränkte er die schwitzigen Finger, löste sie dann und verschränkte sie wieder.

»Ich denke, das habe ich doch«, antwortete der König mit rauer Stimme. Sein Widerwillen war mit Händen greifbar. Beinahe tat Carim diese verzweifele, zerbrochene Seele leid. »Wenn Ihr meinen Sohn wohlbehalten zurückbringt, werde ich Euch meine Tochter Feana zur Frau geben.«

* * *

Carim fühlte sich, als habe ihm jemand einen ungeheuren Schlag versetzt. Als hätten sich seine Sinne geschärft, hörte er, wie Raki neben ihm vor Überraschung scharf einatmete.

Feana. Die Prinzessin. Als ihr Ehemann stände er an zweiter Stelle der Thronfolge. Er hätte Macht, mehr Macht, als er es sich als Lord von Northing je erträumen konnte. Dies war die Chance, auf die er hingearbeitet hatte, seit er den kleinen Drachen in seiner Höhle am Boden hatte liegen sehen. Für diese Chance war er in die Höhle geklettert und hatte den Drachen mit dem ganzen Körper gegen ein Wolfsrudel verteidigt, das ihn selbst beinahe zerfleischt hatte. Für diese Chance hatte er getötet. Nur für diesen Moment! Auf ihn hatte er hingearbeitet! Nun war die Tür zur Macht nur noch einen Schritt entfernt. Nur ein winziger Satz müsste noch über seine Lippen kommen. Ein winziger Satz, und die Tür würde sich vor ihm weit öffnen.

Sein Blick zuckte zur Seite und blieb an Raki hängen. Sie sah ihn mit großen Augen an, fragend. Er wusste, was diese Augen ihm mitteilen wollten. Mit plötzlich heftig pochenden Herzen erinnerte er sich an ihre erste Nacht und an jede danach, wie er sie im Arm gehalten hatte, wie er ihren Duft eingeatmet hatte, wie sie lächelte und wie sie mit ihm redete, wie sie ihm ein Gefühl der Heimat schenkte.

Carim wusste, wie er sich entscheiden musste.

Langsam ging er einen Schritt auf den König zu. »Wir sind im Geschäft«, sagte er mit eiskalter Stimme und streckte ihm die Hand entgegen.

Kapitel 31

Mätresse des Prinzen

»Raki! Bleib doch stehen!«

Doch Carim konnte nur ihrem roten Haarschopf hinterherschauen, der hinter der nächsten Ecke verschwand. Als er die Hand des Königs geschüttelt hatte, hatte Raki fluchtartig den Raum verlassen.

Carim konnte es ihr nicht verdenken. Für einen winzigen Moment konnte er selber nicht glauben, was er eben getan hatte. Doch der Gedanke, durch diese Hochzeit ein Teil der königlichen Familie zu werden, war so berauschend, dass er seine Entscheidung nicht bereuen konnte. Trotzdem wollte er Raki finden und ihr alles erklären, ihr sagen, dass sich seine Gefühle zu ihr nicht geändert hatten.

»Raki!«, fluchte er und sprang den Rest der Treppe hinab, die zum Hof führte. Zwei Wachmänner sahen ihn misstrauisch an, doch das war ihm egal. Er wollte sie einholen und zwar so schnell wie möglich.

Sie schien auf die alte Drachenschule zuzulaufen. Wenn es einem schlecht ging, hatten vertraute Orte eine fast magische Anziehungskraft. Kalt und verlassen ragte das Gebäude vor ihnen auf. Raki verschwand dahinter.

Als Carim nach seinem kurzen Lauf hinter der Drachenschule ankam, sah er sie. Sie stand da, mit dem Rücken an die Wand gelehnt. Ihr Brustkorb hob und senkte sich schnell, ob vor Anstrengung oder vor unterdrückter Wut konnte Carim nicht sagen. Langsam ging er auf sie zu und hob die Hände, als wolle er zeigen, dass er unbewaffnet war. Er blieb einen Meter vor ihr stehen.

»Raki, ich … Du verstehst das falsch!«

Raki runzelte die Stirn. Carim sah die Wut hinter ihren Augen brodeln, die ihre wasserblauen Augen zum Kochen brachte. »Ach ja? Ich verstehe das falsch, sagst du? Da gibt es aber nicht viel, was man an einer Hochzeit falsch verstehen könnte!«

Carim schüttelte langsam den Kopf. Er konnte Raki nicht verlieren, nicht so, nicht auf diese Art! Er konnte es einfach nicht. »Du verstehst das falsch. Ich heirate Feana nicht, weil ich sie anziehend finde oder Gefühle für sie habe.«

»Ach ja?«, höhnte Raki. »Du findest sie nicht anziehend? Jeder im ganzen Land findet Feana von Fithár anziehend! Da hast du dir neben deiner Macht auch noch eine überaus schicke Braut für dein Bett ergattert.«

Carim überging diese Frage.

»Ich heirate sie aus keinem Grund, der sie betrifft. Ich würde sie auch heiraten, wenn sie so hässlich wie eine alte Hexe wäre.«

»Und das soll mich jetzt besänftigen?«, fauchte Raki.

Carim seufzte. Mit Frauen zu sprechen war schlimmer, als mit verbundenen Augen gegen einen Drachen zu kämpfen. Wieso wollte sie nicht verstehen, was er meinte?

»Raki! Feana ist für mich nichts Besonderes. Du bist die besondere Frau in meinem Leben! Und du wirst es auch immer bleiben! Diese Heirat muss nichts zwischen uns ändern.«

Raki schaute auf den Boden und lachte freudlos. »Nein? Außer dass wir beide zu Ehebrechern werden? Unser Leben aufs Spiel setzen, wenn wir unsere Beziehung aufrechterhalten und damit Hochverrat begehen? Ich werde nicht die Mätresse eines Prinzen spielen.«

Carim schluckte. So hatte er es noch nicht betrachtet. Er wollte nicht, dass Rakis Ehre befleckt wurde, wenn sie nach seiner Hochzeit mit Feana mit ihm zusammenblieb. Nicht, wenn sie das nicht auch wollte.

»Ich weiß schon, was du sagen willst, aber nicht sagen kannst, Carim. Noch vor wenigen Wochen meinte ich zu dir, dass ich nicht glaube, dass du der machtbesessene und erbarmungslose Mann bist, der du vorgibst zu sein. Aber ich habe mich geirrt. Genau der bist du. Feana ist für dich nur ein Spielzeug, so wie Vlynnar es ist und so wie wir alle es sind. Wieso hast du die Beziehung mit mir angefangen? Irgendeinen Nutzen musst du doch im Hinterkopf gehabt haben, so wie bei allem, was du tust.«

Carim wollte ihr widersprechen, schloss jedoch den Mund wieder. Was sollte er erwidern? Sie hatte recht mit dem, was sie gesagt hatte. Jedenfalls in so gut wie Allem. Nur was sie selbst betraf, hatte sie unrecht. Er war nicht nur mit ihr zusammen gewesen, weil es ihm einen Nutzen gebracht hatte, außer der Befriedigung seines Drangs, bei ihr sein zu wollen. Er war bei ihr, weil er sich dort wie ein anderer Mensch fühlte, weil die hassvollen Stimmen in seinem Herzen einen Moment verstummten, wenn er in ihre Augen sah. Weil er sich in ihrer Nähe nicht nach Blut und Tod sehnte, sondern nach ihren Küssen und ihren Umarmungen.

Wenn er genauer darüber nachdachte, war ihre Beziehung die erste Sache gewesen, die er ganz ohne einen Hintergedanken begonnen hatte.

Er wollte Raki nicht gehen lassen. Ohne sie zu leben erschien ihm plötzlich als die schlimmste Vorstellung der Welt.

Er ergriff ihre Hand, wie er es schon so oft getan hatte. Raki wollte sie wegziehen, aber er ließ sie nicht los. Sie war eine zähe Frau, doch er war immer noch stärker.

»Raki, du hast recht damit! Ich bin dieser Mensch. Ich bin machtbesessen, denn ich habe nie etwas anderes gelernt, als nach dem zu streben, was andere besitzen. Ich will ehrlich mit dir sein: Ich weiß, dass ich in deinen Augen und in den Augen aller anderen voller Fehler bin. Ein blutrünstiges Monster.

Dass ich das alles ohne Reue zugebe ist ein weiterer meiner Fehler. In meiner Vergangenheit habe ich viel erlebt. Aber ich kann einfach nicht bereuen, wer ich bin. Niemand sollte bereuen, wer er ist. Du weißt, dass ich kein Angebot ablehnen würde, mit dem ich mich bereichern kann. Doch du weißt auch, dass ich mich ohne zu zögern zwischen dich und ein Schwert werfen würde, das dich bedroht. All das bin nun einmal ich, der Drachentöter! Ich weiß nicht, ob ich immer so bleiben werde oder ob ich mich ändern werde. Ich weiß auch nicht, ob ich mich überhaupt ändern will. Was ich jedoch weiß ist, dass ich dich nicht verlieren will. Wenn du nicht weißt, wen du da vor dir hast und ob ich der bin, den du immer in mir gesehen hast: Es gibt eine Sache, derer du dir immer sicher sein kannst, auch wenn du dich jetzt gegen mich entscheidest. Mein Herz brennt nur für dich, Ashira Raki.«

Raki schaute ihn lange an und Carim sah, wie die Flammen in ihren Augen langsam erloschen. Was zurückblieb, war ein dumpfes Glimmen. Langsam schüttelte sie den Kopf.

»Deine Machtgier brennt heller.«

Dann drehte sie sich um und ging.

Kapitel 32

Zerbrochen

Seit Tey zurückgekehrt war, aß und trank er kaum. Meist saß er auf einem Stuhl oder auf dem Boden und starrte teilnahmslos vor sich hin. Die Ereignisse in dem verlassenen Haus ließen sich einfach nicht verdrängen. Sobald er die Augen schloss, durchlebte er wieder, was dort geschehen war. Dieselbe Angst befiel ihn dann, kalt und greifbar. Er meinte, das Rohr zwischen seinen Fingern spüren zu können und das Knacken zu hören, als er immer wieder auf den Schädel des Mannes einschlug.

All dies, die Erinnerungen und die kalte Angst, vermischten sich in seinem Kopf zu einer schrecklichen Masse aus Dunkelheit. Die Dunkelheit befiel seine Glieder, schlich sich in jeden Teil seines Körpers und machte ihn matt und schwermütig.

Wenn seine Freunde kamen und mit ihm spielen wollten, schwieg er sie so lange an, bis sie resigniert von dannen zogen. Wenn seine Mutter etwas von ihm verlangte, hob er manchmal den Blick und sah sie mit so traurigen Augen an, dass er ihr Herz zerspringen sah.

Tey fühlte nichts anderes mehr, als die Angst. Wie eine Krankheit klammerte sie sich um sein Herz, spann schwarze Fäden um seine Gefühle. Oft hörte er, wie seine Mutter und sein Vater, manchmal auch Marla mit gedämpften Stimmen über ihn redeten.

Seine Mutter schlug dann immer vor, ihn zu einem Arzt zu bringen.

»Um Himmels willen, der Junge ist von keiner Krankheit befallen«, antwortete sein Vater jedes Mal. Manchmal bezeichnete er ihn danach als faulen Taugenichts, doch Tey wusste, dass er es nie so meinte. Tey wollte tief in seinem Innern kein Taugenichts sein. Er wollte helfen! Er wollte aufstehen, mit seinen Freunden spielen, alles tun, was Jungen in seinem Alter ebenso taten. Doch er konnte nicht. Kaum erhob er sich, da sah er wieder dieses Gesicht vor sich, das hässliche Lächeln, das seinem Herz alle Wärme geraubt hatte.

Eines Morgens nahm sein Vater ihn mit auf den Markt. Als er einige Minuten auf Tey eingeredet und dieser nichts geantwortet hatte, hatte er ihn einfach gepackt und auf seinen Wagen gehoben. Tey hatte sich nicht gewehrt.

Sein Vater war Schmied und wollte an diesem Tag Messer und allerlei andere nützliche Dinge auf dem Markt verkaufen. Er war ein geschickter Handwerker und hätte auch leicht Schwerter für die Reichen herstellen können. Das tat er jedoch nur selten und bevorzugte es, Werkzeug an seine Nachbarn und Bekannten aus dem Handwerkerviertel zu verkaufen.

Als sein Vater den Stand aufbaute, saß Tey unbeteiligt daneben auf einem umgedrehten Eimer und schwieg. Sein Vater tat ihm leid. Er hatte ihn hierher mitgenommen, um ihn ein bisschen aufzurütteln, doch Tey ging nicht darauf ein. Immer wieder warf sein Vater ihm fragende Blicke zu und versuchte ein Gespräch mit ihm anzufangen, wenn gerade kein Kunde da war. Doch kein »Hey, Carim, siehst du die dicke Frau dahinten? Sieht sie nicht lustig aus?« und kein »Willst du dir nicht mal die Messer hier angucken? Du interessierst dich doch so für Messer!« konnte Tey aus der Reserve locken. Immer, wenn er sich aufrappeln oder etwas antworten wollte, stieg Kälte in seinen Hals und drohte, ihn zu ersticken. Tey fühlte sich so schrecklich hilflos, als sei er in seinem eigenen Körper eingesperrt, unfähig, nach Hilfe zu rufen.

Als es vor ihm passierte, sah Tey nur zu, als wäre es eine Szene im Theater. Ein Mann rempelte seinen Vater an und griff nach der Geldbörse, die an dessen Gürtel hing. Teys Vater bemerkte den Dieb aber und packte sein Handgelenk. Er öffnete den Mund, um nach Hilfe zu rufen. Da sah Tey etwas unter dem Mantel des Diebes aufblitzen. Sein Vater stöhnte auf und fiel vorneüber. Der Dieb riss sich los und rannte davon.

»Nein!«, schrie Tey auf und die plötzlich aufsteigende Panik vertrieb mit einem Mal den dunklen Nebel in seinem Kopf. Er lief auf seinen Vater zu und drehte ihn zu Seite. Ein Messer steckte in seinem Bauch. Hastig umfasste Tey den Griff und zog die Klinge heraus.

»Nein«, flüsterte sein Vater und seine Augen weiteten sich, doch es war bereits zu spät. Warmes Blut strömte aus der Wunde und benetzte Teys Hände und den Bauch seines Vaters.

Mit zitternden Händen griff Teys Vater nach den Händen seines Sohnes und hielt sie zwischen seinen. Er versuchte sich zu einem Lächeln zu zwingen, doch es ging nicht mehr. Sein Blick wurde glasig.

»Weg da, Junge!«, schrie eine Stimme hinter ihm. Er wurde von dem Körper seines Vaters fortgerissen. Mit einem Mal brach der ganze Trubel des Marktes auf Tey ein. Einige Männer beugten sich über seinen Vater. Doch der Junge war sich sicher, dass sie nichts mehr ausrichten konnten. Dafür war da viel zu viel Blut.

Vorsichtig schaute er auf seine zitternden Hände, die rot und nass waren. Wieder schossen ihm die schrecklichen Bilder in den Kopf. Der Mann. Das grausame Lächeln. Blut. Der krachende Schädel. Der schmutzige Bart. Blut. Blutige Hände. Blut an seinen Händen!

Stolpernd begann er zu laufen. Er wusste, dass er zu seiner Mutter und Marla gehen sollte, dass sie es aus seinem Mund erfahren sollten, doch er tat es nicht. Ohne noch einmal zurückzuschauen lief er in die andere Richtung. Meter um Meter brachte er hinter sich, die blutigen Hände zu Fäusten geballt und an den Körper gezogen. Tränen liefen seine Wangen hinab und sein Herz schien ihm vor Schmerz aus der Brust springen zu wollen. Er wollte nicht mehr leben.

Irgendwann, als er das Dorf schon eine Weile hinter sich gelassen hatte, ließ er sich einfach am Wegesrand fallen und schüttelte sich vor hemmungslosem Schluchzen. Sein Herz krampfte sich zusammen, immer wieder, und er glaubte, vor Schmerz sterben zu müssen. Wie sollte er jemals wieder glücklich werden?

Irgendwann, als die Sonne längst untergegangen war, schaute er auf. Das Blut an seinen Händen war getrocknet, genau wie die meisten seiner Tränen. Er stand auf und schaute zurück zum Dorf.

Er würde nicht zurückkehren. In Marlas Gesicht und die Augen seiner Mutter zu schauen, würde sein gebrochenes Herz nicht überleben.

Langsam, jedoch nicht zögernd, drehte er dem Dorf den Rücken zu. Sein Vater hatte ihn immer Carim genannt, weil er den Spitznamen, den alle ihm gaben, albern fand.

Carim. Das klang stark und erwachsen und es klang gar nicht nach Tey. Tey war ein Junge voller Angst, doch Carim war das nicht.

Carim schwor sich, nie wieder vor etwas Angst zu haben.

Kapitel 33

Zu spät

Das letzte Mal, als Carim diese Straße entlanggegangen war, hatte er Vlynnar noch nicht gekannt. Er war ein anderer Mensch gewesen, ein Wilderer, ein Verbrecher. Nun schritt er über die staubige Straße, ließ seinen Blick über die beschädigten Fensterläden schweifen. Seine feuerrote Gardeuniform wirkte dabei etwas fehl am Platz. Der König hatte sie für ihn und die anderen Gardisten anfertigen lassen. Für seine Schwester hatte er sich in eine ehrbare Uniform kleiden und nicht mit nacktem Oberkörper und gekreuzten Lederriemen über der Brust vor ihr auftauchen wollen.

Heute Mittag würde er ins Feindesland aufbrechen. Wenn er zurückkehrte, wäre alles anders. Ob er überhaupt zurückkehrte, stand noch in den Sternen.

Er erinnerte sich an seine erste Schlacht, als er gedacht hatte, sterben zu müssen, und Marla und Nia nie wiedersehen zu können. Das wollte er nicht noch einmal erleben! Also war er an diesem Morgen mit der festen Absicht im Herzen aufgebrochen, mit Marla zu reden.

Er wusste nicht, wie sie reagieren würde. Seit er damals im Alter von neun Jahren ohne Abschied weggegangen war, seine trauernde Mutter und seine Schwester im Stich gelassen hatte, hatte er nie wieder mit ihr geredet. Sobald er etwas Geld zusammen gehabt hatte, hatte er es ihnen gebracht, es vor die Tür gelegt und war verschwunden. Auch als seine Mutter gestorben war, hatte er es nicht über sich gebracht, zu Marla zu gehen und sich mit ihr zu versöhnen.

Sie heiratete einen jungen Handwerker und bekam eine Tochter, Nia. Nia sah genauso aus wie Marla früher, nur dass sie dieselben weißblonden Haare wie Carim hatte. Nia war sehr kränklich und zart wie ein Windhauch. Doch anstatt seine Schwester zu besuchen und mit ihr zu sprechen, hatte er weiter Geld vor die Tür gelegt und sie, wenn er sich einsam fühlte und Sehnsucht nach ihr hatte, aus der Ferne betrachtet. Jedes Mal hatte er gedacht, dass es für eine Entschuldigung längst zu spät sei. Und er hatte recht. Jetzt war es zu spät, viel zu spät! Doch er würde trotzdem zu ihr gehen.

Seine Hände waren schweißnass, als er vor der schiefen Holztür stehen blieb. Was Marla sagen würde? Würde sie ihn überhaupt wiedererkennen? Was würde sie sagen, wenn sie es täte? Was war mit ihrem Mann? Wie würde er reagieren?

Er strich sich die Uniform glatt und atmete einmal tief ein und aus. Sein Herz pochte so schnell wie noch nie.

Dann hob er die Hand und klopfte dreimal energisch gegen das Holz.

Stille.

Vielleicht waren sie ja gar nicht zu Hause?

Doch dann hörte Carim Stimmen und Schritte hinter der Tür. Marla öffnete. Ihr braunes Haar war mit weißen Strähnen durchsetzt und ihr Gesicht gezeichnet von Sorge. Sie ging jedoch aufrecht. Es schien Carim, als sei ihr Bauch unter dem weiten braunen Kleid leicht gewölbt.

Als sie den Uniformierten vor ihrer Tür sah, runzelte sie besorgt die Stirn. Sie schien ihn nicht zu erkennen und wusste nur, dass ein ihr unbekannter Soldat vor ihrer Tür stand.

Carim räusperte sich.

»Was wollt Ihr?«, fragte Marla. Ein kleiner Kopf erschien neben ihrem Bein. Nia schaute neugierig zu Carim auf, die dünnen blonden Haare hinter die Ohren gekämmt.

»Ich kenne den Mann, Mutter«, sagte sie mit dünner Stimme.

Marla runzelte die Stirn und schaute hinab zu ihrer Tochter.

»Woher?«

Es zerriss Carim das Herz, dass sie ihn immer noch nicht erkannte.

»Marla«, flüsterte er und seine Stimme nahm einen flehenden Unterton an. »Oh Marla, weißt du immer noch nicht, wer ich bin?«

Marla hob langsam den Blick. Die Erkenntnis schien sie wie ein Schlag zu treffen. Sie stolperte einige Schritte zurück und schlug die

Hände vor den Mund. Ein erstickter Aufschrei verließ ihre Kehle. Ihr Mann schien nicht zu Hause zu sein, sonst wäre er bei diesem Schrei sicher an die Tür gestürmt.

Carim wusste nicht, was er tun sollte, also stand er einfach steif und hilflos da. Die Arme hingen zu beiden Seiten hinab.

Marla schüttelte langsam und ungläubig den Kopf. Tausend Gefühle kämpften in ihrem Gesicht miteinander. Hass, Liebe, Erleichterung, Überraschung, Erschrecken und Verachtung. Carim wollte nichts mehr, als sie nun in den Arm zu nehmen. Nia stand in der Tür und schaute ängstlich von ihrer Mutter zu Carim.

»Du ...?«, flüsterte sie. Tränen lösten sich aus ihren Augenwinkeln und flossen still an ihrem Kinn hinab. »Wo warst du all die Jahre? Wieso bist du gegangen? Wieso ... hast du uns allein gelassen?«

Carim schluckte. Er hatte diese Fragen erwartet und sich Antworten zurechtgelegt, doch irgendwie wollten sie ihm jetzt nicht über die Lippen kommen.

»Ich hatte Angst. Ich habe gesehen, wie Vater gestorben ist und ... es ging einfach nicht mehr. Marla ...«

Marla wich einen weiteren Schritt zurück. Die Vergangenheit prasselte auf die beiden ein wie die Trümmer eines einstürzenden Hauses.

»Du hast uns verlassen«, flüsterte Marla und ihre Augen spiegelten nunmehr nichts als Enttäuschung und aufkeimende Wut. »Du hast uns schon verlassen, bevor Vater starb. Seit du damals blutverschmiert nach Hause kamst, warst du fort. Du hast uns alle um den Verstand gebracht! Sag mir, was ist damals passiert? Was hat dich so verstört, Tey? Es ist seit damals kein Tag vergangen, an dem ich mich das nicht gefragt habe.«

Carim schaute in ihre Augen. Es waren dieselben wie seine. Er wusste, wenn er es ihr sagte, ihr sagte, was damals passiert war, verzieh sie ihm vielleicht. Doch er konnte nicht. Wenn er daran dachte, wurde ihm schlecht und er hatte das Gefühl, sich übergeben zu müssen. Ganz so, als hätte sein Körper einen Schutzmechanismus gegen diese Erinnerungen entwickelt. Auf der anderen Seite hatte ihn ebendiese zu dem gemacht, was er jetzt war. Doch er hatte das Gefühl, dass er sein innerstes Geheimnis preisgäbe, wenn er plötzlich darüber spräche. Das würde er nicht tun. Das konnte er einfach nicht tun!

Langsam schüttelte Carim den Kopf. Marla nickte verstehend. Sie trat wieder einen Schritt auf ihn zu.

»Scher dich zur Hölle, Tey«, flüsterte sie. Doch die Wut in ihren Augen schrie ihn an. »Du bist gegangen und du hättest für immer wegbleiben sollen.«

Carim schluckte. Mit dieser Reaktion hatte er gerechnet und sie dennoch gefürchtet.

Marla sah ihn noch einen Moment an. Dann schüttelte sie den Kopf und schlug mit einem letzten vernichtenden Blick die Tür zu.

Carim lehnte die Stirn gegen das raue Holz. Zum zweiten Mal innerhalb weniger Tage weinte er.

Kapitel 34

Chancen

In ein paar Stunden würde Carim aufbrechen. Wie immer, wenn er nervös war, saß er in seinem Zimmer und schärfte seine Schwerter. Immer wieder fuhr er mit dem Schleifstein über die Klingen. Das gleichmäßige Schaben beruhigte ihn ungemein. Er wusste nicht, was ihn erwartete. Er würde allein gehen, das hatte er vom König verlangt. Ein Offizier würde als sein Stellvertreter zur Drachenschule geschickt werden, um dort für Ordnung zu sorgen. Carim hätte gerne gesagt, dass er diesen Posten Raki zutraue. Aber er wollte nicht riskieren, dass sie noch wütender auf ihn wurde. Er hatte sich für die Macht und für die Hochzeit entschieden und eigentlich sollte er jetzt glücklich sein oder wenigstens zufrieden. Doch alles, woran er denken konnte, waren Marla, Nia und Raki. Die Enttäuschung in ihren Gesichtern. Die Wut in ihren Augen. Er konnte es kaum ertragen. Doch nun war es zu spät. Vielleicht heilte die Zeit einige Wunden und er könnte nach seiner Reise, vielleicht sogar nach seiner Hochzeit, noch einmal mit ihnen reden. Durch die Feuergarde wäre er sowieso in ständigem Kontakt zu Raki, sodass ihnen irgendwann nichts anderes übrig bliebe, als ihren Streit im Interesse der Garde niederzulegen.

Es klopfte an der Tür. Carim hatte keine Lust auf Gesellschaft, deswegen ignorierte er das Klopfen und blieb sitzen. Der Wetzstein fuhr immer wieder über Lincirs Klinge.

Wieder klopfte es, diesmal energischer. Widerstrebend erhob sich Carim, ging zur Tür, schob den Riegel beiseite und öffnete sie. Sofort wurde ihm die Tür aus der Hand geschlagen und eine Gestalt mit wehenden blonden Haaren schoss an ihm vorbei in den Raum. Feana, die Prinzessin, das Gesicht vor Wut gerötet, baute sich in der Mitte des Zimmers auf und stemmte die Hände in die Hüften. Carim runzelte die Stirn und schloss die Tür wieder.

»Prinzessin, wodurch habe ich mir diese Ehre ver…« Doch Feana ließ ihn nicht ausreden.

»Ihr verlogener, hinterhältiger Kerl! Wie könnt Ihr mir das antun? Wie könnt Ihr auch nur daran denken, mich für Eure Machtspielchen zu missbrauchen?« Sie verschränkte die Arme vor der Brust und schob den Unterkiefer trotzig vor. Ihre Augen waren gerötet und ihre Haare zerzaust. Carim wunderte sich. Scheinbar hatte ihr Vater sie eben erst von der bevorstehenden Heirat informiert. Er holte tief Luft und deutete auf einen Stuhl.

»Wollt Ihr Euch nicht erst einmal setzen?«

»Ich denke nicht einmal daran!«, herrschte Feana ihn an und bewegte sich nicht vom Fleck. Carim seufzte resigniert.

»Prinzessin, es tut mir sehr leid, dass Ihr gegen Euren Willen mit mir verheiratet werdet. Aber Euch war doch klar, dass Ihr als einzige Tochter von Berens sowieso verheiratet werdet, mit wem auch immer Euer Vater Euch zu verheiraten gedenkt. Und ihr hättet es doch weit schlechter treffen können, als mit mir. Denkt doch mal an einen adligen Sack, der dreimal so alt gewesen wäre wie Ihr!« Carim lächelte aufmunternd. Fassungslos starrte ihn Feana an. Langsam ließ sie sich auf das Bett hinter ihr sinken.

»Für Euch ist das alles nur ein kleines Spiel, nicht wahr? Ihr nehmt mich zur Frau, um damit die richtige Position zu bekommen. Ich bin Euch egal und dass ich auch noch Gefühle habe, interessiert Euch nicht im Geringsten. Wahrscheinlich soll ich Euch auch noch danken, dass ich Euch heiraten darf.« Sie vergrub ihr Gesicht in ihren Händen.

Carim wollte etwas erwidern, doch da drang ein leises Schluchzen zu ihm herüber. Feana weinte. Langsam ahnte Carim, wieso Feana diese Verlobung so niederschmetterte.

»Damals, als ich Euch im Gang zum ersten Mal getroffen habe, wart Ihr wirklich auf dem Weg zu einem Mann, oder?«, fragte er sachte und beugte sich etwas in Feanas Richtung. Die Prinzessin antwortete nicht, aber Carim sah, wie sich eine Träne durch die Zwischenräume ihrer Finger kämpfte und auf den Boden tropfte.

»Wer ist er?«

Feana zog die Nase hoch. »Ein Soldat«, antwortete sie mit zitternder Stimme.

»Ein Offizier?«

»Nein. Ein einfacher Mann, der seiner Wehrplicht nachgehen musste. Er kämpfte mit Euch vor Marlaut. Sicherlich kennt Ihr ihn nicht.«

Carim nickte. Feana musste gewusst haben, dass eine Beziehung mit diesem Mann für sie unmöglich war. Doch anscheinend schien sie es gekonnt verdrängt zu haben. Dass sie nun Carim versprochen worden war, hatte sie auf den harten Boden der Realität zurückgeworfen. Plötzlich kamen ihm die Worte in den Sinn, die Feana damals zu ihm gesagt hatte, als sie im Garten über ihren Bruder gesprochen hatte: »Sie ist eine einfache Bauerstochter, doch ich bin mir sicher, dass Asdral sie geheiratet hätte.«

Er seufzte. Diese Möglichkeit stand einer Prinzessin jedoch nicht offen. Es würde nichts bringen, ihr all das zu erklären. Sie wusste es bereits, wollte es aber nicht wahrhaben.

»Ihr habt doch keine Ahnung, wie das ist«, zischte Feana. Langsam kam ihr verweintes Gesicht wieder hinter den Händen zum Vorschein.

»Doch. Ich weiß, wie das ist.« Carim wusste nicht, wieso er Feana von seinen Gefühlen erzählte. Doch er erinnerte sich an den Tag zurück, an dem sie ihm in Trauer um den Bruder das Herz ausgeschüttet hatte und ihn packte eine heftige Zuneigung zu diesem schutzlosen Mädchen, wie er sie selten verspürt hatte.

Feana schaute zu ihm hoch und schwieg.

»Auch ich habe jemanden, den ich durch diese Hochzeit verliere.«

»Hauptmann Raki«, warf Feana nüchtern ein. Carim, der hatte weiterreden wollen, stockte.

»Woher wisst Ihr ...«

»Jeder, der Euch auch nur einmal dabei beobachtet, wie Ihr sie anschaut, weiß, was Ihr für sie empfindet. Doch ich wusste nicht, dass ... sie diese Gefühle erwidert. Dass sie Euch auch liebt.«

Carim musste unwillkürlich lächeln, als Feana von Liebe sprach. War es das, was er empfand? Liebte er Raki? Er wusste es nicht.

Wie sollte man etwas erkennen, was man nie zuvor empfunden hatte?

Er wandte seine Aufmerksamkeit wieder Feana zu.

»Ja, Ihr habt recht«, erwiderte er, obwohl es ihm nicht behagte, über seine Gefühle zu reden und außerdem auch noch über die Beziehung zwischen Raki und ihm, die sie beide wie ein Geheimnis gehütet hatten. Doch er vermutete, dass auch Feana noch nie jemandem von ihrem Soldaten erzählt hatte. Nun wollte er ihr etwas Vertrauen zurückgeben. Als Grundlage für eine Ehe konnte das nur nützlich sein.

»Aber wieso seid Ihr den Handel dann überhaupt eingegangen? Niemand zwingt Euch, meinen Bruder zu befreien.«

Carim seufzte. Selbst wenn er versuchte, es ihr zu erklären, verstünde sie es nicht. Oder hasste ihn, denn ein guter Mensch hätte getan, was sie vorschlug. Doch Carim war kein guter Mensch.

»Es gibt manchmal Dinge, die getan werden müssen. Entscheidungen, die getroffen werden müssen«, erklärte er vorsichtig.

»Chancen, die ergriffen werden müssen«, flüsterte Feana höhnisch. Es lief Carim eiskalt den Rücken hinab. Es waren fast dieselben Worte, die Raki am letzten Abend gewählt hatte.

Er nickte.

»Ihr könnt nicht verstehen, was ich getan habe, ich weiß, doch Ihr müsst Euch damit abfinden. Morgen werde ich aufbrechen und Ihr habt ein paar Tage Zeit, über alles nachzudenken. Ob Ihr für meine Rückkehr betet oder für meinen Untergang, das sei Euch überlassen. Doch lasst mir noch ein paar letzte Worte. Ich kann nur wiederholen, was ich eben schon gesagt habe: Es hätte Euch schlimmer treffen können als mit mir. Ich werde Euch nicht schlecht behandeln. Darauf habt Ihr mein Wort.«

Feana entgegnete nichts. Kurz darauf erhob sie sich, wischte sich mit dem Handrücken über die Augen und ging zur Tür.

Wortlos schaute Carim ihr nach. Bevor sie das Zimmer verließ, drehte sie sich noch einmal um. Sie öffnete den Mund und schloss ihn wieder. Dann murmelte sie: »Dann bringt wenigstens meinen Bruder gesund nach Hause. Wenn Ihr ihn rettet, ist es das alles vielleicht wert.«

Kapitel 35

Geheimnisvoller Reiter

Im Gegensatz zu sonst, wenn ein Abenteuer bevorstand, war er nicht mit begeisterter Erregung erfüllt, sondern wollte es nur so schnell wie möglich hinter sich bringen. Bis zur dardanischen Festung Irning, in der Kastriot und drei weitere Offiziere gefangen gehalten wurden, war es ein Ritt von mehreren Tagen. Carim hasste die Vorstellung schon jetzt, so viel Zeit auf einem Pferderücken zu verbringen. Er würde einige Stunden reiten, auch in der Dunkelheit, und dann am übernächsten Tag abends ankommen, wenn alles so lief, wie er es geplant hatte. Im Gepäck führte er neben Ausrüstung und Verpflegung auch eine Karte der Festung sowie des Gebietes, durch das er reiten würde, mit sich. Die Karten hatten Spione des Königs zusammengestellt und Carim hoffte, dass sie exakt genug waren. Die Uniform der Garde ließ er hier. Sie war viel zu auffällig. Carim fühlte sich wohler dabei, so auf die Reise zu gehen, wie er es früher immer getan hatte: Mit einer Lederhose und zwei über der Brust gekreuzten Riemen.

Das Pferd, das ihm für diese Reise zur Verfügung gestellt worden war, war ein wunderschöner schwarzer Rappe, der laut der Aussage des Stallburschen über einige Ausdauer verfügte. Als Carim gerade das Pferd sattelte und sein Gepäck festband, betrat der König den Stall. Carim fand den Anblick fast albern. Feinste Kleider zwischen Pferdedung und Dreck.

»Ihr seht aus wie ein Dieb«, stellte der König fest, als er Carim entdeckt hatte.

»Ist das nicht der Grund, wieso ich überhaupt auf diese Reise gehe?«, antwortete Carim und zog eine Augenbraue hoch.

Der König nickte. »Ich wollte Euch viel Glück wünschen. Bitte bringt mir meinen Sohn zurück. Ihr seid seine letzte Hoffnung. Wenn Ihr versagt, wird er sterben.«

Es schien, als wollte der König an Carims Ehrgefühl appellieren. Dafür hätte er sich vielleicht etwas anderes aussuchen sollen als Kastriots Wohlergehen.

Carim nickte dem König zum Abschied zu und schwang sich auf sein Pferd. Es gab nichts mehr, was er noch vor seiner Abreise tun musste, niemanden, von dem er sich verabschieden musste. Vor einer Stunde hatte er noch einmal an Rakis Tür geklopft, hatte auch ihre Schritte dahinter gehört. Doch irgendwie musste sie bemerkt oder gesehen haben, dass er es war, sie öffnete die Tür nämlich nicht.

Er trieb das Pferd an und ritt auf den Hof. Ein paar Vorbeigehende hoben den Kopf, senkten ihn jedoch wieder, als sie ihn sahen. Niemand wusste von dieser Mission, niemand außer den engsten Beratern des Königs, diesem selbst, seiner Familie, Raki und Carim.

Als er die Stadt verlassen hatte, atmete er tief durch. Wie lange war er nicht mehr allein gewesen? Vollkommen allein? Seit Vlynnar bei ihm war, hatte er ihn akzeptiert, als sei er ein Teil von Carims Alleinsein.

Doch nun merkte er, dass das nicht stimmte. Vollkommenes Alleinsein war etwas anderes. Wenn man das Gefühl hatte, in alle Richtungen gehen zu können, in die man wollte, und es egal war, wohin es einen führte. Es gab nur weitere Orte, an denen man allein war. Carim liebte dieses Gefühl. Es schien ihm, als könne er nur so völlig frei atmen.

Nach einer Stunde Ritt bemerkte er, dass ihm jemand folgte. Er drehte sich um und sah einen Reiter in weiter Ferne, nur ein schwarzer Schemen auf einem grauen Pferd.

Wer weiß, vielleicht ist es auch einfach ein weiterer Reisender, dachte sich Carim und ritt weiter.

Doch auch zwei Stunden später war der Reiter nicht verschwunden. Er nahm immer dieselben Abzweigungen wie Carim, kam jedoch nie so nahe heran, dass dieser ihn hätte erkennen oder auffordern können, sein Gesicht zu zeigen. Der Fremde war in einen schwarzen Umhang gehüllt, mehr konnte der junge Lord nicht erkennen.

Langsam brach die Nacht an und Carim wurde unruhig. Er wollte sich nicht zum Rasten niederlassen, wenn der merkwürdige Reiter immer noch hinter ihm war. Vielleicht war er ja ein dardanischer Spion, der irgendwie von der geheimen Mission Wind bekommen hatte und Carim nun im Schlaf umbringen wollte.

Er blieb stehen und stieg von seinem Pferd. Einen Moment lang dachte er, der Reiter bliebe ebenfalls stehen und harre aus, bis Carim sich wieder in Bewegung setzte. Doch dem war nicht so. In gemächlichem Tempo setzte er seinen Weg fort und kam Carim immer näher.

Der junge Mann konnte seinen Verfolger nun besser erkennen. Es schien ein sehr kleiner Mann zu sein, alles andere blieb ihm jedoch verborgen.

Carim hielt in der einen Hand die Zügel seines Rappen, mit der anderen zog er ein Schwert vom Rücken. Die Schneide glänzte im Mondlicht. Breitbeinig stellte sich Carim auf den Weg, die Waffe kampfbereit erhoben. Der Reiter verlangsamte sein Tempo nicht und kam immer weiter auf ihn zu. Fünf Meter vor ihm blieb er ruckartig stehen.

»Wer seid Ihr?«, rief Carim zu ihm hinauf »Wieso verfolgt Ihr mich?«

Der Reiter schwieg und schwang sich vom Pferd. An der Art der Bewegung erkannte Carim die Gestalt, noch bevor ihre Füße den Boden berührten. Überrascht steckte er sein Schwert zurück in die Halterung.

»Schlechter Einfall! Was würdest du tun, wenn ich nun gekommen wäre, um dich zu töten?«, fragte Raki und zog mit einer geschmeidigen Bewegung die Kapuze von ihrem Kopf.

Carim antwortete nicht, ging einen Schritt auf sie zu, umgriff ihr Gesicht mit beiden Händen und küsste sie innig. Der Mond beschien ihre Gesichter mit seinem weißen Licht. Raki löste sich nicht von ihm.

Nach einer gefühlten Ewigkeit ließ Carim sie los und schaute ihr in die wunderschönen Augen.

»Danke, dass du gekommen bist.«

Raki ging einen Schritt zurück und spielte an dem Griff ihres Schwertes herum, das in einer Scheide an ihrer Hüfte steckte.

»Ich habe eingesehen, dass es ein Fehler von mir war, mehr von dir zu erwarten und mehr in dir zu sehen als du bist«, erklärte sie langsam. Dabei zitterte ihre Stimme.

Carim schluckte. Diese Worte schmerzten, sprach doch so viel Enttäuschung und Bitterkeit aus ihnen.

»Ich habe aber auch erkannt, dass ich dich nicht gehen lassen kann, ohne zu wissen, ob ich dich jemals wiedersehen werde. Egal, was du getan hast und egal, was du zu tun gedenkst, mein blindes Herz hört nicht auf mich und folgt dir bis ans Ende.«

Carim wusste nicht, was er sagen wollte. Meinte Raki damit, dass sie bei ihm bliebe?

»Was heißt das nun für uns?«, fragte er vorsichtig.

»Das entscheiden wir, nachdem wir das alles hinter uns gebracht haben. Es gibt Dinge, auf die wir uns zuerst konzentrieren sollten. Zum Beispiel darauf, wie wir den Prinzen aus dem Grab ziehen, das sein Vater für ihn geschaufelt hat.«

»Du willst mit mir kommen?«, fragte Carim und riss ungläubig die Augen auf. Er wollte widersprechen, doch Raki war schneller:

»Es ist sowohl arrogant vor dir, als auch eine Überschätzung des Königs, dass ihr denkt, du schaffst das allein. Doch mit übereilten Plänen kennt sich der Mann ja bestens aus.«

Carim war hin- und hergerissen. Einerseits verletzte es seinen Stolz, dass Raki so etwas behauptete, andererseits freute er sich über ihre Gesellschaft. Also beschloss er, dazu zu schweigen.

»Hättest du deinen Auftritt nicht ein bisschen weniger bedrohlich gestalten können?«, fragte er mit einem halben Grinsen, als Raki wieder auf ihr Pferd stieg. Doch mehr als ein verschmitztes Lächeln als Antwort bekam er nicht.

Auch Carim stieg wieder auf. Gemeinsam ritten sie weiter.

Es war ihm, als sei eine riesige Last von ihm genommen worden. Immer wieder schaute er auf Rakis feuerroten Hinterkopf, wenn sie vor ihm ritt, oder warf einen heimlichen Blick nach hinten, wenn sie ihm folgte. Nach einer weiteren Stunde beschlossen sie, dass sie zu müde waren, um die Reise fortzusetzen. Sie legten sich nebeneinander auf ihre Decken und schlossen die Augen. Irgendwann rutschte Carim zu Raki und legte ihr einen Arm um die Hüfte.

»Ist es nicht zu kalt, um Körperwärme zu vergeuden?«, fragte er verschmitzt. Er konnte Raki nicht sehen, hoffte jedoch trotzdem, dass sie lächelte.

Kapitel 36

Drachentöter und Soldatin

Wie erwartet tauchte nach zwei Tagen Irning vor ihnen auf. Da sie eine sehr bergige Route gewählt hatten, hatte sie niemand aufgehalten, als sie die alpetorianisch-dardanische Grenze überquert hatten. Nun ragte die Burg ungefähr einen Kilometer vor ihnen auf. Sie hatten sich einen geschützten Platz gesucht, die Pferde angebunden und die Karte auf dem Boden ausgebreitet.

Irning war eine Kaserne mit einigen Zellen im Keller der Burg. Sie wussten nicht, wo Kastriot genau gefangen gehalten wurde und hielten es für riskant, aufs Geratewohl in einen Flügel einzubrechen, wenn er sich ganz woanders befand.

Sie einigten sich darauf, einen alten Trick auszuprobieren, den Carim schon früher angewandt hatte, als er in seiner Jugend einmal die Waffenkammer einer Kaserne hatte ausräumen wollen. Obwohl damals sein Plan gescheitert war, fiel ihnen keine Alternative ein: Sie wollten zwei Soldaten abfangen, sie überwältigen und ihre Rüstungen anziehen. Dann wollten sie sich in die Kaserne schleichen, sich aufteilen und versuchen, herauszufinden, wo Kastriot und die anderen Hauptmänner gefangen gehalten wurden. Danach mussten sie sich hinabschleichen, ihn und die Offiziere befreien und dann über einen der Fluchtwege, die sie mittels der Karte erarbeitet hatten, augenblicklich das Weite suchen. Alles musste schnell gehen, das wussten sie. Denn wenn irgendjemand bemerkte, dass zwei Soldaten fehlten, weil sie nicht zum Wachdienst oder Ähnlichem erschienen, würden sie schnell auffallen.

Carim versuchte Raki davon zu überzeugen, ihn alleine gehen zu lassen. Natürlich ließ sie nicht mit sich reden. Auch als er ihr versicherte, dass er sich nur um sie sorge, lachte sie nur.

Noch dauerte es einige Stunden bis zum Sonnenuntergang. Gemeinsam machten sie es sich auf ihren Decken bequem und lauschten dem Wind, der durch die felsige Landschaft über ihnen pfiff.

Carim griff nach Rakis Hand und sie lehnte den Kopf an seine Schulter.

Wie hatte er sie nur jemals so leichtfertig gehen lassen können?

* * *

Als die Sonne endlich untergegangen war, rappelten sie sich auf, lockerten die müden Glieder und packten ihre Sachen zusammen. Die Pferde banden sie an einen knorrigen Baum und ließen sie zurück. Carim fragte sich, wieso sie nicht mehr Pferde mitgenommen hatten. Mit nur zwei Pferden, aber sechs Reitern heimzukehren, würde ein schwieriges Unterfangen werden. Carim beschloss, dass Kastriot einer derjenigen sei, die zu Fuß gehen mussten.

Je näher sie der Stadt kamen, desto angespannter wurde Raki. Der Kampf auf dem offenen Feld war der ihre. Heimtückisch angreifen war nicht ihre Art. Carim hingegen war ganz in seinem Element.

Nur noch hundert Meter von der Burg entfernt vernahmen sie plötzlich Stimmen und duckten sich hinter einen Felsen.

Carim dankte dem Schicksal für solch eine günstige Gelegenheit. Eine drei Mann starke Nachtpatrouille näherte sich ihnen. Als diese an ihnen vorbei waren, sprang Carim hervor, packte den ersten an der Schulter und schlitzte ihm von hinten mit einem seiner Dolche die Kehle auf. Der Mann gurgelte und sackte tot zusammen, während die anderen beiden herumschnellten und ihre Schwerter hervorreißen wollten. Doch sie waren zu langsam. Carim trat dem einen Mann so heftig gegen die Schwerthand, dass ein grässliches Knacken ertönte. Dem anderen stieß er seine Faust mitten ins Gesicht, sodass er zurücktaumelte. Er schlug noch ein weiteres Mal zu und dann noch mal, bis der Mann zu Boden ging und regungslos liegen blieb. Dann drehte er sich zu dem letzten um, der sich die wohl gebrochene Hand hielt. Der Mann weitete vor Angst die Augen, doch Carim zögerte nicht und stieß ihm sein

Messer in die Lücke zwischen Schulter und Helm. Auch er fiel tot zu Boden.

»Was genau verstehst du unter ›ausschalten‹?«, fragte Raki abschätzig. Carim drehte sich um. Sie deutete auf das Hemd des ersten, das von Blut durchtränkt und somit unbrauchbar war. Carim fluchte. Daran hatte er nicht gedacht.

Schnell zogen sie ihnen die Uniformen aus und schlüpften selbst hinein.

»Vielleicht fällt das den Wachposten in der Dunkelheit gar nicht auf«, murmelte Carim, als er sich selbst begutachtete. Dann setzte er sich den Halbhelm auf.

Raki hatte die Uniform des Soldaten angezogen, der nicht so sehr geblutet hatte. Einige ihrer roten Haare schauten an den Seiten des Helms heraus und sie versuchte, sie so gut es ging zu verstecken. Ihre Verkleidung war sicherlich alles andere als perfekt. Hoffentlich würde es reichen, um die wahrscheinlich müden Soldaten am Tor zu täuschen.

»Carim!«, rief Raki plötzlich, als sie gerade losgehen wollten. »Wie sollen wir den Torwächtern erklären, dass wir nur zu zweit zurückgekommen sind?«

»Überlass das nur mir«, knurrte Carim.

* * *

Als sie bei dem Tor ankamen, öffnete ihnen ein Wachmann, der aussah, als würde er am liebsten sofort seinen Dienst beenden und sich zu Hause in sein Bett legen.

»Wo ist der Dritte?«, fragte er emotionslos.

Carim, der hoffte, dass der Wachmann die drei Soldaten nicht genau kannte, brummte: »Is pinkeln, der alte Saufkopf! Hoffe, er ist irgendwo in den Graben gefallen. Frage mich, wo der immer den ganzen Wein herbekommt!«

Der Wachmann zuckte mit den Schultern und ließ sie durch. Raki hatte die ganze Zeit den Kopf gesenkt und hoffte, dass ihr markantes, weibliches Gesicht im Schatten des Halbhelmes verborgen blieb.

»Wir müssen uns beeilen«, raunte Carim ihr zu, als sie weit

genug entfernt waren. »Wenn der Wachmann merkt, dass keiner mehr kommt, wird er sicherlich misstrauisch.«

Raki nickte. Gemeinsam betraten sie den Hof der Kaserne. Kleine Feuer brannten in Metallfässern, um sie herum standen einige Soldaten und wärmten sich die Hände. Wie sie es abgesprochen hatten, teilten sie sich auf.

Carim gesellte sich beiläufig zu einer Gruppe Soldaten. Außer einem kleinen Nicken schenkten sie ihm keine Beachtung. Er hoffte, dass es sie nicht misstrauisch machte, dass er seinen Helm nicht abnahm.

»Ich schwöre euch, ein Monster, ein echtes Monster! Ihr mögt alle noch grün hinter den Ohren sein. Aber ich war dabei. Ich habe ihm in die Augen geblickt und glaubt mir ...« Der Mann, der gesprochen hatte, atmete theatralisch ein und aus. »Die Augen des Todes starren aus seinem Schädel.« Der Mann war etwas älter, hatte graubraunes Haar und ihm fehlten zwei Finger. Das hinderte ihn aber nicht daran, wild weiter zu gestikulieren, als er mit seiner Geschichte fortfuhr.

»Augen, rot wie Blut, Zähne, so scharf wie Messer. Ich sage euch: Ehe ich wieder gegen diesen Drachen kämpfen muss, desertiere ich lieber und lasse mir den Kopf von den Schultern trennen.« Er hob die Hände hoch, als wolle er sich ergeben. Carim horchte auf. Sprach dieser Mann etwa über Vlynnar?

»Und sein Reiter! Ich weiß nicht, was ich von ihm halten soll. Man erzählt sich, er sei ein Dämon, der einen Drachen gezähmt habe, ein Wilder. Doch was ich gesehen habe, war ein ganz normaler Mann. Ein Krieger, das will ich nicht bezweifeln, vielleicht auch ein guter! Doch es war nichts an ihm, was du und ich nicht auch haben, nichts, was erklärt, wieso er einen Drachen zähmen konnte.«

Carim hörte gespannt zu. Es gefiel ihm, was anscheinend im dardanischen Volk über ihn erzählt wurde.

»Ich habe gehört, dass der König nun eine ganze Reihe von Baumeistern eingestellt hat, nur damit sie Waffen gegen Drachen erfinden und bauen«, fiel ein etwas jüngerer Soldat ein. Der Ältere lachte.

»Da hast du recht, mein Junge! Das wird diesen alpetorianischen

Bastarden das Handwerk legen. Bei Marlaut hat uns eines dieser Geräte schon das Leben gerettet. Und das war nur schnell zusammengezimmert. Ich sage euch, ich habe von einer Erfindung gehört, die …«

»Carim, was machst du da?«, zischte Raki ihm von hinten zu. Erschrocken schnappte der junge Mann nach Luft. Schnell entfernten sie sich einige Meter.

»Ich habe mich umgehört«, antwortete er entrüstet, jedoch auch ein bisschen verlegen. Er hatte sich tatsächlich von dem Gerede über sich und Vlynnar ablenken lassen.

Raki ignorierte dies. »Ich weiß, wo der Prinz steckt.«

»Wo?«

»Ostflügel«, antwortete sie knapp. Carim nickte. Mit der Karte im Kopf fanden sie schnell den Zugang zum Ostflügel. Carim schaute zum Himmel. Langsam musste dem Wächter an der Tür auffallen, dass etwas nicht in Ordnung war. Sie mussten sich beeilen.

Eine kleine Treppe führte hinab zu den Verließen. Carim ging vor, da er erwartete, dass sie unten auf weitere Soldaten träfen. Er hatte recht. Zwei Wächter saßen an einem Tisch und vertrieben sich die Zeit mit einem Würfelspiel. Die Zellen hinter ihnen waren in völlige Dunkelheit getaucht. Carim betete, dass Raki die richtigen Informationen hatte.

Als sie den Raum betraten, erhob sich einer der beiden Soldaten.

»Was gibt's?«, fragte er wachsam.

»Schichtwechsel«, brummte Carim.

Die Hand des Soldaten zuckte an seine Waffe. Sofort erkannte Carim, dass er das Falsche gesagt hatte.

»Wir haben unseren Dienst erst vor einer halben Stunde angetreten. Wer seid Ihr?«

Carim machte einen Schritt auf ihn zu, schlug ihm das Schwert aus der Hand, packte den Kopf, zog ihn nach vorne und rammte ihm das Knie ins Gesicht. Der andere Soldat wich einen Schritt zurück.

»Eindringlinge! Eindringlinge!«, brüllte er, bevor Carim ihm einen Dolch in die Kehle rammte. Er schnellte vor, packte den ersten Soldaten und brachte auch ihn zum Schweigen.

»Verdammt!«, fluchte Raki und griff nach einer Fackel an der Wand. Damit eilte sie zu den Zellen und suchte jede einzelne ab. Carim lief zur Tür, die zum Zellenraum führte, und schloss sie mit dem Schlüssel ab, der im Schlüsselloch steckte. Das würde die anderen Soldaten jedoch nicht allzu lange aufhalten.

»Kastriot? Kastriot, wo seid Ihr?«, rief Raki in jede Zelle hinein.

Carim hörte Stimmen von oben. Anscheinend hatten die Soldaten die Rufe gehört, waren sich aber uneinig, woher sie gekommen waren. Dennoch hatten sie nicht mehr viel Zeit.

»Hier!«, vernahmen sie eine schwache Stimme aus dem hinteren Teil des Ganges. Raki folgte ihr und erleuchtete die Zelle, in der der Prinz saß.

Er sah fürchterlich aus. Die Haare und der Bart waren ungekämmt und ungepflegt, die Handgelenke rot aufgescheuert von den Ketten und die Arme und der nackte Oberkörper mit Wunden übersäht, die ihm wohl bei der Folter beigefügt wurden. Sein Blick war matt. Mit einem Mal fragte sich Carim, wie standhaft Kastriot gewesen war. Hatte er den Feinden von der Feuergarde erzählt? Von den Drachen und wo sie versteckt waren? Mit einem Mal befiel ihn Sorge um Vlynnar. Was, wenn gerade in diesem Moment ein Trupp dardanischer Krieger auf dem Weg war, um die jungen Drachen abzuschlachten, bevor sie groß werden konnten?

Er schüttelte den Kopf. Jetzt gab es anderes zu tun. Er tastete die Leichen der beiden Soldaten ab, bis er den Zellenschlüssel fand. Schnell warf er ihn zu Raki, die ihn geschickt aus der Luft fing und das Schloss öffnete. Mit in Kastriots Zelle saßen die drei Offiziere, eine Frau und zwei Männer. Carim erkannte überrascht, dass einer davon Tharc war, sein früherer Hauptmann. Ob er ihm immer noch so herablassend begegnen würde, nun, da er ihm das Leben rettete?

Als Raki die Zellentür aufgeschlossen hatte, ging sie hinein und löste zunächst Kastriots Ketten, dann die der anderen. Carim suchte indes nach ihrer Fluchtmöglichkeit. Im Boden sollte es irgendwo ein Loch geben, das als Abort für die Gefangenen verwendet wurde, direkt über einem kleinen Fluss, der den Berghang neben Irning hinablief. Eine andere Fluchtmöglichkeit gab es nicht.

Carim fand das Loch im Boden, das von einer Holzplanke bedeckt war, und hievte diese zur Seite. Er wusste nicht, ob das Wasser unter ihnen überhaupt tief genug war, um von hier oben hineinzuspringen. Es blieb ihnen jedoch keine Zeit, darüber nachzudenken.

Kastriot torkelte kraftlos aus seiner Zelle auf das Loch zu. Er sah nicht so aus, als wäre er stark genug, um sich im Fluss über Wasser zu halten.

»Was musste mein Vater Euch versprechen, dass Ihr hierher gereist seid, um mich zu retten?«, fragte Kastriot abschätzig und musterte Carim von oben herab. Trotz seines schlechten Zustandes konnte er das noch ziemlich gut.

»Den Platz im Bett Eurer Schwester«, antwortete Carim mit Genugtuung. Er konnte sich an nichts erinnern, das er je mehr genossen hatte, als die ungläubige Grimasse, zu der sich Kastriots Gesicht jetzt verzog.

Ein heftiger Schlag gegen die Tür riss die beiden aus ihrem kurzen Zwiegespräch.

»Springt!«, befahl Carim Kastriot eindringlich. Der Prinz wollte widersprechen, sah jedoch ein, dass es bessere Orte und Situationen für Auseinandersetzungen gab. Kastriot atmete einmal tief durch und ließ sich durch das Loch fallen. Ein Platschen bestätigte Carim, dass er unten angekommen war. Jedoch hatte er keine Zeit nachzuschauen, ob er auch wieder auftauchte. Ein zweiter Schlag ließ die Tür bedrohlich erzittern.

Panisch schaute Carim zu Raki und den Offizieren. Zwei hatten sich aufgerappelt, unter ihnen Tharc, und kamen auf ihn und das Loch zu. Nacheinander ließen sie sich fallen. Tharc würdigte Carim keines Blickes.

»Der will nicht mitkommen!«, schrie Raki panisch und deutete auf den dritten Offizier.

»Lass ihn!«, befahl Carim. Die Kerkertür würde nicht mehr lange halten. Raki nickte und rannte los. Als er sie auf sich zulaufen sah, sah, wie ihre feuerroten Haare durch die Luft flogen, ihre Wangen gerötet vor Aufregung, da traf es ihn plötzlich und zum unpassendsten aller Augenblicke wie ein Schlag.

Er wollte sie, nur sie! Es gab nur eine Raki auf der Welt und er war so leichtsinnig gewesen, sie aufs Spiel zu setzten. Hier, am denkbar ungünstigsten Ort und zur denkbar ungünstigsten Zeit erkannte Carim, dass er Feana nicht heiraten würde. Nicht, wenn es Raki gab. Er fing ihren Blick auf und ertrank fast im Blau ihrer Augen. Ja, für ihn gab es nur sie. Die Macht sollte sich scheren, wohin sie wollte. Mit einem Lächeln auf den Lippen streckte er seine Hand nach ihr aus.

Kapitel 37

Vorbei

Mit einem lauten Bersten sprang die Tür aus den Angeln und Soldaten strömten in den Raum. Raki riss erschrocken die Augen auf und wandte sich zu ihnen um. Sirrend flog ein Armbrustbolzen durch die Luft und bohrte sich tief in ihren Oberschenkel.

»Nein!«, schrie Carim und wollte ihr zu Hilfe eilen. Raki drehte sich zu ihm um und schüttelte den Kopf. Der Blick ihrer Augen traf ihn flehend, während sie den Bolzen umfasste und auf die Knie sank. Ein zweites Geschoss traf sie in die Seite. Sie schrie auf. Ihr Gesicht verzerrte sich zu einer Maske aus Schmerz.

»Spring!«, formten ihre Lippen. »Spring, bitte!«

Carim schüttelte den Kopf. »Niemals.«

Doch er war zu langsam. Schon waren die Soldaten über Raki und entrissen sie seinem Blickfeld. Er wusste nicht wie und warum, doch er sprang, bevor sie auch über ihn herfallen konnten. Als ihn die Kälte des Wassers umhüllte, wünschte er sich, nie wieder aufzutauchen.

Kapitel 38

Ein Freund mit schwarzen Schwingen

Mit leerem Blick und leerem Herzen saß Carim vor der alten Drachenschule und zitterte. Die Knie hatte er an die Brust gezogen, die Arme darum geschlungen. Seine Augen brannten von den vielen Tränen, die er vergossen hatte. Noch immer trug er seine Reisekleidung. Sie waren schon vor vielen Stunden zurückgekehrt, doch Carim hatte keinen Grund gesehen, sie abzulegen. Ihm war alles egal.

Bei ihrer Ankunft war der König auf ihn zugekommen und hatte ihm überschwänglich gedankt. Ohne ein Wort zu sagen hatte Carim sich umgedreht und war hierhergegangen. Niemand war ihm gefolgt.

Mit einem Finger malte er Ringe in den sandigen Boden. Er fühlte sich verloren und wusste nicht, was er nun tun sollte. Der Hof erwartete eine große und festliche Hochzeit. Carim wäre am liebsten fortgelaufen.

Die ersten Tage auf der Rückreise hatte sein Herz geschmerzt, als hätte ihm jemand die Brust aufgeschnitten und es herausgerissen. Nachts hatte er kein Auge zugetan, hatte nur zum Himmel gestarrt und sich gefragt, ob das die Strafe für alles war, was er vorher verbrochen hatte. Er fühlte Rakis Finger in seinen, spürte ihre Lippen auf seiner Haut. Doch sobald er sich in Gedanken dieser Vorstellung hingab, holte ihn die Wirklichkeit wieder ein und jagte ihm einen Bolzen in sein Herz.

Zwar hatte sie ihn nur einen winzigen Teil seines Lebens begleitet, trotzdem wusste er nicht, wie es nun ohne sie weitergehen sollte. Er sehnte sich danach, allein zu sein, doch gleichzeitig wollte er auch mit jemandem sprechen. Nicht mit irgendjemandem, sondern mit Vlynnar. Der Drache würde ihn verstehen. Als einziger konnte er in sein Herz schauen und spüren, wie es in Fetzen lag. Er würde ihn mit roten, klugen Augen anblicken und ihm dadurch einen winzigen Teil seiner Last abnehmen. Aber Vlynnar war einen Tagesritt entfernt und Carim fühlte sich nicht in der Stimmung, jemals wieder von seinem Platz auf dem Boden vor der Drachenschule aufzustehen.

Er schluckte und schaute zum Himmel. Es war helllichter Tag. Trotzdem musste er wieder daran denken, wie er auf der Befreiungsaktion, am Abend bevor sie die Festung erreicht hatten, mit Raki unter dem Sternendach gelegen hatte.

Es verging kaum eine Minute, in der er sich nicht selbst verfluchte. Wieso hatte er nicht besser auf sie ausgepasst? Wieso hatte er am Abort gestanden und die Gefangenen zum Springen animiert, während Raki in der Zelle geblieben war und die weit riskantere Aufgabe übernommen hatte? Schließlich war es seine Mission und nicht ihre gewesen. Er hätte sie beschützen, hätte wenigstens einmal in seinem Leben das Wohl eines anderen über sein eigenes stellen müssen. Auch als sie bereits von dem ersten Bolzen getroffen worden war – wieso hatte er gezögert? Wieso war er nicht sofort nach vorne gesprungen, hatte sie gepackt und mit sich gezogen? Vielleicht hätte er sie retten können.

Carim ballte die Fäuste und bohrte seine Fingernägel tief in die Haut. Sie fehlte ihm so sehr. Er sehnte sich danach, mit ihr zu reden, ihre Augen aufblitzen zu sehen, wenn sie sich einen Plan ausdachte. Sie war so unglaublich klug und talentiert gewesen. Nicht nur für Carim war ihr Tod ein Verlust, sondern für ganz Alpetoria.

»Was ist los mit dir? Wieso hast du zugelassen, dass eine Frau all deine Gedanken beherrscht und dein Leben so sehr beeinflussen kann?«, fragte der alte Carim, tief in seinem Innern. Doch der Schmerz erstickte diese Stimme.

Ein Stallbursche lief an ihm vorbei und musterte ihn interessiert. Carim erwiderte seinen Blick starr, bis der Junge beschämt zu Boden schaute.

Plötzlich glitt ein riesiger Schatten über den Boden. Der Stallbursche ließ vor Schreck seine Mistgabel fallen und starrte zum Himmel. Carim hörte von weiter weg aufgeregte Stimmen. Sein Herz machte einen aufgeregten Satz. Er erhob sich mit einem winzigen Lächeln und trat aus dem Schatten der Drachenschule auf den Platz davor. Violett-schwarze Schuppen glänzten am Himmel über ihm, als sich Vlynnar herabsenkte. Seine gewaltigen Pranken ließen den Boden erzittern. Der Stallbursche drehte sich um und lief panisch davon.

Carim stand mit hängenden Schultern da, die Hände in den Taschen vergraben und schaute Vlynnar an. Der Drache blickte zurück. Die blutroten Augen wirkten alles andere als bedrohlich. Carim sah Schmerz in ihnen, Schmerz und Verständnis. Als er das erkannte, wäre er am liebsten weinend zusammengebrochen. Doch irgendetwas in Vlynnars Augen hielt ihn davon ab. Irgendetwas gab ihm ein Stück von der Stärke wieder, die er verloren hatte.

»Na, Mistvieh?«, begrüßte er ihn mit einem schiefen Lächeln. Er schluckte.

Vlynnar schnaubte. Winzige Dampfwolken entflohen seinen pechschwarzen Nüstern. In aller Ruhe faltete er die Flügel zusammen. Eine riesige Narbe zierte sein Vorderbein an der Stelle, an der sich bei seinem letzten Sturz die Balkensplitter hineingebohrt hatten.

Inzwischen sieht er fast so vernarbt aus wie ich, schoss es dem jungen Mann durch den Kopf. Sein schmerzhaftes Lächeln wurde eine Spur breiter. Langsam ging er auf den Drachen zu und legte ihm eine Hand auf den schuppigen Hals.

»Mir geht es nicht gut, mein Freund«, flüsterte er und drückte nun auch seine Stirn gegen Vlynnars pechschwarze Schuppen. »Ich weiß nicht, was ich tun soll. Willst du mir helfen?«

Vlynnar stieß wie zur Bestätigung eine Rauchwolke aus. Geschwind kletterte Carim auf den Rücken des Drachen und setzte sich an seinen gewohnten Platz. Ein seltsames Gefühl ergriff von ihm Besitz. Er schaute hinab zum Hof und sah, dass sich einige Menschen um den Drachen versammelt hatten und nun verunsichert zu ihm hochschauten. Ein paar Wachen schienen nicht zu wissen, ob sie eingreifen sollten.

Da breitete Vlynnar auch schon die Flügel aus. Carim schloss die Augen. Als der Drache sich langsam gen Himmel erhob und sie die Menschen, die Stadt und die Erinnerungen hinter sich ließen, war es Carim, als würde eine riesige Last von seinem Herzen fallen.

Kapitel 39

Herz aus Stahl

Die Höhle sah genauso aus, wie sie sie verlassen hatten. Zwar bedeckte Staub die Möbelstücke, doch alles stand noch an seinem Platz. Mit einem beklemmenden Gefühl betrat Carim den Raum. Langsam schritt er hindurch, strich behutsam über den Tisch, auf dem noch vereinzelte Knochenstücke lagen, und ging zum Kamin. Von einem Stapel an der Seite des Raumes nahm er zwei kleine Holzscheite und legte sie zusammen mit etwas Reisig in die erkaltete Asche der Feuerstelle. Dann hob er einen Feuerstein vom Boden auf, den er vor seinem Aufbruch wohl achtlos dorthin geworfen hatte. Nach einigen Versuchen gelang es ihm, ein Feuer zu entzünden. Langsam ließ er sich auf die Knie nieder und wärmte seine Handinnenflächen. Es schien ihm, als seien viele entscheidende Ereignisse in seiner jüngeren Vergangenheit durch Flammen beeinflusst oder ausgelöst worden. Ein Feuer in eben diesem Kamin hatte dafür gesorgt, dass Vlynnar aus seinem Drachenei geschlüpft war. Mit einem Flammenstoß hatte Vlynnar den König und seine Söhne überzeugen können, sie in die Armee aufzunehmen.

***

Tag um Tag verbrachte Carim in der Einsamkeit der Berge an der Seite seines treuesten Freundes.

Die gemeinsamen Ausflüge kühlten zwar sein vor Schmerzen brennendes Herz, doch heilen konnten sie es nicht.

Immer wieder hoffte er, plötzlich aus einem bösen Traum zu erwachen. Das konnte doch alles nicht wahr sein. Es durfte nicht wahr sein!

Doch langsam, aber sicher, holte ihn die Gewissheit ein: Er würde

Raki nie wiedersehen, nie wieder ihr seliges Lächeln sehen, wie damals, als sie auf Vlynnar geritten waren.

Sie hatte es gewollt. Sie hatte ihn in der Festung weggeschickt, als sie erkannt hatte, dass sie beide es nicht schaffen würden, sollte Carim versuchen, sie zu retten. Und doch wünschte er sich, er hätte nicht auf sie gehört.

Es war an der Zeit, eine Entscheidung zu treffen. Sollte er die Hochzeit absagen und sich mit Vlynnar wieder in die Berge zurückziehen, ein Leben als Ausgestoßener führen? Wieder fortlaufen? Denn wenn er die Tochter des Königs verschmähte und auf diese Weise vor allen demütigte, zögerte ihr Vater sicher nicht und entzog ihm alle Titel wieder. Außerdem sehnte Carim sich trotz allem noch immer nach Macht. Er wollte ein Lord sein. Er wollte dieses – sein altes – Leben nicht mehr, auch wenn es ihn zu dem gemacht hatte, der er jetzt war. Er wollte, was er verdiente.

Doch konnte er Feana wirklich heiraten? Konnte er vor aller Augen versprechen, sie zu lieben und zu ehren und dabei an eine andere Frau denken? Feana wäre sicherlich eine angenehme Ehefrau, doch war sie nicht die, die er wollte.

»Verdammt!«, brüllte Carim und schlug seine Faust brutal gegen die Wand. Obwohl dies schmerzte, machte er immer weiter, hämmerte gegen den Stein, bis seine Knöchel aufplatzten und ihm warmes Blut über die Finger lief.

Was war nur los mit ihm? Waren das Gedanken, die der Drachentöter denken würde? Nein! Der Drachentöter würde ohne Umschweife nach Fithár zurückkehren und Feana heiraten. Er würde in seinen Wohnsitz nach Northing ziehen und stetig seine Macht vergrößern, seinen Einfluss ausbauen, bis er selbst für Kastriot unantastbar sein würde, sollte dieser es auf den Thron schaffen.

Der Drachentöter hatte in das Angebot des Königs eingewilligt, ohne einen Gedanken an Raki zu verschwenden. Auch als er seine Schwester besucht hatte, war es der Drachentöter in ihm gewesen, der nicht noch einmal geklopft hatte, als Marla die Tür zugeschlagen hatte. Manchmal, wenn Carim Zeit mit Raki verbracht hatte, hatte er das Gefühl gehabt, dass er auch ein anderer Mensch sein konnte, dass der Drachentöter wenigstens für ein paar Stunden verschwunden war.

Doch er hatte sich getäuscht. Der Drachentöter war nie ganz fort gewesen. Er war ein Teil von ihm, der niemals verschwinden konnte. Der Drachentöter war stark, erbarmungslos und rannte niemals davon.

Carim atmete tief ein und aus. Er wusste, was er tun musste. Sein ganzes Leben hatte aus Wegrennen bestanden. Als ihn damals der Soldat im alten Haus angegriffen hatte, war er fortgerannt und hatte nie darüber geredet. Als sein Vater gestorben war, war er fortgerannt und hatte seine Mutter und seine Schwester im Stich gelassen. Jedes Mal, wenn er Nia und seine Schwester besucht hatte, war er geflohen, bevor sie ihn hatten erkennen und mit ihm sprechen können. Und ja, auch als Raki getötet worden war, war er fortgelaufen.

Er ballte seine blutigen Hände zu Fäusten und drehte sich zum Höhlenausgang. Langsam schritt er auf ihn zu, setzte einen Fuß vor den anderen. Ein Entschluss wuchs in ihm heran, ein Entschluss, der ein vertrautes Gefühl in ihm hervorrief.

Das gleißende Licht der Mittagssonne empfing ihn vor der Höhle und brannte ihm auf Gesicht und Schultern. Vlynnar hatte sich auf dem Plateau vor dem Höhleneingang zusammengerollt und hob nun verschlafen den Blick. Als Carim in seine vertrauten Augen sah, war er sich ganz sicher, was er zu tun hatte.

Egal was weiter geschah, egal was auf ihn zukam, er wollte sich allem stellen.

Um nichts in der Welt würde er wieder davonlaufen.

Also schloss er die Augen, atmete tief ein und aus, legte einen Mantel aus Stahl um sein Herz.

Und holte den Drachentöter zurück.

Danksagung

Ich kann es kaum glauben, nun schon meinen zweiten Roman in den Händen halten zu können. Ich habe oft gezweifelt und beim Schreiben Höhen und Tiefen durchlebt. Feststeht: Ohne einige Personen wäre »Carim Drachentöter« jetzt nicht das, was es ist.

Zunächst danke ich meiner wundervollen Familie: Mama, Papa, Laura, Lucie, Oma, Opa und all den anderen. Ohne euch wäre ich niemals so weit gekommen und hätte schon früh aufgehört, an mich zu glauben.

Auch meine Freunde standen dabei immer zu mir. Hierbei danke ich besonders Max für die total geniale Idee zu der Karte, die meinen Roman jetzt schmückt.

Hinter mir und diesem Buch steht außerdem das wundervolle Team des Eisermann-Verlags, dem ich an dieser Stelle auch danken will: Tobias Eisermann, Marie Weißdorn und Sarah Kneiber. Danke für eure unendliche Geduld, meine tausenden Fragen zu beantworten!

Den Text haben auch meine Testleser zu dem gemacht, was er jetzt ist: Mama, danke für deine spontanen Korrekturen und deinen Rat, wenn ich mal wieder an irgendetwas verzweifelt bin. Heinz, danke für deine wirklich ausführlichen und hilfreichen Anmerkungen. Judith und Peter, danke für das Aufdecken zahlreicher kleiner Logikfehler und die Beratung in medizinischen Dingen. Auch danke ich Sabrina, Dorthe, Bianca, Lucas, Max und Marie!

Auch meinem Bloggerteam ein riesiges Dankeschön!

Die Autorin

An Mosel und Rhein in einem Dorf namens Ochtendung und zwischen zahlreichen Schlössern und Burgen aufgewachsen, entwickelte Lena Knodt schon als Kind eine Vorliebe für das Mittelalter, Sagen und Märchen. Drachen, Elfen und Zwerge faszinierten sie schon immer, deshalb war es nur eine Frage der Zeit, dass sich die Figuren in ihren Kopf selbstständig machten. Aus ihrer Liebe zum Geschichtenerzählen entwickelte sich irgendwann der Wunsch, diese auch aufzuschreiben. Zurzeit studiert sie an der Universität Mainz Mathematik und Deutsch und schreibt an weiteren phantastischen Projekten.

Marc Stehle

Dunkler Herrscher 1

Geist der Finsternis

Sein Leben lang hat der junge Paladin Menden den sechs Reichen und seinem Orden mit bedingungsloser Hingabe gedient. Doch seiner Treue zum Trotz wird er eines Tages eines grausamen Verbrechens beschuldigt. Auf der Flucht, verzweifelt und von seinen einstigen Ordensbrüdern gejagt, entschließt er sich zu einem undurchschaubaren Pakt mit den Mächten der Dunkelheit. Während die Grenzen zwischen Freund und Feind immer weiter verschwimmen, wird Menden in einen heraufziehenden Krieg zwischen Orks, Zwergen und Tiermenschen verwickelt. Noch ahnt er nicht, wessen finsterer Wille wirklich hinter den sich anbahnenden Ereignissen steckt, welche ganz Thersia in ihren Grundfesten zu erschüttern drohen.

Ein Krieger des Lichts, verloren in den Schatten.
Eine Welt am Abgrund.
Die Zeit der Finsternis bricht an.

ISBN: 978-3-946172-51-2 (Taschenbuch)
ISBN: 978-3-946172-27-7 (E-Book)

Marie-Luis Rönisch

Diamantdrache

Nichts als Staub und Asche bedeckt das Königreich Candiora, über welches Ewalyn eines Tages herrschen soll. Auf ihren Schultern lastet die Bürde eines hungernden Volkes, das schon seit vielen Jahrhunderten von einem Drachen terrorisiert wird. Die Bestie von Dorion verbrennt Getreidespeicher, tötet ohne Reue und ist außerdem der Hüter einer fremden Welt. Denn im Schatten der Berge von Dorion befindet sich Dahana. Dort gibt es einen Überfluss an Nahrung, fruchtbaren Boden und Hoffnung auf eine bessere Zukunft.

Um ihren Untertanen zu helfen, begibt sich Ewa auf eine gefährliche Reise. Sie stellt sich der Bestie und erkennt, dass sich hinter den goldenen Augen ein Mann verbirgt, der einst einem mächtigen Fluch zum Opfer fiel. Nicht einmal die Liebe kann seinen Panzer durchdringen, denn sein Herz ist umschlossen von Diamant. Bereits ein einziger Kuss könnte für sie beide tödlich enden.

ISBN: 978-3-946172-59-8 (Taschenbuch)
ISBN: 978-3-946172-35-2 (E-Book)